耳语

叶灵◎著

电子科技大学出版社

图书在版编目（CIP）数据

耳语 / 叶灵著 .—成都：电子科技大学出版社，
2018.3（2025.4 重印）
ISBN 978-7-5647-4602-5

Ⅰ .①耳…　Ⅱ .①叶…　Ⅲ .①短篇小说—小说集—中
国—当代　Ⅳ .① I247.7

中国版本图书馆 CIP 数据核字（2017）第 127519 号

耳语
ERYU
叶　灵　著

策划编辑　杨仪玮　李燕芩
责任编辑　李燕芩

出版发行　电子科技大学出版社
　　　　　成都市一环路东一段 159 号电子信息产业大厦　邮编　610051
主　　页　www.uestcp.com.cn
服务电话　028-83203399
邮购电话　028-83201495

印　　刷　三河市天润建兴印务有限公司
成品尺寸　155mm × 230mm
印　　张　14.5
字　　数　187 千字
版　　次　2018 年 3 月第一版
印　　次　2025 年 4 月第三次印刷
书　　号　ISBN 978-7-5647-4602-5
定　　价　46.80 元

用心与世界对话

（代序）

一篇好文章的判定标准其实很简单，那就是能击中你的心，让你的心为之震颤，为之疼痛。它仿佛一枚针，或者干脆是一把锋锐的小刀，划破你的神经，你的血肉，你以往的经验和相似的痛楚。它是一种提醒，一种打开，一份生命深处的觉悟，一线贯通写与读、心与心的电波。阅读的那一刻，有繁盛的花朵次第绽放。《耳语》正是这样一篇触动心灵的好作品，它以精细的笔墨，写出了飞速发展的时代中像蜂蚁一样忙碌奔波的现代人的生活隐秘与难言之痛。

灵魂深处绽放的花朵

《耳语》以耳疾住院始，病愈回家终，以一万三千多字的篇幅讲述了作者的一次住院经历。行文细腻真实，紧贴自我，紧贴灵魂，仿佛全部生长自灵魂深处的幽暗花朵，那花朵那样疼痛苦楚却又无比顽强坚韧，是关于肉体与灵魂、生存与生活的哲理思考和深长咏叹。

治疗耳疾是这篇散文的核心线索。在中国现当代文学史上，疾病叙事作品似乎并不多，既有的，也往往含有某种隐喻，或折射某种时代、历史和社会问题，比如鲁迅的《狂人日记》，癫狂是表象，控诉才是目的，再如毕淑敏的《血玲珑》《拯救乳房》，都指向社会问题中的医疗问题。

叶灵的《耳语》则更个人化一些，以“你”的病痛及治疗来思考“身体”在生命中的位置。一次在他人眼中的小小手术，牵扯出一个被日常忙碌所遮蔽的大问题，即如何平衡工作、写作、家庭与身体的关系，使它们和谐相处。这中间复杂的人生况味，是通过对“你”的内心世界的充分挖掘和对丰富的细节的细腻展现而予以呈现的。

里尔克说：“让每个印象与一种情感的萌芽在自身里，在暗中，在不能言说，不知不觉，个人理解所不能达到的地方完成，以深深的谦虚与忍耐去期待一个新的豁然贯通的时刻。”每个人都知道要关爱身体，但我们都没有给予身体足够的重视，正如文中的“你”，只是“蜗牛一般负重前行，又如陀螺一样快速旋转”，每天打仗一样冲进各种苦累繁忙中去，一肩挑起工作，一肩挑起家庭。耳朵一次次用耳鸣、疼痛的方式抗议，但“你”置若罔闻，艰辛奔波于工作与家庭间。终于，耳朵罢工了，住院/手术……

疾病来袭的时候，一切都坍塌了，功名利禄、工作事业，包括自己的生活。时光静止下来，生命暂时凝滞，一切都为疾病让路。住进医院是身体的一次胜利大逃亡吗？逃离曾经的生活轨道。“你”第一次这样细致入微关注这具身体，凸显出头上包裹着硕大绷带的可笑模样。——这样的逃离是多么令人心酸。天知道，身体该有多委屈，它任劳任怨，勤奋低调，以至于“你”和我们都忽略了它的存在，以为它会永远这样青春劲健。所有身体的病痛都是身体负累到极点之后的呻吟，“耳语”是耳朵的哭泣，它提示你那根透支的弦即将崩断。

作为隐喻的耳语

“所有的病痛都是社会的病痛。”身体生病是因为生活生病了，我们其实和作者一样，忙于各种“必须的”“重要的”事情，忽略、屏蔽身体。早在七八年前就知道自己耳膜穿孔，就被痛苦的耳鸣折磨着，生活受到严重影响，却一直不肯去就医——生活中总有“更重要的事情”需要“我”。直到身体再也无法支撑，才去医院手术。这本身就是对生命的揶揄和叹息，生存竟是这样的苦累吗？必须以隐忍身体的痛楚为代价？

耳语就像是身体上的一个黑色隐喻，切断了作者与世界的畅通交流，却又无意中为作者和我们打开了一个隐秘的世界。这种真实的体验，割皮切肉的身体亲历，是有生命的气息在涌动的。对作者来说，医院病房是一个通往陌生世界的窗口，它用手术刀和未知的恐惧，撬动着自己全身的感官去重新认识自我和世界，作者在“我”的灵魂和肉体的悸动中收获了类似于修行的感悟与启迪。

突如其来的疾病将“你”从尘世中唤醒。庄周早就说过，梦与蝴蝶是耶非耶，或许我们每天在尘世为生存苦苦奔波就是一场梦呢？疾病让“你”从梦中惊醒：身体是灵魂的容器，当身体调皮捣蛋，灵魂也难以恬静存在。原来生活中我们是这样屏蔽了心灵，忘记了身体、心灵、亲人都需要我们去呵护善待。

作品的最后一部分，作者的视野从“我”的病痛中抽离出来，开始关注世界，关注病房里其他人的生活和病痛。那是同样卑微的小人物，在被疾病袭击的尴尬窘困中努力挣扎，作者给予了他们充分的同情和悲悯。“我”的疾病体验与那些病友的生存状况互成镜像，交相印衬，构成了一个特殊的小世界。

二十六层楼似乎是一个与世隔绝的世界，一个荒谬的存在处境。在这里拥挤着疾病、疼痛、哭泣，甚至死亡。生命的荒芜，肉体的痛楚，疾病中的孤立无援，苦难碾压下的啜泣……人似乎站在黑洞深井里，找不到攀缘之物。

生病本身就是这样一个黑洞，它吞噬了所有正常的生活。生病的人，似乎走进了一个幽深而又空寂的黑暗隧道，唯一的温暖来自亲人爱人的关怀。这些温暖也是寻常忙碌的时候我们所忽略的，往日里，它们被滞重的生活覆盖了，而此时，所有的细微感受都被寂寞的感官放大，病人在心中反复品咂，爱的甘甜从灵魂深处泛出来。在这样的时刻，心灵的丰美与富饶是抵得过十年的尘世劳碌的。这就是耳语——疾病用最痛楚的方式告诉我们生活的真谛。

史铁生的《我与地坛》中，疾病将他逼近生命的窄门，使他走进生命哲思，他通过写作使自己获得救赎。病痛给他生命以残缺，而他也因祸得福有了大片的空白时间，于是他用手中的笔和丰赡的思想把空白填满。

所以当生命与疾病相遇时，生命可以不仅有屈服一种姿态。写作是一种抗争命运的方式，让生活和灵魂同时返璞归真，走向澄明。这样一来，疾病反而是生命中的逆行菩萨，一场疾病之后，人会发现天空更蓝，人生更美，亲人的爱更温暖。

探索与突破

《耳语》采用了非虚构的写作技法，将手术有关的，诸如手术记录卡上的内容、治疗的经过、各种疼痛的感受，都细腻描写了下来，似乎是展示给读者看的一个微电影，我们在阅读中也似乎能感同身受地经历作者所曾经经历过的一切，也因此，感触尤深。

在作品中，叶灵是病人，也是观察者和记录者。凡她目光所及，笔触所至，都描述了一个病人的处境和感受，等着读者对她的感受予以认同。而我们真的如其所愿，与她形成了某种默契，某种经验的交接。我们在她的病痛里感知病痛，在她的恐惧里感知恐惧，在她的醒悟里获得心灵的启迪。如果作者仅仅是作为病人哀叹自己的病痛，或者仅仅是作为观察者观察他人的治疗经过，那么，都很难产生这样的效果。

她用作品抵达了生活现场。从穿上蓝色的病号服开始，人也变成了一个符号，各种药液浇灌着身体，各种冰冷的器械在身体里来去，长长的术前协议，各种可怕的结果，全都变成狰狞的怪兽立在身侧，你茫然无助，似乎一下子置身荒原。在痛楚、荒谬、恐惧等复杂而又极端的生命体验中，疾病仿佛一把刀，划开了生活的深长的缝隙，那是一个通往苦难世界的诡异通道，是一个通往灵魂修行的秘密之途。

这样的写作细节丰富，且有弹性，带有哲学的思考意味，是对日复一日沉滞生活的一次敞开，有着内在的诗性。那是属于哲思的，是属于内心的升华与感悟的。

疾病是生活中的大灰狼，它虎视眈眈盯着你，让你瑟瑟发抖，它用尖利的牙齿撕扯着你的肉体，让你被疼痛折磨得死去活来。这样的状态是生命中的极端状态。作者不允许自己一味展示病痛以赢得廉价的同情，而是冷静、理性、节制地讲述自己的迷惘，同时还能将悲悯的目光转向他人，从而使作品的书写更复杂，更厚重，更深刻，表达出对社会底层，对社会，对时代的深切的现实关怀。

优秀的作家大都不会止步于已有的成绩，总在不停地探索，寻求创新和突破。《耳语》之于叶灵就是这样一篇突破之作，它颠覆了叶灵以往写作中那些循规蹈矩的东西，直接将笔墨对准被疾病折磨的自己，以近乎写实的笔调详细记录下这次至关重要的手术经过，肉体和灵魂都在此获得新生。这是值得期待的探索，是掀开叶灵创作新篇章的重要一篇。

文红霞*

---

* 文红霞，湖北秭归人，河南理工大学文法学院文学博士，硕士生导师。已出版著作有《俗眼窥红楼》《落在胸口的玫瑰：20世纪中国女性写作》《后经典时代的文学叙事研究》等多部。

目　录

时光的预谋

时　钟

我始终固执地认为时光是有脚的，有着一双巨大而隐形的脚——在无尽的时空里，它能无所不至，永不疲倦。从儿时起，我就这么一直认为，并把这个想法悄悄藏在心里，以为守着一个永远的秘密。

无论对谁，时光都永远守口如瓶。

孩童时，脑海里还没有什么时间概念，只会单纯地去感受世界的一切。那时，时光并没有因为物质的贫乏而黯淡，回忆总是被一种单纯的快乐所牵引，如一块刚刚出炉的金黄面包，泛着诱人的光泽和香气。冬日的清晨，阳光总是那样矜持，北方的黄土高原上，天干冷干冷的，一张口说话，喷出的热气就化成了白白的雾气，弥散在眼前。村子上空，已此起彼伏地升起了青色的炊烟。西墙的槐木楔上，一只只倒挂着的锄头镰刀，整齐地排列着，在这农闲时光中，平静地诉说着陈年的往事。透过稀疏的桐树枝丫，斑斑驳驳的光影洒到地面，院子里犹如平铺着一块巨大的印花染布。那只趾高气扬的公鸡，总是顶着血红的鸡冠，雄赳赳地转来转去。母鸡懒洋洋地踱着步子，偶尔仰起脖项，“咯嗒咯嗒——”，炫耀地叫上几声，然后拍打着翅膀，纵身一跃，跳到鸡棚上，或搔首弄姿，或惬意地躺着晒暖儿。就连前院猪圈的花猪，也来凑热闹卧在墙根赶暖儿。

遇到这样的好天气，母亲总是不愿错过。她翻起被褥，搭在院里的铁丝上，用一根细长的竹篾吧嗒吧嗒地抽打，透过光线，隐约能看见许多微尘在空中漫无目的地漂浮。我常一个人傻傻地发呆——要是自己能坐上神话中的飞毯，自由地飘在空中，去一个连自己也不知道的地方，多好！阳光趁机把温暖塞满了被褥，晚上，被窝里满是阳光的味道，连梦都成暖的了。现在，一到秋冬季节，只要有太阳的日子，我就会习惯性地翻晒被褥。与其说是自己的一个癖好，不如说是一种莫名的情愫在作怪——企图收藏每一天的阳光，交给黑夜，给梦想，也送给自己。

快晌午时，老奶（方言称呼，指曾祖母）常常搬着小板凳，坐在墙根剥蒜头。剥完后，她就靠在墙上，眯着眼晒暖，不一会儿，轻微而有规律的鼾声就会传来。调皮的我常常跟着鼾声的节奏，模仿应和着。半天工夫，老奶睁开了双眼，看了看我，又眯上了眼。老奶沉浸在自己甜美的梦里，竟然毫没察觉到我的恶作剧，我在一旁窃喜不已。实在无聊，我便拿着馍花喂虫子，或者在被褥之间钻来钻去，与姐弟捉起迷藏，或招来几个小伙伴，一溜行地紧靠着墙根玩挤暖儿。

然而在冬天，这样让人享受的暖日毕竟不多。如今，每每有阳光的冬日，我总是恍惚着不可阻挡地穿越到有着暖暖的太阳，弥漫着浓浓的炊烟味道的一派生气的老宅子。

冬日里总盼着太阳。有太阳了，就有暖儿，玩时手脚就不畏畏缩缩。阳光从西墙根慢慢地移到东墙根，我目不转睛地注视着，可即使这样认真，阳光还是在我的专注下不知不觉地偷偷溜走——它一定隐藏了脚丫和我捉迷藏。好奇的我常常拿着一截木棍，在阳光与阴影的界限刻上记号，然后写上一页作业，看看阳光走了多远，又在地上画条线做个记号，接着再读上几页书。在光与影的不断变幻中，阳光还是不小心暴露了自己的形迹。半天工夫，地上一截一截的线条，就好像钟表上一格一格的刻度。日子久了，地上画的痕迹也深了，成了一个圆盘的展开的钟表——属于我的特制钟表。以后，阳光走到哪一格该干什么，我都一清二楚。阳光虽然隐匿了时针、分针、秒针，但它却以自己特殊的方式，每天善意地提醒着我，不要荒废了时日。

阳光从刻度上一点点地爬过，我也一天天地长大。只是，不管我怎样贪恋儿时的美好，时光总是不紧不慢地朝前晃着，不经意间，一晃就是几年，十几年，几十年。感觉就小时和荡秋千一样，荡着荡着，在忽忽悠悠间，就把一大晌的时间荡到了身后。在不易察觉中，岁月冲蚀着一切——环境、身体，还有人的精神意志等，鲜明的棱角在一次次冲刷中，抵抗着，疼痛着，一点点消磨，直至变得圆润。

每天清晨，睁开眼，看着窗外的阳光，我如孩子一样心里盛着满满的憧憬，开始盘算着一天的活计，就如在新买的日记本扉页，工笔正楷地写下第一个字、第一篇日记，字里行间都充盈着无比的喜悦。到了晚上，躺在床上时，才发现在一天的忙碌中，时光已被虚无的匆忙所充塞。于是，在不安与懊悔中，我又开始了对明天的新的向往。日复一日，就这样，我一如既往地满怀着小小的憧憬与日子对峙着。人生有时或许就是这样，以一种虚无抵抗着另一种虚无——明明知道一生漫长的等待到头都是一场海市蜃楼的虚幻，最终一切都抵不过时光的无情吞噬，但我们还是要在跋涉中保持行走的姿势，也许只有这样，才不会辜负了光阴的眷顾。

回老家见到儿时的闺密，沧桑的皱纹过早地爬上了她的脸庞，昔日白皙的肤色早已消失殆尽，变得粗糙黑暗，她成了一个普通的农妇。已有两个孩子的她，看起来年龄比我大了好多。和所有的农村妇女一样，她和我絮絮不止地谈论着她的两个孩子，地里的庄稼，院子里养的猪牛，还有在南方打工的老公的收入……她一脸幸福与心安理得。这时的我，突然觉得自己这些年在小城里混着日子，除了每月工资卡上打入的那个固定的仅能维持温饱的阿拉伯数字外，似乎一无所有了。

如今，我在小城里，每天上班下班，手头永远是忙不完的活计。不知什么时候，我已习惯在疲惫中惯性行走，憧憬与喜悦早已遗落，日子开始潦草，没了从容，没了更多期盼，一切按部就班，径直来到了中年的门槛——为了生活而不知疲倦地向前奔着。

日　历

赶着太阳，赶着日子，赶大了儿女，也赶老了自己。我的父母就是这样，一辈子在无尽的操劳中渐渐蹉跎，直到白发满头，腿脚蹒跚。

中年了，在时间与现实的挤压下，肩上的重担迫使人不得不疾步于逼仄的空间。我常想起父母当年是怎样艰辛——为了让我们姐妹穿上毛衣毛裤，一宿一宿地熬；春节时，一大家人老老小小都穿着新衣，唯有父母穿着那身穿了好几年的衣服；每年开春，只要田地里野菜一冒出新芽，不同的野菜就被母亲变换着花样端上饭桌……日子被父母侍弄得井井有条，全家人过得有滋有味。父母以一颗草木之心，从容面对生活的风雨雷电，四季的变换轮回以及人生的苦难坎坷。绵长的岁月中，他们锻铸着生命的另一种坚韧。

时光很慢，总是一天天地走过。时光又很快，恍然就把几十年抛在了身后。

关于时光的最早记忆，是我在村子里上一年级时。刚学会数数，会写十个阿拉伯数字，我就想到处显摆一下，生活中凡是和数有关的问题，都要饶有兴趣地打破砂锅问到底。问得大人不耐烦了，母亲就让我去数炕头墙上贴着的年画上的日历。我撅着屁股，手指着日历，一个月一个月地数。那是一张1981年的年画，画的是《白蛇传》的故事，好奇的我就续着这年号，一个一个接着认真地写，1982年，1983年，1984年……写到1999年时，我停下来问母亲，是不是到这年时，我就能长很大很大了，就能帮您干很多活了？母亲像一位熟稔时光秘密的智者，没有说什么，只是笑笑点了点头，眼光中充满了期盼。我怎么也不会想到，眨眼的工夫，长大仿佛穿越一般就到了跟前，我已为人母，母亲已两鬓斑白！

上初中那年，家里的老宅背墙上裂出了一道宽缝，不得不拆旧盖新了。为了盖房，父母欠了好多外债。一袋烟的工夫，老房子就在稀里哗啦的混乱中倒坍，成为一片废墟，那张年画也埋在了废墟之中。我的念想就如夜空上的星星，在某个时间的断点，突然间哗啦啦地掉下来，周围一片黑暗。为了早日还债，父母没日没夜地侍弄着几亩田地。早上天还灰蒙蒙的，父亲吃碗开水泡馍，就背上锄头去地里。每逢夏收秋耕，晒得黝黑的父亲常常累得腰都直不起来，母亲就给父亲拔罐。一个个圆圆的紫红印记，仿若一枚枚苦难的勋章，挂在父亲背上。1982年，1983年，1984年……一年又一年就这样真切地来到了我的跟前。年画上的这些数字，一个个地走近了我，又走过，然后把我远远地甩到身后。与我并行的时间总是那么固定而短暂，这些年来，它就如黑夜中一点莹莹闪烁的亮光，给孤独的我以持续的温暖与动力。我向时光更深处漫行。

每年元旦，父亲都要买本日历，小摊贩上卖的最简易的那种，父亲把它挂在堂屋正墙上方广播匣子的下面。匣子是墨黑色的，暗淡而没有光泽，中间是五角星形状的镂空，镂空上有网状的东西。那些年月，从黑色广播匣子里传来的最令我振奋的消息，莫过于队里分瓜分菜的通知了。一听到广播吆喝，小姑就提着篮子撒腿朝麦场跑去，全然不顾我在后面大声追喊。瓜菜都是提前称好分成堆的，早到者可以挑拣到好一点的菜。每到晚上，我都记得踩着小凳子爬上去，把日历撕去一页，仿佛这是一种告别仪式，我就是仪式的主持人。村里谁家婚丧嫁娶，都要提前招呼父母去帮忙，母亲翻翻日历，念叨着，然后把那一页折起来，以免遗忘。到了那一天，我会准时提醒母亲，其实我更多的动力来自肠胃对所谓美食的向往，因为母亲每次帮忙回来，主家都要送上几碗油腻腻的杂烩菜，这在那时，对于我来说就是无上的美味了。后来，个子长高了，我就不再踩着凳子，只要稍微踮起脚尖就可以够着日历了。那时的我，每天撕着薄薄的纸张，就好像是工厂流水线上的产品检验员，前后翻看着，验证着，让每一个日子从手中合格通过。

一本本日历，一天天变薄，又换成厚的，再一天天地变薄……每撕下一页，就感觉日子被自己捏在手心一点点捋过，又珍藏起来。时光就是魔术师，神奇地把日子变短又变长，变方又变圆。一个个美好的憧憬，在无穷的变幻中翻飞起伏。

再后来，我就不用每天撕日历了，因为父亲买了本台历，放在床头柜上，过一天只要翻过一页就可以了。现在，更难得见日历了，手机普及，看时间查日期也是很方便的事了，有什么事只要在手机上一设置，到时就会自动提醒。通信的发达，让日子的节奏也加快了许多，我渐渐忘了，在时光深处还有另一面曼妙的美好。家里已有好多年没买过台历了。

只是父亲，现在还固执地保持着看台历的习惯。听母亲说，父亲每年一买到新台历，就像个孩子一样翻看自己和她的生日。要是母亲的生日遇到了周末，父亲就有点遗憾，对母亲说："今年我生日还是随你过吧。"要是自己生日遇到了周末，一辈子都不苟言笑的父亲就很开心地对母亲说："今年你的生日就随我过了！"父亲和母亲的生日只差两天，每年，我和姐弟都是给他们一起过的，谁的生日赶在了周末就随谁过。也许父亲深谙生命的规律，人一出生，口袋里就装着固有的几十张或成百张船票，每过完一个生日，船票就要少一张。父亲将近七十，经历了太多世事沧桑，看惯了无数人情百态，他懂得如何珍惜路过的每一道风景。人生之中有太多的不确定，常常会打破人们所预设的种种可能，父亲就这样以自己的方式让每个日子踏实地从手中走过，这是岁月深处一种无言的抵抗，抑或是一种释然后的从容，沧桑后的淡然。

父亲每天撕掉一页日历，这样日子就看得见摸得着，就如在田里种庄稼，种瓜必得瓜，种豆能得豆。父亲站在时光的岸边，与涛涛的河水对峙着。他明白，力量如此悬殊的对峙中，他是不堪一击的，但对父亲来说，至少自己还曾亲手抚摸过每个日子，或精致的，或粗糙的，都一一清楚，就如一个盲人能准确无误地找到自己生活中的每个细小物体，甚至熟悉它的质地，它的气息。父亲的这种方式，是熟谙日子秘密后的一种智慧。而我，匆匆忙忙中，在随身的包里，手机是从来不会缺席的，要是哪一天忘了带，瞬间就感到与这个世界完全隔绝了一般，心里发慌。我也不再是当年时光的产品检验员了，合格不合格的，快乐抑或悲伤，都被自己仓促地全抛在了身后。

不管素年还是锦时，过活日子就好比人在旅途，高铁有高铁的便捷，步行有步行的乐趣。匆忙大多时候往往是扼杀诗意生活的刽子手。一张张日历，轻轻一撕就没了，就如一天天时光从身边飘过，与每个人不经心地打招呼："哦，你好！我要走了，永远不会再回来啦！"还是让日子慢下来，再慢点。在这慢中，我们才会感受到日子棉布般的温暖，心灵在无限中自由舒展，最终直抵生活的本初。

奔　丧

生活中有很多东西都是个人所无法预料和抵抗的。比如，自然界的风雨变幻，刚才还是大雨倾盆，这会儿又是艳阳高照；比如，生命的生死轮回，昨天还好好的，今天说没就没了，有时生命脆弱得就如深冬枯树上飘荡的树叶，随时都会被风卷走。

过完春节没有多长时间，就接到老家的电话，说本家的三娘不在了，让我们回去奔丧。

"三娘不在了？不可能不可能，是不是电话听错了呢？春节回去看她时，她身体挺硬朗的。"我连声说道。当确定这消息无疑的时候，我的脊梁骨倏地感到一丝隐隐的凉气。原来三娘自己不小心跌了一跤，结果得了脑溢血，送到医院，不到半个月人就不行了。想起前几年五叔去世时，就是正在院子里干着活，不知怎么突然倒地，不到一刻人就走了。

在这世上，生命的降生是一个何其艰难与漫长的过程，一个细胞与另一个细胞邂逅，经历了母亲十月怀胎的漫长和一朝分娩的艰辛，才来到这个世界。然而，生命的消逝，却大多那样突然，就在呼吸之间，消失与存在便已分明。

人生无常，无常的人生中或许有几分冥冥之中的注定。春节时，我们去看望三娘，已将近八十高龄的她，仍然一个人住，一个人吃。她关心地问孩子的情况，还有我们的工作，说话时，声音高亢而洪亮，絮絮不止。她告诉我们，自己现在特别能吃，每顿都差不多吃一个馒头，怎么老了老了，还这么能吃，真是浪费。没想到她就这样走了。

我总以为，三娘一定是一辈子在村子里待久了，想出去看看，决定这次出趟远门，去看看儿孙们口中常谈论的外面的精彩世界。于是，她就这样使了个诈，骗得所有人的耳目，有了一个出门的理由。

在我们本家里，他们这一辈的几个老人也走得差不多了。公公家兄弟五人，公公排行老四，现在只有公公、婆婆、五妈三个人健在了。一大家人，枝枝叶叶的，到我们这一辈上，我已是排行老十。如今，我的侄孙都好几个了，我开始应“奶奶”了，虽然觉得特别别扭，但他们还是坚持称呼，说这是铁打的辈分，说什么也不能乱的。平时不太见面，每次见面，我只得硬着头皮撑着长辈的身份。

丧事按部就班地进行，本家大大小小，光孝子就好几十人，挤满了院子，白花花一片。但是，嫡亲的儿孙都显得没有太多的悲伤，更不用说其他的人了，大多也只是去凑凑事情。平时，逢年过节看望一次本家长辈，其他的时间，大家各忙各的，不怎么来往，时间久了，即使是本家，也自然疏远了。但再疏远，一旦遇到事情，亲情又会把他们聚在一起。

哀乐奏响，一路白幡随风飘荡。我跟着送葬的队伍，来到坟地。坟地是一片平整的土地，栽有一排排已有碗口粗的梧桐树。树下，就是我们本家的坟地。一座座坟堆排列着，坟上疯长满了荒草，还有不知名的灌木，在这暮春时节，茂盛得有点荒凉。我数了数，有十几座吧。随手指着一个坟堆问妯娌，不知这是谁的？她也一脸茫然，虽然她们整天也生活在这片土地上。就连前几年才去世的五叔，他们指指点点，半天也不敢确定是哪一个。下葬，填土，围堆，扎花圈，烧纸，哀乐……一切按部就班地进行。只有三娘最疼爱的小女儿在悲戚地哭着，大部分人面无表情地站在旁边，身后传来几个女人喋喋不休地谈论，关于孩子在城里买房子、考学之类的与自己息息相关的话题，这哭声本与她们关系不大，或者毫不相干。还有本家的一个妯娌说自己的儿媳这两天就快要生了，将要当奶奶的喜悦溢于言表。我发现自己成了多余的人。

去的去了，来的来了。岁月就是这样简单往复轮回，生命的消失不过就如一颗流星从空中闪过。消失与出生，除了至亲的人，对于别人来说，似乎是可有可无、自然而然的事了，就如一滴水瞬间消逝，一棵树轰然倒下般正常。或许人们已经习惯用一种无所谓的态度去面对人生的无常，是逃避抑或超然，或者其他。

年长的妯娌告诉我说，这块地就是我们这一大家的坟地，那口气，好像是生前一家子，死后我们还要聚集在这片土地上，继续做一家人。不知怎的，瞬间我感到了一种莫名强烈的恐惧。若我将来眠于这片土地，和这些不太熟悉的长辈、妯娌一起，会不会感到尴尬与不适？这是肯定的。从内心深处，我从来没有把这里当作自己的故乡。但我不在此处，又能在何处？我想起爷爷奶奶，还有父母，想下辈子还做他们的亲人。可是，这又怎么可能呢？想到这些，固执的我久久地陷入一种深深的无奈与绝望之中。或许，到时会成为土灰一把，被人随手撒在任何一片草木河水之间，生命源于大自然，又归于大自然，也许这是最好的归宿。想到此，自己岂不是庸人自扰了？人生几十年时间里，茫茫人海中，熙熙攘攘地你来我往，留下念想的，莫过于生活中细小的琐碎所堆积成质朴的温暖——生前有暖可取，身后一切也就无所谓的了。

生老病死，本是人生常事，每一个人，从一出生，都会向着一个目标——死亡慢慢走去，不过是有的人走得慢点，有的人走得快点。病魔，有时也会携着死亡朝着某一个人慢慢走来。时光慈爱而又残忍，它就如一个巨大而幽深的黑洞，每个人的生命、财富、青春，所有的一切，最终都会被时光无形的巨手扼住咽喉，毫无例外地一一卷走，化为乌有，纵然我们有太多的恐惧与无奈。

你我注定是时光的匆匆过客。

只有臣服命运的安排，一切顺其自然了。或许俯首，不是人性的懦弱和逃避，而是熟谙自然规律后的一种认同与对话，是多一些智慧去参悟，去从容面对。

老　宅

提起老宅，我总想起老家院子的那座老老宅。

老老宅里的光阴，足以让我回忆一辈子。

现在的老宅是一座二层的楼房，也将近三十余年的时间了，是在父亲的手里盖的。三十多年漫长的时光，相当于一个人半辈子的光阴，足以给一座新房子涂抹上岁月的痕迹，这座老宅，称之为“老”是一点也不为过的。

在我的记忆里，我最想念的却是儿时的那座低矮瓦房，它陪我度过了十几年的时光。这座瓦房是爷爷在世时盖的，相对于现在的老宅，它显得更老，所以我习惯叫它老老宅了。老老宅是一座典型的北方民居，坐北向南，一明两暗，中间是堂屋，东西两边各一间住房。东屋是老奶住着，西屋是爷爷奶奶住。堂屋大门的中间上面，是一面深红色的匾额，写着“耕读”两个隶书大字。屋顶统一用厚厚的木板棚着。从中间堂屋踩着梯子上去，上面就是一个很大的储藏室，每年，晒好的小麦、玉谷、黄豆之类的粮食，全部用蛇皮袋子装好，扎紧口袋，扛上去放置好，这便是全家人一年的口粮。院子的东侧则是一座三室的平房，父母和二叔分别住一间，最靠边的一间，是牲畜的草料房。

农家人的收成都在储藏室里，那里丰盈了，一家人的底气就有了。而储藏室最怕的就是老鼠，为了防老鼠，家里想尽了各种办法，放置老鼠夹子，用电猫，用老鼠药等都尝试过，但诸如此类的办法总也不能完全阻止老鼠的偷食。老鼠既然生存于这个世界上，这个世界上总存在需要它们活下去的理由。到了晚上，一听到老鼠在头顶的板楼上窸窸窣窣地猖狂，老奶总要心疼地嘟囔骂上几句，这该死的小东西，又要糟蹋粮食了。第二天一早，老奶便要叔叔爬梯子上去看看，看装粮食的袋子是不是被咬破了。最后，还是老奶专门从邻居家抱来一只猫，养在家里，到了晚上，便把猫放到板楼上面，自此以后，每晚睡觉就踏实了许多。

自记事起，我们姐弟三个，就轮流地跟着老奶、爷爷奶奶、父母睡。弟弟年龄小，跟着父母，姐姐有时跟着姑姑。我有时跟着爷爷奶奶，后来烦爷爷晚上打呼噜打得响亮，我就跟着老奶一起睡。冬天，每天傍晚，老奶的土炕热乎乎的，冻得手冷脚冰的我，一钻进暖和的被窝，老奶就不由分说把我冰凉的脚丫子抱在怀里暖，我不让，怕冰着她，她说不怕，抱着我的脚丫子不放。老奶常拿出别人送她的好东西让我吃，老奶的屋子里，印象中总有吃不完的好吃的。老奶是菩萨心肠，村子里谁家要是有坎有难暂时过不去了，她就三元五块地帮扶，从不小气。老奶每月都有大爷的抚恤金。谁家生活改善了，自然不忘时不时给她送点好吃的。老奶常对人说，我行善积德，不为别的，就为我将来老去的时候不受太多难过。果然，老奶去世时，很平静地走了，没有受到一点点病痛的折磨。

老老宅对我而言有一个谜，我一直解不开。老老宅里，常年住着一窝鸽子，湖蓝色的鸽子，一身通透的蓝，除过一双小小如豆的忽闪忽闪的眼睛是黑色外，其他地方全是蓝洼洼的，仿若刚刚从染缸里飞出来一样。我却喜欢叫它们灰鸽子，这样叫似乎与住在老老宅里更相符合一些，就如家里养的黄狗，叫上虎子之类的名字，亲切顺口。城市那些宠物沾着洋味的绕口名字，在村里倒是不合时宜了。

刚开始有几只鸽子，接着十几只，后来几十只，蓝洼洼的一片。尤其是每天早晚，老奶嘴里“咕咕——”地喊着，边朝院子里撒上几把玉谷喂鸡，鸡群争先恐后地啄食，房顶上的鸽子三个一群两个一伙，咕咕地叫个不停。这时，总有几只胆大的鸽子，扑扇着翅膀也落在院子里抢食。每每看到这，老奶总是笑着，又从口袋里抓出几把玉谷撒到院子里，念叨着：“吃吧吃吧，都吃吧。”后来，这些鸽子连人都不怕了，竟然大模大样的，好像自己也成了这院子的一员。只要一喂食，它们就像商量好的呼啦啦地飞下来，一顿饱餐后，又欢快地扑扇着翅膀飞到房顶或者树上，情形很是壮观。当然，我们全家人也把鸽子看成了家里的一分子，专门在房顶放置了一个木笼子，给鸽子安了窝。奶奶总说，鸽子是吉祥之鸟，就和喜鹊、燕子一样，住进了谁家，谁家的日子就会红火。就连平时最爱干净的父亲，看着屋脊上、院子里到处都是白花花的鸽子屎，脏兮兮的，也从来不说什么。

有一次，我们缠着二叔用弹弓打麻雀，竟然误打死了一只鸽子。等到晚上，我们偷偷把火炉提到前院一角，悄悄开始收拾——拔毛，剖开，清理内脏，一遍遍冲洗，用调料腌制好，然后靠在烧得很旺的炉壁上，找个破洋瓷盆，倒扣着，给外面再糊上厚厚一层泥巴。一切停当，耐着性子等上半天，一股股的清香就从炉缝中钻出来，诱惑着我们的肠胃。肉香越来越浓，蠢蠢欲动的肠胃实在按捺不住，二叔禁不住我们纠缠，就小心地扒掉边上一小块泥巴，凑上前，使劲闻闻，闻了好几次，才终于说熟了。那天，我吃上了最好吃最美味的烤肉。虽然我们把善后工作做得几乎天衣无缝，没有留下一点作案的蛛丝马迹，但这件事还是没有包住，爷爷知道了，他把二叔大骂了几天，差点没揍他。这也是我们对鸽子唯一的一次残忍。之后好几天，我都不敢站在屋檐或树下，甚至院子里——我怕失去亲人的鸽子，会闻到自己身上餐食的肉味，会不会有十几只鸽子一起冲下来啄我的头脸，或者把屎拉在我的身上来报复？但最终，这些担心都是多余的。那个年代，营养不良的肠胃对于肉食的向往，是那样强烈与不管不顾。其实，这一切都瞒不过几十双鸽子黑豆似的警惕的双眼，但它们最终选择了宽容和原谅。这几十只鸽子，就是从来不去别人家，几十年来，一直热热闹闹地挤在我家老老宅里。

我对鸽子充满了愧疚。

再后来，老老宅就拆了，父亲盖起了二层楼，这是我们村子第一栋楼房。那些鸽子还住在我们家，蓝洼洼的一房顶。原来鸽子也和我一样，喜欢怀旧。鸽子们整天在屋顶或树枝间“咕咕——咕咕——”地低声商量着，谈论着人所不知的秘密，或者吃喝拉撒，或者分工协作。这些秘密对于它们来说，就是一些至关重要的大事，不然它们怎么整天絮絮叨叨地讨论个没完？我常常听着它们嘀嘀咕咕的声音，从叫声的节奏和音调的高低来判断它们的欢乐忧伤。只是关于它们谈论的内容，我始终一无所知，那对我而言成为永远的谜。我想，它们中间肯定也分年幼尊长，也有分工合作，也有争论不休。要不，这几十口的大家庭，怎能彼此不离不弃地相处在一个屋檐下呢？

住上新楼房了，我意气得不得了。夏天每到傍晚，我都会早早把二楼天台打扫得干干净净，等父母收拾停当后，一家人就在天台上乘凉，喝着茶，看着夜空上的星星，唠叨唠叨家事，不觉就睡着了。直到第二天太阳出来了，等到鸽子在屋顶扑闪地飞来飞去，我才肯起来。

父亲把院子西边的鸡窝拆了，开垦出一小片菜园子，栽上西红柿、辣椒、茄子、黄瓜、豆角、韭菜之类的蔬菜，家里天天能吃上新鲜的蔬菜。而母亲爱养花，则在园子陇旁栽上几株月季、兰草、绣球花、菊花等，每年春夏秋三季，姹紫嫣红，满院清香，惹得过路的邻居，总是在大门外，探着头，伸长脖子，边朝里望边大声喊：“他婶子，种的什么花啊？这么好看！明年记着给我家也移上一株哦！”话音还未落，人却已走到了院子中间，看到红红绿绿的一片，不禁啧啧称赞起来。这时，母亲总是很开心地一一介绍着花儿的品种及栽培注意事项。

父母一直守着老宅，守着村子，一守就是几十年。前些年，父母年龄大了，身体又不好，在我们的再三劝说下，才恋恋不舍地锁上老宅的大门，离开了村子，来到了小城。可是，到了城里的父母，每隔一半个月，不嫌路途奔波，总要找借口坐着公共汽车回老家一趟。到家了，总是要把屋子前前后后、里里外外打扫一番。我们劝说，家里又不住人，打扫干什么呢？可是说了好几次，父母依然我行我素。有人曾提出要买老宅，而且出了一个很不错的价钱，父母一听，马上就摇头，说，这怎么行呢，老宅是我们的根，做人不管什么时候都不能丢了根本，等我们老了，还要回去。是的，他们惦念着老宅，怀念着老宅的光阴，虽然住进了小城，但内心深处，总会滋生一种莫名的寄居感。

也许就如父亲说的，房子再老都不怕，最怕的是没人住，没人住的房子就会老得更快。前些时日因其他事，回了老家一趟，大门铁锁已锈迹斑斑，房子外面的墙皮也开始掉落，菜园子早已荒芜了，猪圈里空荡荡的，屋檐下的角落布满了蜘蛛网，甚是荒凉。才几年时间啊！老宅终究敌不过光阴的纠缠。

正伤感之余，突然间，从房顶飞下两三只鸽子，落在院子里，用那双黑豆似的眼睛呆呆地望着我，片刻之后，就欢快地在空中飞旋几圈，落在院子当中不停地啄了起来。似曾相识，鸽子一定认识我！我和它都是怀旧的。不然，守着空空的老宅，还有长长的光阴，一定会寂寞的。

面对鸽子，我心怀感激！

照　相

去年腊月初九，在一场漫天大雪中，我送走了八十多岁高龄的奶奶。

元旦时，我回老家看望奶奶。奶奶愈发显得瘦了，孱弱的她已说不出话，只是眼神里充满着莫名的渴望，紧紧拉住我的手不放。没想到，这竟成了诀别。

雪花飞舞，冷风刺骨，洁白的田野上留下了一行行歪歪扭扭杂乱无章的脚印。黄土高原上，老奶、爷爷、奶奶一排紧挨着，周围是漫天的白。时光的潜流奔涌着，往昔的一切如梦而来。

照片上的奶奶，柔和的轮廓，安静的眼神仿佛洞悉了世间的所有，一如平日般亲切。这是奶奶六十多岁时照的相片，照相时的情景依然历历在目。

从记事起，每年大年初一，我们姐妹三个都要早早穿好新衣，在家门口焦急等待摄影师的到来。父亲已提前和做摄影师的同学约好了，要来给我们照全家福。那时的全家福真是壮观，三个姑姑，一个叔叔，加上姥姥、爷爷、奶奶、父母还有我们姐妹三个，总共十几口人。先照全家福，然后给老奶、爷爷、奶奶单独拍照。给奶奶拍照的时候，很少照相的奶奶把头发梳得一丝不乱，衣襟整齐，端端正正地坐在太师椅上，显得很拘谨，好像这是一场无比隆重的仪式。半天，她手不知该放在什么地方，最后只好规规矩矩地平放在腿面上，一只手里还捏着叠得整齐的手绢。摄影师很有经验，这时，他并没急于拍照，而是边调焦距边和奶奶拉着家常，在奶奶神情最自然的状态下，趁机咔嚓一下，奶奶的笑容就永远定格在胶片上。

后来，全家福上的人渐渐不断变换，先是几个姑姑出嫁退出了，接着老奶走了，但又多添了婶婶。再接着，又多了堂妹堂弟。再后来，爷爷奶奶相继而去，弟媳和侄女又加入了全家福。时光就是这样，晃来晃去，一声声咔嚓、咔嚓，四世同堂的幸福就镶嵌在镜框里，它见证着我们家族的光荣，多少人生的艰辛，都被全家福上的笑所消融。

我家的堂屋中间，一直摆放着一张冲洗放大的黑白照片，照片上是一个年轻英俊的小伙子，脸部棱角分明，刚毅又不乏清秀。老奶告诉我说，这是我大爷（我爷爷的哥哥），当飞行员的。

当年，老爷*去世得早，就留下了老奶拉扯着两个儿子过日子，日子过得极其艰难，这自不必说。有一年，家里交不起公粮，为了抵债，

* 指曾祖父。

大爷被拉到县里当了人质。谁知，大爷因祸得福，正好被县上的某个官员遇见，他见到大爷眉目清秀，聪明乖巧，甚是喜欢，于是就把大爷认作了干儿子。从此，大爷有了读书的机会，聪慧的大爷读书刻苦又勤奋，后来去了部队当兵，接着就进了黄埔军校，当了飞行员。“文革”期间，大爷又因福得祸，不可避免地也遭受迫害，被指为国民党潜伏特务，日夜批斗。大爷不能忍受屈辱，写了封遗书，把衣服整整齐齐地叠好放在黄河岸边，便跳进了黄河。后来家里不管怎么找，也没找到大爷的尸体。也有人说，他去了台湾。但最终怎么样，谁也不知晓了。后来，终于，含冤跳河的大爷，也平了反，洗清了冤屈。大爷的一生让人唏嘘不已。

生活发生如此的突变，老奶一个妇道人家，又能怎么样？这成了她心头最痛的伤疤，从来没人敢在她面前提这事。之后，老奶拉扯着爷爷，颠着一双小脚，辛苦地经营着每一天，把小家经营到现在十几口人的大家庭，其中的艰难与不易又有谁能体会与知晓？老奶泡脚的时候，我见到过她的那双因裹脚而已变形的小脚，脚只有三寸多长，小指与无名指的骨头已完全折断变形，朝里贴着脚心，凹了进去，惨不忍睹。泡完脚，老奶总喜欢用剪刀仔细地剪去脚底那厚厚一层老茧，仿佛剪去了岁月留给的所有沉疴。每年一到大爷的忌日，老奶都要独自拄着拐，去村子前的沟底，悲怆地大哭一场才回来。也许只有到了这一天，老奶才能找到理由把内心积压的委屈全部释放。后来，哭得多了，老奶眼睛不好使了，常常让我给她拔眼睫毛。

大爷在世时最疼父亲，父亲也想念大爷。有一次，父亲去郑州出差，碰见一个人，背影特像大爷，就一直紧跟在那人后面，差点被人家误解成坏人而报警。

看到照片里英俊的大爷，平时从老奶、父亲的嘴里零星地知道关于大爷的一些情况，我从未见过大爷的面，却常因大爷是飞行员，而在小伙伴面前多了一份炫耀的资本。当别人问及大爷后来怎么样，我总是很神气地回答，现在在台湾呢！是啊，一家人的心中何尝不是期冀着大爷好好的呢？

一张张薄薄的胶卷照片，禁不住时光的冲蚀。那时，难得去照相馆一趟，寻常的日子里没有照相的条件与理由，哪像现在，手机啪啪一拍，上传微信微博，晒晒秀秀，自得其乐。从记事起，我就一直以为照相是过年一个很隆重的节目，因为，作为长房长子的父亲，把照相当成了一种仪式。

春节时，我去看望父母，姐姐一家，还有弟弟一家，都难得聚在了一起。父亲就对我们几个说："今天咱们家人最全，就照个全家福吧？"父亲征求我们的意见。他的话刚一出口，姐姐就知晓了父亲的心思，赶忙说现在照相这么方便，以后随便什么时候都成。听母亲说，奶奶走了后，父亲的心思就更重了。我晓得父亲在想什么了。爷爷奶奶走了。长辈在世，就好比挡在生命最外围的一堵墙，即使再破败，不禁风雨，但只要他们挡着，子女心里就觉得踏实，觉得有些东西还很遥远。对父亲而言是这样，对我们而言更是这样。这才发现，时光，原来无疑就是生命的最大预谋者。

时光一定是有脚的，我依然这样固执地认为。不然，怎么会：昨日的父母年轻美丽，而今天额头不知何时已爬满了皱纹，脚步也开始蹒跚；我还没顾得体味青春年华的甜美，就仓仓促促地迈进了中年；昨日儿子还在襁褓之中嗷嗷待哺，如今个头已高出我许多；昔日门前的柳树细弱得不禁风雨，现在却高大而绿荫葱茏……这一切的一切，或许都是时光赐予我们的印痕——成长或衰老，艰辛或苦难；同时它又不会空手而归，它要带走一些什么，幸福或青春，生命或财产。生命从来都是这样残酷而公平。人最终可选择的，或许就是在对时间不断的无效抵抗中，渐渐参悟人生的真谛，在生命面前俯首倾听，在漫长修行中逐渐抵达人生的圆满。

不管岁月如何蹉跎，我想对父母说声：你们一定要好好的，好看着我们幸福。也想对儿子说：我们一定会好好的，因为要看着你幸福。

拾荒者

一

哇的一声，急促而尖利的哭喊，夹杂着更高分贝的叫骂声，把我从梦中惊醒。黑夜的寂静骤然被打破。

惊醒的我，第一反应就是赶紧看了看身边熟睡的儿子。儿子还沉浸在甜美的梦乡，我这才松了口气。

隔壁的男孩或许又尿床了。印象中，那男孩五六岁的样子，浑圆的脖颈，浑圆的鼻子，浑圆的胳膊，浑圆的腿脚，整个身子几乎都是浑圆的。肉乎乎的脸蛋白里透红，虎实可爱。小家伙的嘴巴整天都不闲着，腮帮总是鼓鼓的，不停地嚼着。甚至刚放下饭碗，就见他拿包零食，又大口小口地吃着，好像从来没有吃饱过。仔细看会发现，那圆乎乎的脸上，隐隐带着一些呆滞。

不知过了多长时间，隔壁的吵闹声渐渐变小。折腾累了吧，我刚暗自庆幸，没想到，瓢盆相碰的哐当声，倒水的哗哗声，掺杂着几声嘟囔，又从隔壁传来。深夜里，墙壁好像纸糊的一样，窸窣的微小声音，都清晰入耳。

睡意全消。我瞪着眼看着天花板，想熟睡的孩子会不会被吵醒，想起明天还要面对一大堆琐事，翻来覆去怎么也睡不着。我强迫自己闭上眼睛，默念着“一只绵羊，两只绵羊……”可愈数头脑愈清醒。

我真有点后悔，当初为什么偏要在这里租房子。刚来到小城，只考虑着住得离学校近点，上下班方便，更方便照顾几个月大的孩子。

这里曾是一个果品市场。市场周围一圈统一是二层楼的店铺，中间有三排背靠背的单间平房，平行排列着，宛若一个方方正正的棋盘上摆了几排整齐的棋子。20世纪90年代初，市场建成举行开幕式时，在师范大学上学的我还参加了节目演出。对于严重缺乏文艺细胞的我来说，这是生平参加的唯一的一次大型文艺演出。后来，这个市场确实繁荣过几年，周末，我常到市场里转悠。但不知从何时起，市场就开始萧条了，再后来，渐渐改头换面，成了一个杂货市场，卖什么的都有，水果店、五金店、日杂店、粮油店、服装店、理发店、家具店、饲料店，等等，一应俱全。不出市场，就几乎能买到所有的生活用品。每个店铺在生活中都承担着各自的角色与使命，犹如一副象棋，车马炮相士将卒缺一不可。

当时的我，满脑子的青春梦想，怎么也想不到自己将来会来到小城生活。1994年我从师范大学毕业，现实很快就无情地碾碎了所有梦想，同学中，只有个别人靠着关系留在了县城，而自己被放逐到边远的山区小镇。身为农民的父母，能供我上师范，我已感激不尽了。我尽情品味着初为人师的收获与喜悦，虽然每月只有三四百元的工资，有时还拖欠，或者“打折”。但我并不觉其中的枯燥与艰辛，心中憧憬着美好的未来。没过几年，我也和别人一样，按部就班地结婚，生子，经营着日子，虽然艰辛，却也甜蜜。

2000年，我跟关羽过五关斩六将似的冲过重重考核关卡，终于调到县城新建的一所初中。此时，我已是一个母亲，抱着嗷嗷待哺的儿子，暂时栖居在小城一隅，开始为生活打拼。

来到小城的第一个夜晚，面对霓虹闪烁，练歌房内传出的高声喧哗，广场上熙攘的人群，我心里说不上是一种什么滋味，兴奋抑或自卑。十几年前，自己只是小城匆匆的过客，而如今，对于单位，我已是一名员工，对于小城，我是即将进来的定居者。想想以后，每天清晨，自己会在某个街道的早餐小摊，喝碗豆浆，吃个包子，日复一日地过活，享受着小城给予的待遇，内心里突然有一种不太踏实的得意与自豪。相对于许多想进城而未遂愿的人来说，我应该是幸运的了。

城里的夜风温温的，有种模糊的暧昧，熏得人微醉，与乡下那种清新凉爽的风完全不同。马路两旁高高的路灯，远处高楼上的灯火，都次第亮起，如繁星点点，明亮而温暖。我抱着儿子，呆呆地望着，打量着眼前的小城，熟悉而又陌生，一种从未有过的孤独突然袭来。是的，属于我的那间小小屋子称不上真正意义的家，它不过是暂时的落脚之地。而我，也只不过是一粒被一阵风偶然吹进城的种子，随风飘荡，找寻着城里那少得可怜的泥土。而后发芽，开花，结果，这已是自己的造化了。

我租的房子在市场中间的一排，北边隔壁的一间是形状不规则的边角房，里面住着一个拾废品的女人，她有个四五岁的儿子。房前边有用栅栏封住的一片空地，里面堆聚着一些废纸箱、塑料袋等杂物。墙角是摞了几层的啤酒瓶子，瓶嘴和瓶底相互交错，排列成整齐的一行。栅栏入口的小门常用一把铁锁锁着。

搬东西的那天下午，正好那女人也在，瘦瘦的，穿着一身红碎花图案的短袖和马裤，看着很利落。她热情地对我说："住在这里还算方便吧。吃水得到这排房子南边去提，每天九点开始放水，一个小时，去晚就没了。公用厕所在西北角，晚上没有路灯，得准备个手电筒。我们在这住五六年了，挺好的。"说完，她笑了笑，露出了白白的牙齿。

挺好的，这仅是她的想法。对我来说，这里却不是心中所愿，但暂时又没有什么办法。不知自己会在这里待多久，总之，越短越好吧。我对她还是露出了友好的笑容。

打扫，提水，擦洗，收拾，忙活了半天，我终于安顿好乱七八糟的物品，还有孩子和保姆。收拾完毕，爱人返回乡下学校了。

二

还有两天就要上班了，我也开始逐渐习惯了准城里人的生活。

城里的生活是踩着固定的鼓点，紧张而有序的：起床，早餐，挤公交车，上班，下班，回家。一成不变，好像工厂流水线的程序，一道又一道，小城里的人早已习惯了这千篇一律的节奏——刻板也充实的生活。

隔壁的女人很勤快，每天一大早，就能听见锅碗瓢盆的动静。早饭完，她就换上一身破旧的劳动服，腋下夹着两个编织袋，锁上栅栏，出去了。

她的胖儿子穿着还算干净，总是在栅栏内玩，吃着零食，玩着仿真玩具手枪，手枪嘟嘟地响个不停，小家伙也噘起嘴跟着"嘟嘟"，连续不断，嘴角满是唾沫，也不擦。天一凉，男孩整天掉着清鼻涕，呼哧呼哧地吸溜着，鼻涕好像两只虫子在鼻孔边来回地出出进进。

我发现，中午十二点一过，女人就会准时回来，提着满满一袋子不知什么东西，全身脏兮兮的。女人赶紧开炉、洗刷、换衣、搭锅、擀面、炒菜。午饭吃过，女人又忙碌地换上“工作服”，倒出袋子里的东西，麻利地进行分类整理后，又夹着编织袋，出门时仍不忘锁上栅栏。

一到下午，胖男孩就不像上午那么安分了，零食吃光了，玩具枪也玩腻了，扔在了一边。女人刚走，男孩突然想起了什么，他抓住栅栏使劲地摇晃，大喊道：“开门，快给我开门——！”见没人应，他摇得更使劲了，哐当哐当的声响，仿佛断茬的钢铁板子在水泥上磨划，尖锐刺耳，扰得邻居安静不得。有人哄他几句：“你妈妈给你买好吃的去了，一会儿就回来的。”果然，他迟疑片刻，停了下来，小脑袋挤进钢筋的空隙，向外面望了望，见没人影，继而恼怒了，更使劲地摇晃着。然而，这一切都是无济于事的，女人总是在天快黑时回来。胖男孩喊累了，就会靠在椅子上安静下来，有时就躺在地上睡着了，脸上还挂着泪痕。我同情起这孩子。真够可怜的，整天像猫狗一样地被圈养着。女人也真够狠心。

夕阳收走了最后一丝光亮，被栅栏切割成一条一条的光影，也变成了黑乎乎一片。女人回来了，满脸的疲惫，手里提着满满一袋零食。胖男孩一见，马上笑开了，完全忘了刚才的一切。女人抱住男孩，亲了一下，又忙着做饭去了。我曾劝过女人，让孩子出来玩多好。女人一听，马上摇摇头说，那绝对不行，他和别人不一样，到处乱跑，跑丢了咋办？以前跑出去好几天，差点冻死在铁路边，让她找得好苦。说完，女人长叹了一口气：“唉，我和他就是一对冤家，谁也离不开谁。”女人，整天就指望着拾点破烂来填补生活，能喂饱肚子，给孩子多买几款玩具和好吃的。把男孩锁在家里，也是迫不得已。

生活总是按部就班地朝前行走的，我也开始了上班。我担任两个班的语文科任教师和班主任。到了新环境，唯有拿出一股子拼劲，才能站稳脚跟。每天清晨，天灰蒙蒙就起床，早操，晨读，上课，半天的时间就从眼前晃了过去；中午，我安顿好学生，急匆匆小跑着回到小屋，给孩子喂口奶，再小跑着返回学校。下午，备课、批改作业、班级事务，等等，全泡在了办公室；晚上，下自习后到宿舍查完寝才能回家。

看来我真是想错了，即便是离学校只有几分钟的路程，我也根本挤不出时间来照顾孩子。事一多，时间紧了，早上出门天不亮，孩子还在熟睡，晚上回来，孩子已进入梦乡，整天把孩子全扔给了保姆。

我成了一个不称职的母亲，深深的愧疚与自责，常常困扰得我深夜不眠或噩梦连连。可是，只要清晨闹钟一响，就如吹响了号角，容不得有半点迟疑，我立刻起床，直奔学校，无暇顾及更多。每天，我就如陀螺一样地旋转着，不知疲倦，不敢停歇，承受生活的艰辛已被磨成了一种惯性。

抽空回来看孩子，孩子一见我就手舞足蹈，扬起两只手臂，像天使舞动着双翅，紧紧依偎在我怀里，仿佛别人随时都要抱走他一样。孩子就是这样单纯，你只要对他有一丁点的好，他就会马上忘记苦痛，露出笑容，从来不会计较什么。就如隔壁的胖男孩，几包零食就可以让他瞬间忘却刚才歇斯底里的哭喊。

我每每离开时，总会惹得孩子大哭一场——搜肠刮肚地编的一些可笑理由，次数多了，孩子已不再相信。后来，我干脆就少回来几次，或者不回家了。

昨天，我还在指责隔壁女人的心狠——就不能一天少拾点废品，多陪陪男孩？当自己面对孩子时，却发现，有时生活中的无奈与匆忙，让我们来不及有太多的儿女情长，把男孩锁在家里，实在是没办法的。女人整天拾荒，就如在浩渺的海洋中打捞着渺小的希望，拾捡着活着的寄托。

想想自己，何尝不也是如此。单位距离这么近，都忙得顾不上回来看孩子。或许，现实生活就是由无数道变化莫测的选择题组成，人就是在不断的选择中朝前走着，其中舍与得，只有自己去把握了。

三

女人回来了，屋内屋外都不见男孩，女人紧张地找遍整个小区，也没见男孩的影子。她慌了，不知所措，突然放声大哭起来：“这小兔崽子，这可怎么办啊！你到底在哪里啊！千万别剩下我一个人……”接着又呜呜地骂开了，“没心没肺的东西，我白养活了你这几年，走的时候连个招呼都不打……”

原来，胖男孩从栅栏的缝隙中偷偷钻了出去，一连几天都没见回来。女人丢下手中的一切，发了疯似的找孩子——车站，老区，新区，每一条巷道，每一个超市……几乎跑遍了小城所有的角落。天灰蒙蒙的，女人就出门了，天黑很久才回来。她生活全部的希望，就是这傻儿子了。

傍晚，女人回来了，夕阳把她的身影拉得又长又细。她提着个小提兜，佝偻着身子，摸索了半天，才打开屋门。她拿着个茶缸出来，对我说，不好意思，出去了一天，炉子也灭了，想倒杯开水。我仔细看了她一眼，顿时惊呆了——四五天没见，眼前的女人，仿佛一下子苍老了许多，蓬乱的头发，灰灰的面孔，毫无表情，眼窝也陷下去了。没有提男孩的事，我怕碰触她的伤痛。简单招呼了声，她也只是象征性地闪了下笑意，叹了一口气："唉，这都是我的命。"便转身回屋了。直到晚上睡前，隔壁都没有一丝动静，不知怎么，我的心一直提着。

周末一大早，又听见隔壁锁门的声音，我知道，女人又去找孩子了。寻找着，就有可能，也就有希望了。

晚上，我一个人踩着月光回家，身后拖着黑黑的影子。要路过一段窄窄的小巷，我总是憋足一口气，奔跑着冲过去，到了家，心还在咚咚地跳个不停。我是个胆小的人，连只知了也不敢去碰，但那时忘却了太多的恐惧。也许，重负或梦想在心的时候，恐惧也被挤压到小得可以忽略不计了。

生活没有商量，常常会出其不意地把各种难题摆在你眼前。保姆家里出了事，电话要她当天就回家，顿时，我傻眼了。周日下午，我抱着孩子，满大街地去找保姆，甚至跑到城郊的几个村子里，可是，哪会一时半会儿就找到合适的。实在没办法，我就给母亲打电话，母亲一句"给孩子断奶，抱过来，我来照顾"，我的泪唰地流了下来。

母亲的心，总是最柔软的。

孩子送走时，他死活都不肯放手，拼命地哭喊。站台上，最晚的一趟班车就要走了，孩子眼泪巴巴地望着我，而我，只能狠心地撒开手，转身就跑。身后，孩子歇斯底里的哭声，让人揪心地痛。这是孩子第一次离开，我没有任何心理准备，措手不及，恍若被人硬生生地从身上扯走了一块肉。那种撕心裂肺的痛，一阵一阵的，在心头蔓延开来。

孩子抱走了。我每天回来，屋子空荡荡的，心也空荡荡的。但牵挂却犹如绷紧的弦——怕孩子哭闹，怕母亲劳累。不敢给母亲电话，却又心神不宁。

隔壁女人还在继续寻找傻儿子。这个时候，我才真切体会到那种让她发疯得不顾一切的苦痛。每天总希望晚上她回来时身边多个人影，可从来都是女人日渐憔悴的孤单身影，在夕阳或月光中。

周围邻居都劝她："你都找了二十多天了，还是算了吧。反正抱养的孩子，又不是亲生的，你从几个月养到好几岁，平时对他够好的了，心里也没啥亏欠的，何况还是个智障……"

"不，我会找到他的，不然他会饿死的。为啥以前偏偏是我遇见抱养了他？这都是我上辈子欠他的，我认命……"憔悴的女人中了魔似的。

原来傻男孩不是女人亲生的！

一个女人，靠拾荒为生，却要养活一个拾来的智障弃婴，其中的艰辛谁又能想象？我想，女人背着孩子，拾着破烂，艰辛的生活中也注入了一种别样的幸福。经年累月，她拾起的何止是生活中的那些废弃物？

后来，我搬走了。中间我又特意去过一次，没能遇见那个女人，只是栅栏的铁锁，已蒙上了一层黄黄的铁锈。

2013年，破败的市场在轰轰隆隆的机械声中被推倒，不到半年的工夫，一栋栋高层建筑拔地而起，犹如石林一般，成了城郊村民的安居房。偌大的石林遮住了大半个天空，也遮住了白天的太阳和晚上的月亮。女人也不知去向了，也许还在这个城市的某个角落，也或许早已离开了小城。

我在这小城逼仄的空间中，有了自己不大却很温馨的家，生活平静得如一池潭水。我并不是一个贪欲太多的人，但静下心来，总觉得似乎缺少点什么。多少次，在梦里，一个人狂奔在无边的荒野，却不知去向。或许，我已经走得太远太远，早忘了当初出发的原因和目的。生活就是这样，一个洪流接着一个洪流，挟裹着你身不由己地向前，不管你愿意与否。我迷失了方向，丢失了自己。

在如棋盘的小城里，不知何时，我已成了一个腿脚不太灵便的卒子，少了份锐气，只知蹒跚向前。我从镜子里清晰地看到了自己，那是一个连我也不喜欢甚至生厌的自己——一个整天为了温饱名利而奔波的世俗者，一个面对生活的挫折得过且过的卑怯者，一个对善良趋于麻木的冷漠者……而拾荒女人的善良，她的坚韧求索，犹如一道犀利而温暖的阳光，濡湿人心底深藏的柔软。

二十多年过去了，这段光阴里，有我挥洒的青春激情，有我付出的艰辛不易，有我体味的人生酸甜。不管怎样，这都是我生命中一段难以忘怀的岁月——领着微薄的收入，透支了太多健康，享受着单纯的快乐，时光就从身边疾驰而过。现在想想，一切都好像是昨天刚刚发生过一般。如今，幸福也好，艰辛也罢，我都想如拾荒的女人，从容笑对，一一珍藏，填补日子，温暖自己，坚守梦想，一直行走在寻找的路上。

小城，小城

小城越来越陌生了。我站在小城的街道旁怀念大树，就像当年我站在村头大槐树下遥想城市。二十多年前，我于小城，只是一名匆匆的过客。

印象中的小城并不像想象中的那样宽畅，街道狭窄而拥挤，一下雨，路上尽是水洼泥滩。小城以瓦房居多，我总忍不住猜想，瓦房屋檐下会不会和我家老宅一样，私藏着许多麻雀窝？屋檐下的人们每天早上吃着油条豆浆，随后用手抹抹嘴角，流露出城里人特有的那份满足惬意，我在心里只有暗暗羡慕了。周末，我和朋友一起挤在老巷子里的小摊贩旁，花上半天工夫，挑拣个可心的小玩意，就很心满意足了。这些窄窄的老巷子，就如小城身上的毛细血管，承载着生活中最直接最真切的幸福与快乐。

城里的树，以杨树居多，高耸整齐的两排，像站岗的哨兵一样，让人无形中感觉到一种拘谨，与村子里的树不同，村里的树大多是主人随喜好而栽种，这家门口一棵梧桐，那家一棵枣树，说不定还会有棵歪脖子石榴树呢。不过，虽然拘谨了点，我总认为，杨树是树中的帅哥，笔挺的腰板，有阳光的日子，风一吹，叶子瞬间便哗啦啦地摇下一地碎银。

后来，我终于住进了小城的水泥楼里。每天早上，我也享受着油条豆浆的早餐，只是为了上班，总是边走边吃，匆忙朝单位赶去，早没了想象中的那份悠闲。以后，我俨然以准主人的身份，开始对小城评头论足，哪个地方应该有个公园，哪条街道应该加上红绿灯……指指点点中，时间一晃，就是三十多年，眼前的小城早已物是人非了——街道宽敞得可以几辆车并排行驶；楼房意气得可以握着云的手了；晚上彻夜灯火通明，有时竟分不清白昼与黑夜；街道两旁的树，却越来越矮了，虽然它们从未停止过生长。

我整天忙碌穿梭在城市的大街小巷，在白天与黑夜交替之间，在梦想与现实变幻之中，如蜘蛛般辛苦编织着生活。小城的大街小巷几乎都叠印上了我无数的脚印，可是，每当遇到有人问路，我竟还如一个失忆的人，想上半天才能确定。不知什么时候，我与这个城市已仿如陌生人了。每每这时，一种莫名的惶恐与悲哀便会在心底蔓延——到底是城市疏远了在这里已生活了十多年的自己，还是自己不经意地疏远了这个城市？就这样，我在小城的四季里来回穿梭，小城一圈一圈的年轮，也无意间刻在了我的心上，清晰而又模糊。

四月天，阳光如瀑。小城走在春天里，我沉醉在小城美好的春光里。老区的杨树该抽芽吐绿了吧？我想着四月街道上的场景，那些含苞娇羞的新绿将舒未舒，清新可爱，满树缀着的串串花穗，随风摆动，就如女子耳际间的玉坠在摇曳。

然而，我的愿望终究是要落空。眨眼的工夫，小城的许多树都被齐刷刷地放倒，一条街，两条街，三条街……我满心的欢喜顿然被掏空。空荡荡的街头，我如一个莫名其妙的孩子，难过却找不到伤心的理由。

我耿耿于怀，揣测着始作俑者的最终目的——或许是因枝叶繁茂遮挡了太多的视线，或许是树木在各种建筑物之间拉来扯去的电线中成了牵绊，也或许是树木有了老态龙钟之相，与小城新貌不太协调……我不想用“砍伐”或“锯断”一类带有强掳气息的词语，也不想用“什么之殇”之类的字眼过分矫饰自己的善感，这于这城里的老树，在这四月天，都是极不合时宜的。这些树相对于那些百年千年的古树来说，是绝对不能称为“老树”的。

没有了树荫的遮挡，城市的角角落落都装满了金黄与温暖。各个店铺的招牌挂着得意的笑容，招揽着来来往往的顾客。许多不知名的鸟儿，停驻在密密麻麻的交错在电线杆之间的线上，像一个个黑色的音乐逗点，不时欢快地飞来移去，叽叽喳喳的。恍惚间，我有种错觉，总怀疑自己走错了地儿。头顶纵横交错的电线如一张大而无边的网，罩在头顶，无情地把天空割成一条一条。各种信息在其中飞速流动，让空间与时间不再是一种存在。生活中，你在占据的东西，也在占据着你。

天瓦蓝瓦蓝的，像一望无际的大海，又如一只深邃的眸子，蓝得纯粹，蓝得透彻。偶尔，飘来几朵闲云，仿若不经意缀在蓝上的白，给眸子蒙上了一层淡淡的雾，让我的目光也暂时有了着落。这蓝的底处，藏着一种深深的忧伤，让人眩晕，我的目光一下子全跌进这无尽的蓝。阳光没有看见，唱歌的鸟儿更不懂，它们只管各自在城市上空编织着欢快的歌儿，哪管累了时哪里再去寻找栖身之处。

还好，那些树根还在。树是齐着地面平锯过去的，那些人肯定不屑花费功夫，把牵牵绊绊的庞大的根须刨出来，在伐与不伐之间，他们选中了前者，他们似乎比任何人都更懂得一棵树的价值。

树根还在就好。

“妈妈，你看这是什么呀？圆圆的，一圈一圈的。”一个稚嫩的声音响起。我转过身一看，原来是一对母女，孩子只有三四岁的样子，正指着树根上一圈一圈的年轮问妈妈。妈妈解释道：“这是树的年轮，树每长一岁，年轮就多一圈……”只见孩子蹲下身子，一圈一圈地认真数了起来：“妈妈，这树才十二岁，和我表哥一般大，怎么就砍了呀？”女孩真的伤心了起来。

是啊，我也只能问自己。

黄里泛白的树根截面，遗落的木屑散发出淡淡的香味，行人不停踩踏着，一双双形形色色的脚印叠加着，大的，小的，皮鞋的，布鞋的……树根还在就好，这是小城全部记忆的所在。

当树开始把纤细的根须深深扎进土里时，树便属于小城了，从此，它们息息相关。纤弱的根须坚韧地向深处一点一点延伸，汲取着养分，然后把生命所有的绿意都尽情绽放。树是最懂得感恩的，这是作为一棵树最基本的生命状态，年年如是，不管霜雪风雨，树总是静静地守着小城，见证着小城一路走来的艰辛与不易，从昨天到今天，从贫穷到繁荣——这也许是它们所肩负的神圣使命。

几十年了，小城每一点的发展，每一次的蜕变，树都记得清楚。每条街道的改建，每个标志性建筑的落成，新区、北区的扩建……哪一年风调雨顺，瑞雪兆年；哪一年遭遇大旱，庄稼歉收；哪一年大枣枝头欢笑，苹果满城飘香……甚至于每家每户的吃喝拉撒，居家过日的微小变化，树们都一一清楚。它们在土里相互牵绊，相互告知，相互分享着关于小城的点点滴滴。它们把所有的记忆储存在每一根纤细柔弱的根须上，所有的根须都成了一个不可复制的芯片，芯片上记载的都与小城有关。没有人知道这些秘密，也没有人能读懂这些关于小城最真实的秘密，人们看到的只是树一圈一圈的年轮，却不知那是树在岁月中对生命虔诚的记载。

树是小城的地气所在，是小城所有记忆的根。城凭着树，树守着城。树就如守在村子的爷爷奶奶、父亲母亲们，有他们在，村子就在，心就莫名地踏实。这些树，如人一样终究是要有自己的归宿的，虽然只成长了几十年的时间，远远称不上苍老。见惯了太多的风雨与坎坷，对这一切，树已习惯了沉默。

天气一日日地酷热了起来。黑油油的街道曝晒在阳光之下，吱吱地冒着热气，路边摆摊的大娘热得不停地扇着毛巾，直嘟囔着：“唉，要是那些树不砍掉多好啊，怎么就砍了呢，真是的。”打扮得花枝招展的服装店老板娘接着话茬说道：“就是，没了大树荫凉，今年我的电费肯定要不少缴了……”还有人在怀念树，我微微一笑。

都在意料之中吧，或许不久，树根也会被挖地三尺刨出来。我怕，这些关于小城的记忆，会不会也随之干枯、风化？许多年后，恐怕再也没有人来念叨这些树了。小城毕竟是要不断向前走的。

灿烂的阳光照在一截截裸露着的树根上，我的目光碰触到那一圈一圈的年轮，就像唱机的针头轻轻触放到唱片上，那低沉而舒缓的萨克斯《回家》又在耳边如泣如诉。

我呆呆地静听着。

耳　语

一

呼吸着这个城市第二十六层楼上的空气，和站在城市的地面没有两样。目光所及尽是灰蒙蒙一片，和站在地面仰望天空也没有两样。

时光如水，平静而单调——起床，洗漱，吃饭，打点滴，换药，量体温，在走廊上来回走几圈，或者在楼道尽头的阳台窗口，俯瞰脚下近处和远处的风景，发呆。脑子里好像在想很多问题，又似乎是一片空白。今天如昨天一样。

四十年的生命历程中，这是你最轻松散漫的几天，也是最为紧张恐慌的几天。世界归于寂静，仿佛一切都与己无关，因为你暂时是废人一个——一个几乎丧失全部听力的病人。耳语，是你与世界的全部关系。

在郑州大学第一附属医院二号楼二十六层耳科二病区5号房间，13床成了你暂时寄居的地方。在这里，所有人的名字被一一隐去，不论身份、地位，不管来自哪里，取而代之的全都是一个阿拉伯数字，这代号意味着每个人都只是一个病号。刚开始，护士大声喊“13床——！”

你半天都没反应过来，还帮着护士问："13床谁呢，怎么不知答应？"惹得美女护士哭笑不得。只有在打点滴的时候，名字才象征性地被护士提起："你叫郑毅吧？""嗯。"有时护士像幼儿园老师，亲切地问："你叫什么名字？"你有些惊讶，稍顿片刻，赶忙回答："我叫郑毅。""13床"被叫惯了，你渐渐淡忘了自己的名字，编号提醒着你是病人，既然是病人，就要像孩子一样听护士的话，配合医生安心治病。而那个世俗的名字，几乎每天都要被亲人、朋友、同事、领导等不同人无数次地唤起。称呼的变化代表着多重角色的变化，瘦弱的你不断奔波其中，变换着人生赋予你的不同角色与责任，为其所累，却又乐此不疲。也好，13床的编号，暂时掐断了俗世中许多是非之想，减少了烦恼的纷扰。

很早就想着什么时候能歇歇，可生活的弦越绷越紧，走了一站又一站，眼前的路在无尽延伸，休息的想法总是被这样那样的借口搪塞忽略，哪怕是片刻的休闲。时光一闪而过。你从来没有想到，有一天，透支的弦会嘭的一声断了；你更没有想到，自己会被送到这里来检修——这从小到大都让你恐惧的医院里；你没有想到，你休息的想法终于在此落地了。

在学校，每天早上，摸黑起床，要到教室辅导，上课、备课、批改作业加上各种琐事，一天就从眼前一闪而过；晚上，自习后到宿舍查寝完，已是星光点点，你才迈起回家的脚步。一天又一天，一年又一年，年年如斯，教学的压力，学生的淘气，琐事的困扰，家庭的负担，二十多年来，你如蜗牛一般负重前行，又如陀螺一样快速旋转。

这是你平生第一次住院，除了承受身体上的苦痛外，早已没了太多的紧张和恐惧，你竟然还有种胜利大逃亡的感觉——不用疲惫奔波于上下班的途中，不用忙碌于生活众多的琐碎，不用考虑一日三餐的安排，不用煞费心机地周旋于各种应酬之中……逃离生活原来的轨道，一切都暂时隐去，只剩下纯粹的轻松。还有镜子里的那个你——头上紧缠的白色绷带，绕过右耳的发髻，沿着眉际，包住左耳边垫的一层又一层的药棉与纱布，一匝又一匝，缠得厚厚实实，耳道里，耳郭内，耳郭外，全都被纱布药棉塞得满当当的，左边像挂着一个偌大的白色耳机。头被如此禁锢起来，木木的，走起路来，总觉得不平衡。镜子中的你，像极了刚从战场上英勇负伤下来的战士—— 一场没有硝烟没有选择的，每个人都不可避免的战争。

一日三餐，成了你一天最大的兴趣。你像个孩子似的渴望与挑剔，每天绞尽脑汁地想着什么东西好吃又营养。向来被你忽略的肠胃，瞬间娇贵了，蛋奶肉粥轮换着，你不敢用左边的牙齿咀嚼食物，虽然医生只是建议，你还是坚决彻底执行医嘱——只用右边牙齿小心地咀嚼。你像蛰伏了一冬的麦苗开始泛青，在春寒料峭中苏醒，逐渐恢复着活力。头部的伤口处和耳道里，隐隐传来一阵痒痒的感觉，仿若无数小虫在里面不停蠕动——你感受着来自于头部任何一点点的微妙变化，每天及时和医生沟通。你从没有这样入微地关心过自己，你莫名地感动——不知是为自己而感动，还是为自己感受着这一份好而感动。这是平生第一次。许多时候，生活中有太多你总认为很重要的事——工作不能马虎，写作不能马虎，职称不能马虎，买房不能马虎，而从来，你都认为吃饭可以应付，休息可以忽略，身体可以透支……生病的最大好处就是，最重要的事渐渐变得不重要起来，让人重新认清生命的本质，回到生活的最初——在这俗世中依然充满热爱地活着，活得像一株葳蕤的植物，像一位真正的英雄，耽美于每个清晨与黄昏，只有每天按时升起又落下的太阳，与你的距离最近。

与你的距离最近的太阳，把你带到了精神的原乡。透过楼道尽头的窗玻璃，阳光被切割成不规则的方形条块，印在窗边的地面——像极了故乡低矮瓦房的木格子窗把阳光切成方块影印在炕上，炕头是忙碌的母亲。你尽量让整个身体完全沐浴在阳光之中，让身子暖和些，再暖和些。阳光懒懒地斜照着，你有些发迷。这种温暖慵散的感觉，容易让人沉迷，就如红酒于一个小资女人的诱惑。地面上的方形条块不知何时也已变窄，变细，细成一条线，最后突然逃离窗口，完全消失。窗外，夕阳的光也在西边的楼群中沉了下去。

不知谁说了句，明天还是个大晴天。

嗯，那就好。

二

我知道，拯救耳朵不能再拖了，但没想到要做手术。这完全是意料之外的决定。

大夫挪开小小圆锥形的黑色耳窥镜后，以嗔怪的口气对我说："怎么这么迟才来？双耳耳膜已经穿孔，时间太久，耳膜周围已钙化，你还年轻，手术吧。"看似商量的口气中有一种责备，还有一种不容置疑的权威。是太久了，七八年前，我已知耳膜穿孔，听力开始下降，无奈工作、孩子、家里等一堆琐事，治疗一拖再拖。我对自己的耳朵充满了愧疚。

那就手术吧，迟疑片刻，我做出了决定。这样的决定在意料之外，又在意料之中。虽然来医院之前，我泡在网上，查阅了许多相关的资料，但医生的建议多少还是让人始料不及。要手术，术后效果怎么样？还得向单位请假，安排家里的事宜，考虑谁来照顾我；还有……一连串的问题如水泡一样从头脑里噗噗地冒了出来。以前总忙碌于生活，只知不断向前行走，现在，真要停下来休整，自己倒显得有点手足无措了。

强烈的耳鸣，常常困扰得我精神恍惚——时而如火车过山洞般的轰鸣，时而如万千春蚕在黑夜里咀嚼桑叶，所有的声音仿佛都聚集而来，又呼啸而去，窸窸窣窣，却又洪大无比……耳痛的折磨，听力的锐减，不知自己遇到过多少为人所知和不为人知的尴尬与窘迫——有时听别人低语，我就看他的口型去揣摩意思；有时回答别人的问题，所答非所问；尤其是别人悄悄话，在我听来总是含含糊糊，又不好意思再去问；在家我从来不看电视电影，要看的话，也只看带字幕的……所有这些常常让我暗自伤神，无所适从。即便生活中的尴尬我可以忽略，可是当我的世界离各种美妙的声音，哪怕是熟悉的噪音越来越远时，我突然有种被抛弃的感觉——不知是我抛弃了生活，还是我被生活渐渐疏远。我仿佛是个有点痴呆的老人。于我，左耳差不多已形同虚设，右耳也如断垣残壁，在最后坚守着，或许在将来某一个不确定的点上，也轰然倒塌，湮没所有的声音。我的世界将一片沉寂。

我害怕这一天，有些恐惧。然而我又无力去阻挡，或许这只是迟早的问题。

手术——这仓促的决定，使自己终于摆脱了长期困扰自己的恐惧，然而瞬间它又把我拉扯进另一种暂时无法预料的未知惶恐中。我与世界的关系，纠结于一只耳朵。

住院部。办好入院手续，戴上手环，我被送到了指定的位置。大厅里、楼道里、电梯里，到处是熙熙攘攘的人群，很是热闹，而我，却不是来凑热闹的。

条形湖蓝色的病号服，像一个宽大的袋子，不由分说把我装了进去，袖筒和两条裤腿空荡荡的，愈发显得我瘦弱了。病房的其他病号也都是中年妇女，邻床14号是耳朵失聪，看着好像没有多大苦痛；15床是面部肌肉萎缩，说话时嘴巴歪斜着，含糊不清；16床是因为耳疾眩晕，走路像刚学步的孩子，摇摇晃晃的。

世界改变了，因为耳朵，这些形形色色的残肢败体，就是我的社会关系。

怎么看，镜子里的我也不像个病号，但现实不得不让我清醒。我与她们打了招呼，拿着一厚沓检查单子——验血、验尿、CT、耳窥镜、心电图、胸透、听力测试……我像是一台进入预定程序的机器，一道环节接着一道环节，一个人挤电梯，上楼，下楼，到门诊楼，到病房楼，排号，等候，检查……时间一点点在冗长的等候中消逝。面对着各种各样、形态各异的检查仪器，明知道只是检查，可我还是感到紧张。检查耳窥镜清理耳道时，吱吱的机器转动声，瞬间幻化为无形的细针，仿佛要刺透耳孔，穿透头骨。检查完毕，紧握的手心汗津津的，我下了检查台，竟然眩晕得迈不开步子，扶着墙壁坐在旁边的椅子上，稍事休息才好点。也许，苦痛与幸福只是人的一种心理体验而已，由于紧张而被无形夸大的恐惧，往往比实际感受到的苦痛要强烈，同样，憧憬带来的幸福，也往往比最终的结果要持久和浓烈。我像做错了事的学生，把自己交给这些冰冷的仪器，照来拍去，等待着宣判。

医生告诉我，鼓室成型及筋膜切取手术，就是从耳朵颞肌上取一小块筋膜，然后从耳后开个口子进到耳朵里面，最后把筋膜贴在鼓膜破损处，让它们长在一起，听力就会慢慢恢复。医生微笑着，向我叙说手术的过程，聊天一般，一种略带刻意的轻松随意。她给人一种踏实与温暖的感觉，让我暂时忘却了手术的紧张与恐怖。我又详细询问了术后的一些情况，这才放心。此时，我依然简单地认为，耳膜就像笛膜。笛膜破了，就换张贴上，若没了笛膜，干脆就找块薄纸粘上，不就是效果差点？而手术，就是给笛子换笛膜。我这样一想，心里就没啥怕了。我给家人打了电话，说手术第二天就没事了，母亲不放心地一再叮嘱，再小的手术也是在头上开了个口子，那就是大事。

医生决定明天早上手术，我是第一个。手术前签字，当我翻看着十几页厚的术前协议，那些诡谲的条文睁着狰狞的大眼，幻化为一个个可怕的画面，我潜藏的恐惧一下被唤醒，迅速传遍全身的每个细胞，心脏咚咚乱跳。“手术会疼吗？流血多吗？术后耳膜多长时间能长好？有没有不能长好的情况？听力确定能恢复吗？听力能恢复到什么程度？手术后多长时间能下床活动？这样的修补手术这家医院的技术在全国应该是比较先进的吧？……”我没完没了地问着，其实有些问题在网上已经了解，大可不必再问，但我还是一一地齐问一遍，似乎想从医生的回答里得到些安慰。然而，问得愈多，我愈觉得心慌。

到底做还是不做手术，我甚至有些犹豫，仿佛踩在一个找不到平衡点的跷跷板上，晃来晃去。手术协议上的条条框框，黑字白纸，每条几乎都把可能发生的不测归咎于患者。万一怎么办？谁也不能保证百分之百不出问题啊！是签生死协议……医生很有耐心地一条条解释，我却感受不到刚才的温暖与轻松。但已无选择。就把自己交给医生吧，既然我已主宰不了什么。我在第一页右下角的地方，飞速提笔，写下了“郑毅”两个字。在写“毅”的时候，手不知为什么一抖，有点歪斜，没有了平日的潇洒。翻到第二页，大概看了一下内容，上面有许多看不懂的医药术语，我提笔在第二页的右下角，又签上了自己的大名，试图比第一个签名潇洒一点，还是不尽如人意。接着，第三页、第四页……最后我连内容都不敢看了，直接找到签名的地方，放慢速度，如练书法一般，一笔一画地写上姓名，一次比一次用力。只是，呼啦啦地翻来翻去，十几个签名下来，我始终没有找到潇洒的感觉。

麻醉师拿了四五张表格，例行公事地一项一项问我，有没有什么病史，有没有什么药物过敏，身高体重是多少，最近身体状况怎么样……我一一回答。全麻会是什么样子？是不是没有任何知觉和意识？和人死去差不多？我揣测着。记得拔牙的时候，牙医用了一点麻药，半天我整张脸都木木的；一想起牙医用钳子和锤子使劲地在嘴里敲打的钝声，我就毛骨悚然。想着，左耳似乎传来了阵阵隐痛。签完了名，我算是把自己彻底地出卖了。

回到病房，有人问，术前协议签了吧？我点了点头。“没事了，术前协议就是例行公事，走走形式；有事了，就是和阎王打个招呼，帮医生推卸责任。医生也是人，谁都有疏忽的时候，但协议一签，医生就可以没有任何责任了。我的一个亲戚，在县里医院做了耳朵手术，回家后反而比以前更重了，后来一检查，妈呀，原来耳朵里还藏着一块纱布……”签协议引起了这位病友的滔滔不绝。我心里更不踏实了，只有自己安慰自己——这是在大医院，医生水平高，要求严格，应该是没问题的。

护士让我去剃头。一位十几岁的男生，半边头已经剃得光光的，另一边还留着长长的头发，阴阳头一般，我一见，赶紧堆起笑脸给护士商量，能不能给我少剃点？不然出去都没法见人。谁知那护士一听，就厉声说道：“治病要紧还是好看要紧？手术消毒是有规定的！”我只好不语，就听人家摆布吧，一小撮一小撮黑黑的长发，滑过肩头，飘落到地上。生病了，优雅也就成了一种奢望，只有生命机体健康，充满活力的时候，优雅才来得从容。

“呵呵……”我哭笑不得。

看着镜子里自己的头——左边是光秃秃的荒山，右边是茂密的森林，中间扎起的四个小辫就如四棵小树一样高耸。真有点武林高手的范儿。

我不知明天将要面对的是什么，茫然而又无助。盼时间过得快点，又希望时间能慢点。我已被时光不由分说地卷进了一个黑洞，越陷越深，飞速下坠，跌落。

三

露从今夜白。夜气渐渐透出一些凉来。明天就是白露了。

你呆呆地坐在床上，一动也不动。你在想什么呢？是想在校的孩子？还是明早的手术？病房的电视开着，一部无聊的电视剧没完没了，正巧，屏幕上出现了医院手术室的画面——在无影灯的照射下，医生拿着血淋淋的刀子、钳子之类的器械，在病人某个部位忙碌着……突然你打了一个激灵，赶紧把头扭了过去。

霎时，恐惧与不安如开闸的洪水倾泻而来，你张开全身的毛孔，随时准备着抵御突然而至的疼痛。

走出病房，楼道上有几个病号头上缠着厚厚的绷带，一侧是圆圆一大坨纱布，你同情地看着他们——至少暂时是这样。你和一个病号聊了起来，知她是前两天做的手术，你像抓住了一根救命稻草，不厌其烦地询问手术时的各种细节，而她只是笑笑说："手术时全麻，啥都不知道，没事，不用害怕的。就是术后难受点。"然而，她越这样说，你愈发感到无所适从。明天术后，会不会也有人用同情的目光看着你？

病房里，其他病号还一如既往地沉浸在刚才的电视剧里。刚坐下没几分钟，你去了趟卫生间。没过几分钟，你又去了卫生间。短短不到半个小时，你出出进进，跑了五六趟卫生间。最不知所措的时候，正巧朋友来看望你，带了一本书，还有一束鲜花。他知道你喜欢文字，书或许是你最好的安慰；百合素洁，金菊怒放，绿叶葳蕤，那束鲜花给病房增添了许多温馨。还好，朋友和你闲聊了一会儿，关于生活，关于生命，关于健康的话题。也许在这里，这样的话题更妥帖些，当生命不再充满活力的时候，人生任何的缀饰都将无处附着。你草草吃好晚饭。七点整，翻了几页书，你读着书里的故事，却想着书外的事。书里的故事结局已定，而书外的故事正在继续，结局却还是未知。

弟弟的电话响了。姐姐的电话响了。母亲更是不放心。九点整，先生来了。你悬得很高的心，终于落下一点。

对你，今夜注定是个难眠之夜，你被梦魇一次次无端惊醒。黑夜中，床牌发出蓝莹莹的亮光，上面有你和医生、护士的名字。你把自己就这样交给了他们，想起医生护士和蔼的笑容，你心里稍微有些安慰。其他人都熟睡着，偶尔传来几声鼾声。寂静总是无由地拉长了黑夜的长度，黑夜如一道深不可测的沟壑，四周黑乎乎的，你找不到出口。你一次次看时间，一次次透过窗帘的缝隙看外面的天色。

五点半，你就起床了。洗漱完毕，整好头发，你静坐在床边，等待着，仿佛迎接一个无比隆重的仪式。你不停地摆弄着右手上的手环，这个未知的仪式，让你有些茫然不安。

六点半，手术室准备室门口，十几个病号，有孩子，还有老人。病魔的光顾从不顾忌年幼尊长，看来每个人都得独自面对。楼道里人很多，但很静，没人大声说话。一位护士拿起拖把，把看着已经很干净的地板又来回拖了拖。深秋的早上还是有点凉，先生把外衣披在你身上。

七点多，你换上消毒过的鞋子，戴上深绿色的头罩，被带进了手术准备室。有的家属不放心，反复交代叮嘱着，突然间，你有种生死离别的感觉。先生紧握着你的手，一再宽慰。当你走到楼道拐角处时，回头望了下，见他还仰着脖子朝这边看着。一个多小时，很快就会过去的，你对自己说。时间仿佛凝滞了一般，每一秒钟都是那么缓慢而从容。

准备室里，白与绿主宰了一切。靠墙是两排手术床，已经有好几个病号躺在床上，挂着吊瓶。陆陆续续，进来的病号越来越多，有的随手提着尿袋。身着绿色衣服的护士在忙碌地扎针，挂吊瓶，偶尔有大夫进来把病号接走。来来去去，这些零件受损的人，都被送来检修。

你的手太胖，血管又细，加上天凉，那个漂亮的护士找了半天才扎上血管。扎针时，你盯着护士的眼睛，有小小头像在她清澈的瞳仁中一闪一闪，你企图看清自己。护士藏在口罩里的微微上翘的鼻头，随着呼吸一张一翕，调皮而活泼，这暂时转移了你的注意力。当她有所察觉，无意瞟了一眼，你像小偷一样惊慌，赶紧把目光移走。吊瓶滴管里的药液不慌不忙地滴着，“一滴、两滴、三滴……”你在心里默数着。

被带到手术室，你如一个迷路的人，误闯到一片没有边际的荒野。五六个医生，戴着头罩、口罩，穿着手术服，全副武装，神情平静。各种或高或低的仪器，伸着长长的臂膀，居高临下地在你头顶张牙舞爪，面孔狰狞。巨大无形的恐慌，瞬间从各个方向跳出，一步步向你逼迫而来，慢慢挤压，令人窒息……你像是一个可怜的俘虏，面对未知的世界，孤独而无助。手术台上的你打了一个冷战。“还冷吗？”主治大夫微笑着，不等你回答，她又拿了一个被子盖在你身上。你深呼吸了几下，知觉又回到了现实，你努力笑了笑，算是感激。头顶的仪器与你对峙着，你揣测着它将会怎样对你下毒手，你将怎样任其宰割……你的眼前被好大一片嫣红所充斥，好似一朵绽放的花儿。你有点眩晕。

再次量血压。正常。怎么可能正常呢？反正医生只相信那些仪器。一切准备就绪。就在麻醉师和你说话的瞬间，突然，右臂上一股强有力的液体疾涌进血管，你猝不及防，大声“啊！”了一声，“我——”，你才说出一个字，嘴便被捂住，插上了氧气管。倏尔全身好像被什么所融化，眼前闪过父母的笑容，意识渐渐模糊，几秒钟便什么都不知了。

顷刻，你的世界归于空白。

事后你听先生说，他和弟弟一直守在手术室外，眼盯着大屏幕，在一页一页不断滚动的字幕中寻找着你的名字。每屏显示二十余例各种手术，七块屏幕几乎排满了。“正在手术准备室”“正在手术中”……每隔几分钟，他们都会盯着屏幕，一行一行地找你的名字，看到你的名字，就感觉你和他们在一起。就这样，八点，八点十分，八点半，九点，九点十分，九点二十，九点三十，九点四十五，十点二十……十点半了还不见手术完毕，听医生说过，手术最多一个小时，他们都不安起来，心悬得老高。父亲的电话一个接一个，姐姐的电话一阵紧似一阵，他们恨不得冲进手术室看个究竟。终于，十点半左右，他们终于看到屏幕上出现“已进入手术恢复室”的字样。

几颗心终于暂时落地了。

四

周围一片模糊。

眼皮好像被胶水粘住了一般，我使劲地想睁开眼，可是眼睑刚刚打开一条缝，又困乏得合上了。

好像睡了好久好久，我从一个悠长的梦中走来，可梦的内容我却怎么也想不起来。转转头，沉沉的，还能活动，我还活着。渐渐地我有了一些意识，但全身像被什么魔咒禁锢着，动弹不得，又如刚刚生完孩子般虚脱，似用在术中已经用尽了最后一丝力气。

我又迷迷糊糊地闭上眼。

“哦，醒来了。”“把眼睁开啊，千万不要合上眼，一会儿就送你回病房。”几声甜美的女声响起，正要坠入梦境的我又被唤醒。回病房？我在哪里呢，我不是在手术室吗？这时，感觉有人从我嘴里拔掉了氧气管。眼前仍是黑乎乎一片。“醒来醒来，坚持会儿就好啊……”声音此起彼伏，像是对我说的，又像是对大家说的。温柔的声音，像母亲在远方呼唤着我。我告诉自己，得听从这种召唤，去见她，必须，尽快。姐姐、弟弟、先生，他们都在等着呢。可是，不争气的眼皮沉得怎么也抬不起来，我把全身的意识全都集中在眼睛，黑暗中仿佛有一块巨大的磁石嵌在眼皮下面，无尽的黑如一口幽深的井，拉锯般与我进行着较量，我动弹不得。不能闭上眼！我怕自己一旦闭上眼，就会被无尽的黑暗所吞没，永远跌进没有意识的深渊。好不容易，我终于看到一些模糊的亮光，我用尽全身的力气坚持着，像顶着千钧之力。激动的我感到一股濡湿的暗流涌了出来……

想起十几年前的一场车祸，当车子翻空坠崖的那一刻，巨大的死亡的恐惧袭来，那一瞬间，父母的面容从我的眼前闪过，定格。生命的血缘之间总有一种冥冥的牵挂，在生命遭受强烈刺激之时，它总能释放出一种耀眼的光芒和巨大的温暖，让人无所畏惧。

手术日期：2015-10-7　09：07 — 2015-10-7　10：28

手术经过：1.取平躺位，全麻满意后，患耳向上，常规消毒、包头、铺巾；2.取左耳上一横指处切口，取颞肌筋膜备用；3.做左耳内切口，尖针切除窗口周边0.2mm，搔刮鼓膜内壁制作移植床，游离锤骨柄，清理锤骨柄周围上皮组织。于外耳道后壁距离鼓环0.5cm处，做一12点至6点环形切口，向前分离外耳道皮肤鼓膜瓣，鼓室内填充适量浸有地塞米松的明胶海绵后，自皮瓣下方内置入备用之筋膜，复位皮肤鼓膜瓣，外置浸有地塞米松明胶海绵，碘仿纱条填塞外耳道，缝合，包扎切口，术毕。

这段文字是我后来在手术记录卡上看到的，它无意中闯入我的视野。客观而翔实的记录，在我读来，每一句，都如一枚无形的闪亮银针，一种真切的隐隐钝痛，在头部蔓延开来。我不由闭上了眼。在整整八十一分钟的时间里，我的生命，就这样突然空白，没了声音，没了色彩，没了光影，没了知觉，没了意识，更没有了记忆，什么都没有。我暂时从这个世界迷失走丢，属于这段时间的所有，也从记忆的芯片上被无端抹去，唯一能找到的，就是这几行字了。这几行字，在瞬间仿佛鲜活了所有的记忆。

十一点半。术后观察室。病床上的我被各种插管绑架得动弹不得——鼻孔的氧气管，臂上的血压计、点滴，胸前心电图检测的几个按钮，头部早已被一层一层的纱布捆绑得严严实实。六个小时之内，不准吃饭喝水，不能翻身起坐。我又迷迷糊糊好久（据事后证实，是两个小时）。想下床去卫生间，先生不让，就在床上给我接小便，我突然间不好意思。他命令道：“来，都成什么样了还不好意思。”于是，我就心安理得地享受着一个病人的待遇。

电话又陆续响起，母亲的，姐姐的，朋友的……我强打精神，有意提高声音与母亲说话，告诉她一切都好，再过几个小时就可以吃饭了，明天就能下床活动了。骨肉相连，时空的距离阻挡不了亲情的感应，我知道，自己不仅仅属于我一个人，他们在短短几个小时中所受的煎熬，要远胜于我身体所受的疼痛。

连续几个小时身体保持平躺的姿势，是一种煎熬，尤其是腰，似有一把锤子在不停地敲打着，钝钝地痛。全身好像钻进了无数的小蚁，在里面肆无忌惮地猖狂。我稍微把身子右倾，才几分钟，那灵敏的监测仪器就嘟嘟叫起来，无奈，我又恢复平躺。口干舌燥，将近十多个小时没有喝一点水，嘴唇裂起了一层干皮。先生每隔几分钟，就用棉签蘸点水抹在我的唇上，但不一会儿，嘴唇就又像火烤般干燥。我受着这样的优待，可心里还是焦躁不安。对面的病号是个孩子，已忍不住乱叫乱骂起来，我在心里也开始骂起自己，平时忙得和陀螺一样，总盼着能有空歇歇，可现在，却躺不住了。全身困麻，麻药还在起着作用，尤其是双腿，胀痛得不敢碰触，仿佛有无数细针在刺扎。忍不住让先生揉揉，一停下来，就又开始钻心地疼。我不停地问时间，可时间却蜗牛般不肯快点。肠胃也开始抗议了。对面的孩子又开始歇斯底里地喊骂着。我内心开始烦乱起来，一秒一秒……

母亲又来电话了，问我吃了没有，嘱咐我吃点炖鸡蛋，或者豆腐脑，喝点小米粥。我不争气的眼泪又流了出来，就像小时候好多次，依偎在母亲怀里莫名其妙地委屈流泪。从小长这么大，总是嫌弃母亲太啰唆，大多时候把她的话都当成了耳旁风，也许，此次耳疾是冥冥之中的注定了。

比较任性的我，在人生大事上没有听过父母的建议安排，平时也常把他们的叮嘱丢之脑后。我总是坚持活在自以为是的世界里，固执地一路跌跌撞撞。每当我即将跌倒之时，父母总是及时地把我扶起。我亏欠父母太多！这次算是对我的惩罚吧，我心甘情愿去承受，祈愿能换来父母的安心、健康，从此不再为我操劳。

五

清晨六点。二十六层的楼道上，朝霞透过楼道尽头偌大的玻璃窗，斜斜地倾洒进来。阳光晕染出橙红的一片，一绺金黄，沿着长长的楼道向尽头延伸，越朝里光线越暗，像极了窄窄的耳道。

楼道里很寂静，大部分人还在熟睡之中。你在楼道里来回地走着，阳光在你的身上调皮地晃来晃去。你把右耳朝着窗外，阳光一下子灌满了耳道，痒痒的。不一会儿，楼道里就开始嘈杂起来。

一个两三岁的男孩子，拿着辆红色的玩具小汽车在楼道里玩，他的母亲跟在后面。孩子和我一样，头部缠着厚厚的绷带，一只手背上还扎着流置针管，但这些丝毫不影响他玩的兴致。玩到高兴处，男孩子跳着蹦着，扬起的小胳膊，在金黄的阳光中，就像两只翅膀在闪动，清脆的笑声不时传来。你也被感染了。从他母亲那得知，男孩子和你是同一天手术的。孩子单纯，一心想着去玩，所以对他来说，时光是快乐的；而你，却放不下眼前，忽略不了身体的疼痛，所以对你来说，日子就是煎熬。看着孩子因兴奋脸庞泛出红润的气色，像极了一位可爱的天使。

“今天又是六百多！就是输液和换药，怎么还这么多呢？”邻床的大嫂又嘟囔了几句。只见大嫂两口子拿出一沓结账单，一张一张地看着，算着。他们是从许昌农村来的，男的会木匠，在北京打工，大嫂就在家种地和照顾孩子，有两个孩子，一个在西安上大学，一个上初中。“一天就只换药和输液，这下来也有七千多了，人家做手术也不过这么多。”你瞟了一眼结账单，今天又是九百多，入院不到十天，快一万了。账单把你又带回了现实，这一住院又得你几个月工资了。你坐着开始发呆。

她进来了，也是一个病号。她是你前几天刚认识的新乡原阳的闫老师，因是教师，又都是教语文的，共同话题自然就多了些。最让你感到震惊的是，高级职称的她，每月工资竟然才两千七百多，还不如你的中级职称高。她平静地向你叙说着学校里的事——说一个老师一件羽绒服竟然穿了十年，舍不得换新的；说自己的耳疾早都该治了，就是孩子小，这次，暑假儿子刚考上了上海交大，她也放心了；说原阳的房价快三千块钱一平方米；说家乡的特产原阳大米好，是用黄河水浇灌的；说早就听说灵宝的苹果甜……你们聊得很投机。正说着，你接到朋友的电话，朋友兴奋地告诉你，今年高级职称的指标下来了，她终于有了一个指标。你为这位朋友高兴，每年到评职称的时候，快五十岁的朋友总是免不了为此烦恼不堪，虽然她已是县里小有名气的骨干教师，可不善言辞的她只能一年年地错过机会。是的，身处俗世，每个人都会为这样那样看似无比重要实则鸡毛蒜皮的事而纠结苦恼。前几天，你还为工作的琐事而烦恼不堪，还为一些虚名浮利而耿耿于怀，还为人情世故的虚伪而伤心不已……而现在，这一切在以前看来特别重要的事，突然间变得无足轻重。你笑了笑，为此刻身心俱轻的自己。人，或许只有此时，才会幡然醒悟。

午饭后，你和邻床的中年夫妇一起到医院附近的河边散步。将近十天没有下楼的你，看到清清的河水，两岸如茵的草坪，煦暖的阳光，还有徐徐的微风，一切都原来这么好。草坪上，小路上，河岸边，有许多人在散步或闲坐。你与邻床大嫂唠叨了半天，得知他们生活的艰辛与不易，大哥一年打工攒的钱供着两个孩子上学，相当于你们两人一年的工资。这几天吃饭时，他们早晚总是喝点粥，吃块馒头，午饭则泡包方便面，你心里很不是滋味，但看着他们幸福的笑容，你又释然了。大嫂两口子，勤劳吃苦，省吃俭用，都是为了儿女能有出息，多么朴实的愿望！当年你善良的父母，还有如父辈的许多人，莫不如此吧？——他们面对生活的苦难，弯下身子，虔诚坚韧地累着痛着，却从不说苦。

从草坪上起身要离开的时候，你发现胳膊上竟然爬了几只小小的蚂蚁。看着小蚂蚁惊慌失措的样子，你用指头一只一只地轻轻捏住它们，蹲下身子，把它们放在草地上。蚂蚁会不会得病呢？身体庞大的人的生命都如此脆弱，更何况这小小的蚂蚁……你神经兮兮地自言自语……蚂蚁会不会迷路，找不到回家的路？一只蚂蚁不知能活多长时间呢……

晚饭后，病房里又推进一个病人，穿着深绿色的衣服，这个病号是手术室的医生，五十多岁的样子。怎么，医生也能得病？在你的意识里，医生好像与病无缘。一进来，她就昏睡着，时不时地呕吐，一直到第二天下午才有所好转，吃点东西。唉，看来病魔面前，医生也在劫难逃。我们也都轻言慢语，病房里安静了许多。

不觉已是万家灯火。站在城市二十六层楼上，俯瞰远方的夜空，静穆而深邃。黑夜的城市，远处的路灯如繁星点点。弧形伸展的立交桥，纵横交错，点点路灯连成一条光线，向远处延伸。桥上的小车，像密集的萤火虫不断蠕动着，渐渐分散，然后向东，向西，向南，向北……光点由亮减弱，最终湮没在夜色之中。生命会不会也如这黑夜中的萤火虫，茫然地飞来飞去，最终被黑夜所吞没?

快十点了，你转身回病房，楼道上，一位五十多岁的保洁工还在忙碌着拖地。你们每天都打招呼，很熟悉了，你知道她们晚上十一点下班，第二天早上五点半就要到岗，一天到晚都在病房区忙碌着——扫拖抹整，甚至病房围墙和病床腿脚上细细小小的凹槽，都要用棉签蘸湿，沿着沟槽来回擦拭干净，简单而繁重，一样接着一样，而一个月下来工资只有一千三百五十元，唯一的外快就是捡些废纸箱和空瓶卖钱了。在这个城市，这点工资恐怕仅能喂饱肚子，你常见到她在楼道的拐角处，坐在小凳上吃泡面。你问她，这样一天累不累。她笑了笑说，累什么，早都习惯了。有次，她悄悄用水浸湿几个空纸箱，你笑笑装着没见，便转过身走开。生活的重负长年累月如此运转，对她而言已成为一种惯性。这点微薄的工资就是她生活的全部希冀，干着，心里就踏实，活着，也就有了盼头。相比之下，你的痛，你的累，就未免显得缺少些粗粝的质感。

回房前，你对保洁工笑了笑说，干完赶紧回家吧!

六

在我的要求下，医生终于同意让我周六上午出院。周六孩子要回家。

周六早上，医生一层一层拆掉裹在左耳上的纱布，拆掉耳内塞的一团紫红色的药棉。霎时感觉头部空荡荡的，有一点点声音，整个脑袋就轰隆隆地响。还不适应吧。

办完出院手续，我脱掉病号服，换上自己的衣服。13床，别了。我与病房的人一一道别，十多天的相处，淳朴善良的她们，总有些点点滴滴让人念念不忘。走出医院大门的一刻，我知道，生活中有一场战争早已在等着自己了。

邻床的大嫂本来是要和我同一天出院的，结果突然改变了主意。他们前一天才得知，医疗费在九千元以上的报销比例可能高些，而现在他们的医疗费也就差几百元就到九千，所以他们想再住两天，这样将来就可以多报销一点。

一路西行，火车在黑夜里疾驰着。虽是卧铺，但刚取掉耳内纱布的我，对外界的声音还很不适应，轰隆隆的鸣响钻进耳内，透过头骨，整个脑袋仿佛要爆炸一样。

下火车已是九点多，我直奔父母那里，姐姐、姐夫也在等我。家，给我的永远是一种温暖的归宿感，每次远行归来，我都有这种感受，而今天归来，我感觉好像离家得太久太久，内心充斥着一种强烈的愿望：快点见到亲人。热乎乎的饭菜，关切的问询，家的浓浓的温馨瞬间消除了身心的困顿。我装着没事的样子，说着笑着，对手术的事轻描淡写，但母亲一见我瘦弱的样子，一看到头上刚刚拆线的伤口，还是忍不住悄悄抹起了眼泪。

离开父母的家，小城已经是万家灯火了。凉风徐徐吹来，熟悉的街道，温暖的路灯，夜气里也弥漫着一种亲切的气息。小城，我回来了。明天，或许是个全新的日子，不管怎样，我还是要回到原来的生活轨道，继续在小城里过活。

青菜炖豆腐、菠菜炒鸡蛋、排骨炖萝卜……莲子百合粥、红枣枸杞粥、南瓜小米粥……苹果、香蕉、柚子……做饭、读书、晒太阳……我给自己列了长长的食谱，安排了作息时间。我完全是生活的主人了，日子由自己全权做主，我每天享受着这份惬意，自己从来没有如此细细品味过生活的味道。也许，这种极易达到、极易满足的平淡生活，才是幸福的要旨，只是以前，这些都被我忽略，总以为，忙忙碌碌的疲惫追逐，才是抵达幸福彼岸的捷径，殊不知，在不知不觉中，反而渐渐远离了生活的本初。我像个小孩子一样开心激动，仿佛突然间拾到丢失很久的珍宝。

一周后，我上班了，很快，生活的节奏又恢复到了以前，各种琐事纷涌而来，力不从心感，再次攫住了我。渐渐地，生命又如陀螺一般旋转了起来，愈转愈快，生活的魔咒，如约而至。头部时不时就会传来一阵隐隐的胀痛。我知道，这种真切的疼痛并不可怕，真正让我恐惧的是自己再次陷入一种虚无的恐惧中，为周围的聒噪，为缥缈的明天，为生命深处灵魂不停地叩问——

或许，生与死就在一呼一吸之间，迷与悟也在瞬息闪念之间。此时此地，彼时彼地，我们在迟疑之间，反复之间，蹒跚前行。人生何尝不是一场修行？

耳语结束，我用心与世界对话。

落在他乡的草籽

草籽的命，或许就是这样，一个字，贱。它比不上那些珍奇的花卉草木，那些花卉草木可以选择适宜的土壤与温度来生存。

每年秋季，都会有大把大把的草籽，随风成群结队地漂泊着，漫无目的。它们或随即落在脚下的那片土地里，或被风吹到山崖上、石缝间、小河边。不管怎样，它们都随遇而安，毫无怨言，扎根土地，生根发芽；即使被一不小心吹到人家屋顶的瓦砾间，来年春上，它也定会长出一抹绿色，向春天宣告着自己的存在。

小时候，村子里，许多老宅的屋顶常见到这样的绿色，见得最多的就是猪芽条了。青白色的条杆，簇拥在一起，攒成形似石莲的一种植物。这种植物往往不是长在房顶就是长在墙头，或许是生命力顽强的缘故，也可能是天生就向往在高处显风头的原因吧。常听人说，猪芽条青白的茎秆是可以吃的，甜丝丝的，我便常常攀着长梯，偷偷爬上房顶，小心翼翼地摘上几把下来，塞到嘴里，没嚼两下，一股淡淡的酸甜味之后，就只剩下满嘴的涩味了，然后噗噗地吐了起来。

有时，屋顶还长有一些狗尾巴草，我常仰起脖子，看着那几簇狗尾巴草随风飘摇着。我总纳闷，明明在地上长得好好的，为啥非要跑这么高，稀罕瓦砾间那一点土呢？不会是风儿和它开玩笑，给刮到高处了吧？还是不听话的鸟儿给故意啄到房顶的呢？想想它们极俗的名字，想想村子里那些叫狗蛋牛娃贱名的人，它会不会和他们一般易活易养？

前年冬天，回到故乡，我见到大姑姐老宅子的屋顶也长了许多猪芽条，感到一种久违的亲切。冬季的寒霜早已把猪芽条风干成一簇簇灰黑的雕花，仿佛是瓦砾上故意缀着的一朵朵饰花。都市的水泥房顶不知会不会长出这样的猪牙条？

这些年，回家见到大姑姐的次数是越来越少了，离我们只有几里地远的大姑姐，常年在外打工，也很少在家，逢年过节，大家才可以见上一面。我们这里，把老公的姐姐都称作大姑姐。我有三个大姑姐，她们都是本分善良的农民，守着自己脚下巴掌大的一块土地，一年又一年地过着日子。

我的大姐年长小叔十八九岁，应该叫老大姐了。大姐有一副硬朗的身板，爽朗豁达，热情善良，是村子里有名的能人，不管是田地里的耕收锄种，还是家里的裁剪针线，大姐样样都是能拿得起放得下。早年，老公公在外工作，大姐总是帮着婆婆在田里干活，犁地、拉架子车等这些男人才干的重活，大姐都干过。在家里，大姐几乎相当于半个母亲，总是照顾着弟妹几个。后来，大姐嫁到只有二里远的邻村，农忙时节，总是不忘回来帮着干活。

大姐家里有几亩果园，前些年，她和姐夫整天侍弄着果树，施肥，剪枝，疏花，收获，一年下来能有几万元的收入，生活也过得有滋有味。一年又一年，大姐守着土地，勤劳的双手操劳着生活全部的希望。如果日子像这样下去的话，对于没有太多奢望的大姐来说，应该很幸福满足了。但好景不长，果价开始暴跌，果园也不景气，算下来，一年的收成还不如投资的多呢。儿子就要谈对象了，农村的彩礼如外面的物价一样，一天比一天高，守了半辈子土地的大姐，看着贫瘠的土地上那可怜巴巴的收入，再也坐不住了，已将近五十的她，毅然背上行囊踏上了南去的列车，去广州给人家当保姆。都市的繁华，给大姐带来了更多的希望，就在这偌大的城市，她每天都辛勤地打捞着自己的希望。四五年间，她不知守着多少个白天黑夜，想着村子，念着家里。后来，不知什么原因，大姐还是离开了广州，又到上海去打工。再没两年，大姐干脆回来，在家乡的小城里摆起了夜市。儿子结婚要的房子票子，成了她心头沉甸甸的希望，在拥挤的闹市，大姐早出晚归地出摊，每天，仔细地算计着支出收入，把希望一点点地放大再放大。到了该享清福的年龄，她却不得已奔波在都市，有时，她无暇去回忆村子那段消闲的日子，也早已顾不上老宅院子里的荒草是如何疯长了。

二姐呢，应该是一个有福气的女人。二姐夫踏实肯干，是村子里的小工头，整天忙着外面的活，二姐则把庄稼侍弄得井井有条，姊妹几个，就二姐的日子过得最宽裕了。但天降人祸，十几岁聪明的女儿，不小心失足摔伤，光手术就把二姐几年的积蓄花光了；祸不单行，老实巴交的二姐夫又吃上了官司，被人家三天两头追，搅得过不成日子。万不得已，关门落锁，背井离乡，一家人去了郑州，举家四口人从此开始了漂泊生涯，勤恳的二姐夫在家政公司打工，二姐则在饭馆打工。一个和谐美满的家，不到两三年的工夫就成这个样子。现在，听说二姐全家已开始计划在郑州买房子了，我不知，天价的商品房，他们得攒几个月的工资才能买到那么小小的一平方米。不知是曾经的村子给予他们太多伤感的记忆，还是他们也早已习惯了都市漂泊的生活，或者心中向往在这繁华的都市中争得一席之隅。这些，我都不想知道。我只记得，当初他们离开村子的时候，是怀着怎样的恋恋不舍。也许，当时他们在心里跟自己说过，以后他们定会回来的。老宅子一定记得他们的誓言。而今，当年修盖一新的房子，时久无人居住，空荡荡的，显得有点破旧，就像落满灰尘的脸庞，没有一点表情和生气。

三姐的故事是有点太落入俗套了。三姐在家照顾孩子，打理着家里仅有的一亩田地，三姐夫在外面上班。后来，这点田地，已让人远远不敢对它抱有太多的奢望，为了让孩子在城区受到好的教育，三姐就决定卖掉老宅，在城里买一斗室，也开始了一个准城市人的生活。如今，老宅子早已更名换姓地成为别人的，与她没有任何关联了，故乡也很快会变成异乡的。她回到村子，村子里已没有她所要找的一切，村里满是生疏的面孔，像打量一个陌生人般看着她。

这就是我的三个大姑姐，如漂泊的草籽一样，不知什么时候，被一阵风吹起，身不由己地被刮到什么地方。如今，在深秋的夜晚，她们各自在都市某个狭小的房间里，是在满足幸福地吃着晚餐，还是奔波在城里空旷的大街上？是在小憩之余又思量着明天的打算，还是在疲惫之时想念着村子曾经的温暖？这些，我不愿去想。如潮的伤感袭上心头，突然间，一种沉重的压抑，让我几乎要窒息一般。

曾经把生活的全部希冀都寄托于土地，曾把活着的幸福都寄存在村子，可村子，可土地，却一次次给了她们失望甚至绝望。为了生活，她们不得已离开不曾舍弃、从未离开过的土地，去繁华的都市寻找，想到她们经历的太多艰辛，我就心疼。即便如此艰辛，她们也不愿就此离开都市，回到土地。想到此，我陡然打了一个冷战。

有一次，路过大姐家。那曾经充满温暖生气的村巷，如今，空荡荡的，没了家畜的吵闹，没了鸡鸭的鸣叫，一阵凉风呼呼地穿过巷子，感觉巷子就如一双空空的裤管在风中无力地飘荡。大姐的院子里，也已荒草丛生，几只受到惊吓的蟋蟀猛然一跳，落在了窗棂边，怔怔地打量着我，然后啾啾地直叫了起来。房顶上，那一簇簇猪牙条和狗尾草在肆无忌惮地疯长着，在这萧瑟的深秋傍晚。

有时，生活往往不以人的意愿为转移，朝前继续，不知什么时候，我们就会遭遇突如其来的狂风袭击，然后，被风挟裹着，开始漫无目的地漂泊。谁也不知道，自己会被吹到什么地方落脚，即使遇到那么一丁点的泥土，也要试图随遇而安，顽强地活下去。想想自己，前些年来到这个小城，整日为了生计奔波，为工作、房子、孩子，永无休止，漂泊在小城里，就如一粒草籽，渴望阳光，渴望发芽，渴望萌发一抹绿色，只要有那么一点点的土，就要扎根进去，顽强活着。草籽的命，就是如此贱。正因为如此贱，才能不择环境，不择季节，落地而生根。

夜晚，我突然想起我家的老宅，还有老宅屋顶上的那一簇簇猪牙条和狗尾巴草。这几年，父母虽然在我们的执意要求下，住到了城里，但每隔半月十天，不顾我们阻拦，总要找些牵强的理由，坐着公共汽车回家看看。每次回去，总要把屋子院子的角角落落打扫得干干净净。我总埋怨他们，说家里不住人，还打扫什么呢？他们笑笑说，屋子没人住，就会老得快，和人一样的，等我们老了，还要回去住的。

而我，老了的时候，又将回归何处呢？

春事晚

花事繁

进入腊月，日子似乎过得快了，我忙着计划日程、打扫卫生、洗洗刷刷、置办年货……准备迎接又一个春天的到来。其实，每一天都是一个平常的日子，和往常并没有什么不同，只不过老祖先很智慧地赋予一些日子以特殊的意义，这一天才与众不同，人们的生活也因此少了许多平淡枯燥，多了些盼头，增添了趣味。

腊月二十八，打扫屋子，搬箱倒柜，无意间，我发现书柜里压着朋友不知什么时候送来的字画，一副八尺大的牡丹图。鲜艳的牡丹灼灼燃烧，游鱼在枝叶间嬉戏，据说是出自一位善画牡丹的丹青高手，价值不菲。还有一副“天道酬勤”的行草书法，遒劲有力，听朋友讲，这是陕西一位书法家之作。只可惜，这样的字画，落到我这样不懂得欣赏的人手里，确实有些委屈了。

突然有了将它们装裱一下挂在客厅的念头。一则用字画装饰点缀屋子，以示高雅；二则它们能遇到欣赏它们的人，免得它们存有不遇之憾。量尺寸，选木框，交定金，数日之后，被埋没许久的艺术品终于登上厅堂。墙上的字画，给屋子增添一种别样的温馨，素淡的墨迹，艳丽的水粉，洇染了呆板的空间。我像个孩子一样，在客厅转来转去地看，莫名的欢喜从心里瞬间滋生。

街旁有花木摊，每每路过，我总忍不住停下脚步，欣赏一番。春节前的花市，一盆盆精心保养的花木，更是姹紫嫣红，春意盎然。我仔细询问了一些花木的生长习性和注意事项，买了四盆。一盆君子兰，一盆铁树兰，兰之植物，高雅淡然，与那些字画正好相称；还有一盆幸福树，椭圆形的叶子上，泛着绿油油的亮光；另一盆是杜鹃花，绽开的花有五六朵，嫣红的花瓣，薄薄的，一颤一颤的，楚楚动人。那些没有开的花苞，有将近二十朵，顶着尖尖的花蕾，害羞着，矜持着。幸福花开，就借俗名吉祥一回，屋子里的春意更浓了。这些花儿应景应节也应心情，我天天照看着，像照看自己的孩子般，看它们的叶子是否添了一些新绿，看那些花苞，是不是又悄悄绽开一点……与它们相处，不由多了一些恬淡。

春节后，天气突然变冷，室温也骤然下降。这些花儿，便遭罪了。叶子瞬间便褪去了生机，连续几天，不见它们舒展。我有点着急，不时给叶子喷点水，只要太阳一露脸，我赶紧把花盆搬到阳台上。然而，春寒料峭，我的一切努力都无济于事，除了那盆君子兰，其余三盆都没有逃脱这场劫难。先是那盆杜鹃花，绽开的嫣红花瓣没有了水嫩的娇艳，在枝头愣头愣脑地发呆，那些还保持着欲放姿态的花苞，紧紧抱着，还未来得及绽放美丽就已枯萎。铁树兰和幸福树，还是深绿的颜色，只是绿中没了透亮的生气。我有些伤感，搬回家时，看着满枝的花苞，那时就想象着，花儿挤满枝头的喧闹，绿意渲染的春意，这时节，没有什么比这更让人惊喜的了。眼前的残枝败叶，让我多了些遗憾，还有一丝愧疚。毕竟，这些花儿在我的手中失去了生命的迹象——因为我的照顾不周。要知如此，还不如当初不买了。朋友听到我的感叹，随意说了句：“我家的花几乎都死光了，今年天气也太冷了。再说，到花木贩子手里买的花，若不好好侍弄，很难养活的……”我似乎为自己找到了借口，稍有些安慰，不免对花木贩子有些耿耿于怀。

每天依然路过花木市场，终究难以抵挡对花草的喜爱，忍不住，我又买了一盆蟹爪兰。听卖花的人说，这肉类植物，耐旱耐冷，极易成活，记住少浇水就行。或许是被蟹爪兰那娇小玲珑的花朵所吸引，或许是为了弥补自己前些天的过失，这个时候，全然不顾以前遭遇的遗憾和愧疚了。

母亲爱养花，常劝我也养花，说电脑前放盆花，可以防辐射，还可以养性。前几天，母亲给我搬了盆兰花草，纤细的条形绿叶，普普通通，开的花朵，也是简单的四瓣的白花儿，却让人觉得淡雅素洁。看那几个空盆闲着，我就动起手来，特意换了些新土，搅了些花肥，把这盆兰花草又移栽了一盆。忙了半天，栽好浇完水，只见刚栽好的兰花草，细长的叶子耷拉着，蔫蔫的。会活吗？我心一惊，不免担心起来。到了晚上，我再看时，那细细的长叶又如剑般挺了起来，精神抖擞，这才放下心来。还有一个空花盆，随后，我又从朋友的绿萝上掐了两支长枝，插在土里，嫩蓬蓬的枝尖，竟然也冒出了一小点紫红的颜色。微不足道的花蕾，趁你不注意的时候，悄悄绽放，又不张扬，给人的惊喜不亚于姹紫嫣红的名贵花卉。

一天天，春意浓了起来。花盆里的苗木，像鼓足了劲似的，一个个都活泛了起来。叶片渐渐肥嫩了起来，绿意透亮，尤其是叶心夹着的一两小片叶脉，嫩黄的，似婴儿伸出柔滑细腻的小手指，迫不及待地沐浴灿烂的春光。看着绿叶和小花日益葳蕤在春光里，蓬蓬勃勃地生长，我不再去企及它们什么时候开花，什么时候结果，眼前的一切，已让我切实地感到了浓浓的春意与惬意。

夜深了，花儿都睡了吧，心底的幸福却在自顾自地疯长，嘭嘭地拔节，如屋子里那几盆春意盎然的花木。

世 事 淡

我最怕春天。

一年四季，春光最好。可我总是一次次辜负了这好时光。

一到春天，我就不知怎么回事，神志总是迷迷糊糊的，常犯困。有人说，这是春困，很正常。可我总以为自己和别人不一样。我的犯困，跟病了似的，浑身乏力，好像春天单独给我施了魔法一样。前些年，在学校上课，每上一节课，就跟一口气割了半亩麦子一样，气喘吁吁地坐上半天才行。一开始以为血压太低，吃了各种补药，实在不行，就输点氨基酸，还能管点用。可是，过了这几天，到下一个春天，依然如此。以后，干脆就不理它了。

春里，看着别人忙着，又是踏青，又是挖野菜，我常常只有羡慕。大多时候，我就宅在家里，静心养神。常听朋友说，哎呀，赶紧出去看看，金水湖畔的柳树缀满芽孢了，养生园的梅花开了，辛夷花真好看，海棠好繁盛……霎时，从他们的嘴里，仿佛眼前就满是花红柳绿飞燕呢喃的春光。我的心蠢蠢欲动。

今年春节，家里各种事正好碰在了一起。除夕的下午，婆婆突然犯病，赶忙打120，把她送进了医院。还好，不过是虚惊一场。春节所有的应酬都一一推掉，初六婆婆出院了，第二天我也开始上班。不知怎的，还没有出正月天，从朋友、同事那儿，竟然陆续传来了有人去世的消息，大多都是老人，竟然有十几个。心里说不上什么滋味，春天里，怎么会这样呢？人到中年，见过各种各样的死亡，像许多不同剧情的电视剧雷同的结尾一样；心情已经由最初的恐惧、无奈，到现在的顺其自然了。人生无常，谁又能想到自己会在人生的哪一驿站停止前行呢？我的心头徒增了莫名的伤感。

每逢周末，若没有什么特殊情况，我都会去看看父母，陪他们聊聊天，听母亲一遍又一遍地啰唆着重复的话题。

上周周末，适逢阳光正好，难得的好机会，我和姐姐就拉着母亲一起去转公园。这是母亲到小城居住七年来，我们第一次陪母亲转公园。我内心愧疚不安——总以为自己整天忙的工作最重要，总以为以后陪父母的机会很多，一次次错过，一年年错过。母亲是一个不太喜欢热闹的人，知道我们要让她转公园，就推辞说天气太热，说平时忙工作，周末就好好歇歇吧。父母一辈子，总是替儿女着想，从不多给我们添一丁点的麻烦。公园里，母亲难得那样开心，笑容阳光一般。

二月二，龙抬头，我去理发，理发店的人格外多。不出所料，额前的那绺白发照旧又倔强地冒了出来，我毫不迟疑地拿起了剪刀。白发的出现，是在我踏进四十岁的去年，最先是从额前发际的地方偷偷冒出了两三根，我惊讶不已。在我自诩为“环保头发”的满头黑色密林中，这两三根白亮亮的头发，是那么刺眼——它像一个猝然拉响的警报，向我暗示着什么。我连想都没想，没有迟疑，三两下就把白发拔掉了。瞬间，头皮传来针尖轻触的痛感。我天真地以为，拔掉了白发，便可以擦去岁月留下的痕迹。当我再掠起额前的头发时，一片墨染似的黑，我的心似乎安了下来。

没想到，又过了两三个月，那几根白头发不知什么时候又冒了出来，而且还拖儿带女，举家迁徙，不只是几根了，至少有几十根了，好大一小片，仿佛要死心塌地地赖在我额前不走，准备长期定居了。我一下子慌了。是不是上次毫不客气地拔掉铲除，惹恼了它们？还是应了那句俗话，说白头发不能拔，拔一根就会长十根？这次我没有急着去拔，照着镜子，从密密的黑发中，把匿藏其中的白头发一根一根地挑出来，然后用剪刀挨着头皮剪掉，有时手误，也会无辜伤及一小撮黑发。剪完之后，看着自己的杰作，我却一点也得意不起来——一根根白发短茬，夹杂在黑色之中，如一枚枚闪亮的银针，再次刺痛了我。我苦笑着，此举不过是掩耳盗铃罢了。即使如此，每过两个多月，那密密的白发短茬就会如期冒出来，我依然会拿起剪刀，毫不迟疑地剪去。

就这样，我与额前发际的这片白发不休不止地纠缠着，从不退让。一次次的纠缠，与其说是与头发过不去，倒不如说是与自己与时光过不去。只是，在不断的纠缠中，我的坚持在一点点放松，一点点妥协。

还是莫要辜负眼前的春光吧。我决定出门。我准备好行头，目的地不是人群熙攘的公园，而是离城区不远的小山上，那里安静，视线又好。这是一条二三百米的水泥石坡，直直的，坡度很大，等我爬上坡顶，已经有点微喘了。眼前，视线顿时开阔起来，瓦蓝的天，清澈的云，目光怎么也触及不到蓝的边缘。坡上平整的田地，显然刚刚被翻过，新翻的泥土，一犁一犁地叠在一起，一道一道齐整的垄沟，似静止的层层土浪，在塬上呼啸而来，又奔腾而去，悄无声息。泥土的气息里，夹杂着黄土高原上特有的温暖和干燥。这个春天，雨还没顾得来，这片泥土，总是眼巴巴的，虔诚地望着天空。即使这样，枯草下，半遮半掩的浅绿，已如期悄悄冒了出来。

顺着坡势，是一条蜿蜒在丘陵之间的小路。小路的右边是悬崖，干枯的枣刺遮挡在崖边。放眼尽望，是小城的全貌。街道、楼房，熙熙攘攘地拥挤着，穿梭其中的车与人，似脚下正忙碌蠕动的蚂蚁。曾经身居其中的高楼，多少次毫不留情地切断我仰望的视线，而现在，瞬间，一切都尽收眼底，矮的、高的、红的、白的、灰的，建筑物参差不齐，错错落落，小城像摆好棋子的棋盘，只等有人来对弈。左边朝阳的地方是块坟地，有一个坟前还留有一些花圈的残骸，是新坟了。一溜行挨着的几个土堆，光秃秃的，是老坟了。这是一家人了——不知到了另一个世界里，还是不是一家人？左边的崖下，从远处延伸而来，又向远处延伸而去的几条铁路，如线般从眼前穿过，这就是连接东西的陇海铁路。高速公路、高铁的修建，多少让它有点落寞。正想着，呜呜的火车鸣笛声，由东而来，一列久违的绿皮火车渐渐驶来，几秒钟的时间，又忽地一下子闪了过去，消失在西边的尽头。

电话响起，是母亲让我中午去吃饺子，她刚包的荠菜饺子。那一定很鲜美了。

春 事 晚

微信上，传来请求加好友的信息，当第一眼看到那昵称时，我的心倏地一阵心疼。“承诺不代表一切”，是她！二十年的时光，让她成了一个有故事的人。

之前，她给我发了条信息：“二十年没有音讯，我们都为了生活，各自不停地奔波，无论怎样都要相互珍重。”我怎么也没想到，竟然会是她。惊喜之余，我立刻电话过去，得知她现在身在西安打工，一个人打拼，为了正上高三的女儿和初中的儿子。一直，我没有提及她的他，他俩都是我的初中同学。

去年秋天，和朋友闲聊，无意间提及她，才知道她老公出了意外事故，走了，给她留下一双儿女。这些年，她一个人拉扯着两个孩子，其中的艰辛就不必说了。当初在学校，她和他是同桌，志同道合，互帮互学，大家都很羡慕；结婚后，两人厮守着，过着幸福的小日子。世事无常！一切竟如电影里所演的那般。

在她空间里，我看到她和孩子的许多照片，孩子笑脸灿烂，而她体态日渐发福，染烫的卷发，略显沧桑，早已不是当年那个清纯可爱的小姑娘了。当然，我也一样不是当年那个傻乎乎的丑小鸭了。不知怎的，我的记忆总倔强地停留在二十年前她的模样上。她感叹道，没想到，一眨眼二十年就过去了，二十年就这样奢侈地浪费了，人生能有几个二十年啊。她说，现在特别羡慕那种平淡而充实的日子。说着说着，她想起晚上还要加班，就急匆匆地下线，谈话戛然而止。我呆呆地看着屏幕，她的头像，灰灰的。

我不知这是冥冥之中的安排，还是一种偶然的巧合，最近一个多月，接二连三地，二十多年前的故友同学，忽然间都有了音讯。我总有一种恍惚的感觉，思绪总游荡在二十多年前的旧时光。可记忆的触角不论怎么努力，如何艰难地一点点探寻，都怎么也找不到来时清晰的脚印。

前几天，我接到一个陌生电话，豫东口音，是个女的，略显生疏却又似曾相识的声音。想了半天，我终于有了几分肯定，是她，就是她，郭老师！1994年，在洛阳上学时，我们住在一个寝室。当时班级里大多是在职进修的老师，年龄最大的有五十多岁，最小的只有十八九岁。这些年龄不同的学生在一起，倒也其乐融融。郭老师当时有四十多岁，说话总是面带笑容，轻言细语，她对我很好，总是特意地照顾我，尤其是在我车祸之后，像母亲一般地照顾我。我心里对她也特亲，有种对母亲般的感觉。毕业后，曾联系了一阵子，后来渐渐失去了音讯。前些年，我一见到洛阳的朋友熟人，都不忘给人家留个信，若有她的消息，一定记着告诉我。好在有有缘人的相助，我们得以重逢。电话中得知她一切都好，已退休好几年了，现在在家就是抱抱孙子。真好！

过去与现在的不断交错变幻，让我产生了严重的时空错位——时而似乎年轻，转身却又苍老无言。时间，一锤一锤地敲击着，或深或浅的道道痕迹，都印在了记忆的轨道。不管是悲伤还是欢喜，艰难还是困苦，现在看来，都是一种幸福的回忆。年轻不再，生存的法则让我们无师自通地懂得了幸福的要义，懂得了舍与得该如何选择。眼前，不论夏季一抹绿意，还是秋季一片落叶的静美，抑或静谧雪夜中的暖炉热茶，都足以慰藉一颗疲惫而坚硬的心。

年前，整理衣柜时，我用衣架撑棉衣，正要把衣架挂在衣柜里的横档上，只听见啪的一声，衣架折断了。看着地上折成两截的残骸，拇指粗的硬塑料，还有着一丝鲜亮的光彩，怎么看，也想不到它竟连一件棉衣也撑不起来。这种衣架，衣柜里还有六七个，暂时还没事。记得这是结婚时买的，有将近二十多年的时间了。二十多年来，衣架藏在这衣柜里，没有风吹，也没有日晒，怎么能风化呢？它们也会老吗？封闭的衣柜，能隔断与外面的风吹日晒，又怎么能阻隔时光的侵蚀？它们一样也不可逃脱。这世间，谁又能耗得过时间呢？我久久地发呆，不知将莫名的惆怅安置何处。也许，经过岁月天长日久的浸濡，不经意地，世间的坚硬就会变得柔软，许多的柔软也会变得坚硬、冷漠。

我呢？

我讨厌现在的自己。至少，现在的自己不是我喜欢的那个样子，或者说，我想要活成的那个样子。回首间，才忽然发现，原来，我一生的种种努力，不过只为了让周遭的人对我满意而已。为了博得他人的称许与微笑，我战战兢兢地将自己套入所有的模式，所有的桎梏。走到途中才忽然发现，我只剩下一副模糊的面目，和一条不能回头的路。

岁月犹如一湖浊汤，你我皆在其中沉浮，大多时候身不由己。活在俗世中，诱惑太多，走着走着，花儿开了，花儿谢了，走着走着，迷了方向，丢了自己。生命就是一个谜，上帝给每个人出的一个谜，而谜底只有睿智的人，机缘巧合，又通过漫长的修行才能参悟。

活着，犹如活在一个人的江湖，与各种欲望进行着无休止的较量——不论美好的理想，还是微小的需求，光明正大的，阴暗龌龊的。每个人都漂泊在自己的江湖，与自己不断较量，最终完成使命。不管怎样较量，唯独有一点：不能让自己在最后醒来的时候，面目全非，不堪入目。一个人应该活得是自己并且干净，顾城如是说。如此这样，多好。

人生就像剥洋葱，一路走来，每剥一层，隐隐的辣气，刺激得眼泪直流。即使如此，还要一如既往地忍着，继续剥着，一层又一层，泪水一次又一次淌出眼眶。直到剥到最后一层，似乎也就尝不到什么辣味了。如此，自己的一生仿佛全让时光偷了去。

前天，同事惊喜地告诉我，她刚去公园看花，说桃花开得正放肆，海棠繁茂，梨花雪白。一听，我心有所动。那天半夜，正好下了一夜蒙蒙的春雨。是夜，只记得自己陷在了一个悠长的梦里，睡得好沉，竟然未曾听到窗外的淅淅沥沥。

第二天一早，我特意去公园看花。谁知，雨后的花园里，树上，花儿稀稀疏疏，一片惨败，树下，淡淡的花瓣，密密地铺了一层。恍惚之间，花事向晚。

只见草坪上，那层浅浅的绿，密密匝匝，正铺天盖地席卷而来。

客居在城市里的泥土

清晨如往常一样平静。缕缕阳光挤进窗棂，几只麻雀啾啾地唱歌。

想起昨夜的狂风暴雨，我还心有余悸。睡梦中，突然被几声轰隆的雷声惊醒，几道白亮的闪电把黑夜撕开几绺，一声声雷鸣歇斯底里地响了起来，接着，哗哗的雨夹杂着冰雹如箭般直砸下来。我屏住呼吸，满怀恐惧。

早晨起来，大街上，小巷里，店铺前，满都是泥巴和污水，满都是落叶和垃圾，一片狼藉，暴风雨过后的小城惨不忍睹。让人惊讶的是大街旁两棵碗口粗的杨树被吹折了腰，下水道厚厚的水泥盖子，也不知怎么被水流冲到了十几米远的角落。街上积满了深深的能漫过脚踝的淤泥。有的路段，污泥垃圾被人们铲倒在街道两旁，堆积成小山一样的淤泥堆，一个连着一个。几家店铺的店主，拿起了水龙头正在冲洗路面。来来往往的车辆小心翼翼地前行着，三三两两的行人踮起脚尖慢慢地走着。一切让人不可思议，昨天还干干净净的街道，一夜狂风暴雨之后，竟然有这么多的泥土！看看周围幢幢高楼大厦，到处是水泥柏油路面，这些泥土一夜之间从何而来？

我生活在这个小城以来，还是第一次见到这样的情景，这些无根之土！

虽然小城一片狼藉，但空气里弥漫着暑期里难得的清新的味道，还有那久违的泥土气息。在街道的拐角处，竟然有几个孩子在饶有兴趣地玩着泥巴。看着孩子们专注的神情，儿时的情景又历历浮现在眼前。

乡村，就是生长在土地上的庄稼，土地，因有了这些村庄而生生不息。在乡村，孩子们最亲近的就是土了，总是变着花样玩。尤其是雨后，玩泥巴更为方便。叫上四五个伙伴，找个水泥地面的地方，搓起一摊泥巴，和起泥来，模仿着大人和面的情景，拿个木棍当擀面杖，一会擀一会捏，随心所欲，捏出各种的动物和人形。比一比，看谁捏得像，伙伴们争来吵去，半天没有个结论。过个一天半晌的，捏出的泥巴就会阴干，我们就把它当作宝贝收藏起来。我们都知道，捏出的泥巴是万万不能在太阳底下暴晒的，否则会裂出许多缝纹。

而现在，我的孩子从小生活在城里，住在水泥楼房里，更远离了泥土。小时候，我特意把他带到田野里玩土，如今孩子长大了，偶尔去田野里，也还是心存芥蒂的，怕田地里许多不知名的虫子，嫌村子太脏，埋怨村子的路怎么都不铺成水泥路。面对这些，我只有无语。乡村对他们来说，几乎就是另一个完全陌生的世界，孩子早已习惯走在干净的柏油大街上，习惯于手工课上那五颜六色的陶泥了，灰黄的泥土对于他们来说，未免单调了些。看来，儿时单纯的欢乐和温暖的记忆，只能属于一个与乡村有着牵绊的人了。离开村子几十年来，我的话语里，抹不掉的依然是那浓浓的乡音乡调。若是在小城听到几句乡音，年已不惑的我有时还如孩子般激动。孩子与我，我不知该为谁感到庆幸，为谁感到悲哀。记得有一位作家说过，有过乡村生活记忆的人，他的灵魂始终应该是温暖的。我释然，十几年的乡村生活于我的灵魂来说是最大的福祉。

城里的泥土是越来越少了，仅存的恐怕只有阳台上的花盆里，那些经过花匠调制过的泥土了。城里的人们对于泥土的情感越来越淡了，从农村来的我身上的泥土味也越来越淡了。不知从何时开始，暂时栖居在水泥箱子里的我，渐远了乡村，也渐忘了泥土的色彩与味道。

而就在这个狂风暴雨之夜，狂风挟裹着泥土浩浩荡荡地来到了小城，仿若当年生在长在乡村土地上的儿女们一拨又一拨地朝城里涌去。如今，空空的乡村，荒废的土地每天眼巴巴地望着他们走向城市的方向，期盼着。泥土或许是太想念来到城里的儿女们，趁着狂风暴雨之夜来到了小城，也许来得太突然了，让小城的人有点措手不及。好比远在乡村的父母，突然有一天，穿着粗布衣衫，提着装满乡土特产的竹篮，迫不得已地以这种方式突然出现在久居城里的儿女面前。

匆匆而至的泥土，沾在人们的衣服上，鞋帮上，裤脚旁，它们就心满意足了，只要能嗅一嗅久别的熟悉的气息，听一听已经有些变调的城市话里夹杂的乡音韵脚，看看儿女们脸庞洋溢着幸福的笑容，它们也就不枉来小城一趟了，虽然心底埋藏着一丝隐隐的失落。泥土知道，它们只不过是这个城市的匆匆过客而已，它们会在人们惊愕的片刻，随风而去，或者随着水流流进下水道。不管它们以何种方式离开城市，最终都是殊途同归，继续坚守在某个乡村的角落。

街道两旁一堆堆铲起来的泥土，好似一个个土馒头一样。黑黑的柏油路被泥土染得灰黄，车辆飞过，空气里弥漫着飞扬的灰尘。每一个小城里的人，都嗅到了泥土的味道，然而，每个人嗅到的味道又有所不同。小城里最忙碌的就是那些清洁工了，铲子、铁锹、架子车一起上阵，泥土就这样一锹一锹地被送上垃圾车，又一车一车地被拉到垃圾中转站，然后被倒在城外的某个角落。泥土让小城有点手忙脚乱了，尽管仅仅逗留在小城里几天。在小城里，多少人会被泥土唤醒那消逝的温暖记忆？

每天忙碌穿梭于这个水泥石林的城市里，差不多已经渐行渐忘乡村，渐行渐忘泥土的气息了。但这并不等于自己从此于这个小城里扎根生长了。农村土生土长，仅仅十几年的都市生活是改变不了我身上固有的“土气”的，从小就生活在这个小城的人，他们举手投足间透露出的气息才属于这个小城。所以，我于这个城市来说，我的生活注定只是一场无目的地地漂泊，我注定只是一个匆匆的过客，就如这匆匆而至而又匆匆而去的泥土。

在城里，偶尔，当孩子吵着要玩泥巴的时候，我才会突然间想起，哦，泥土。为了孩子，我驱车到市郊，挖上一袋子土，回家与孩子一起捏泥巴，重温着儿时的梦想。也许，就在此刻，那些关于泥土的醇香记忆，就会渐渐从心灵深处复苏，润湿心头的柔软……

在这小城里，人海茫茫，我只不过是其中一粒尘埃而已，随风四处飘落，只为了苟活在这个城市的一隅。奔来跑去，只为一口之食、一身之栖，为了儿女，为了前途，大多时候无法主宰自己的命运。我企图扎根于这水泥浇筑的城市，而最终，生命走到终点的时候，真正能安顿漂泊已久的疲惫灵魂的，只有那久违的泥土。城市里那一点点的尘土太薄了，它充斥着太多皮鞋的味道，还有各种霓虹灯迷离的光芒，各种卡拉OK和汽车的聒噪，它怎么安抚得了我疲惫的精神！

一夜无眠。第二天一早我便驱车回到了生我养我的村子。虽然老院子已经人去房空，虽然木门的铁锁上锈迹斑斑，但老宅的一草一木，一砖一瓦，一把把泥土，都仿佛慈祥着面容，微笑着亲切地呼喊着我的乳名，与我寒暄。这一切，都让我无地自容，羞愧难当。

不管时光老去多少年，在某个黄昏的村口，总有一声苍老温暖的呼唤，总有一双期待已久的慈祥眼神，在我的灵魂里定格！她是那样地让我惊心动魄！

这些无根之土，让我灵魂深处渐被遗忘的记忆顿然鲜活，它使我懂得了回首的意义。

半城烟火

一

从家到单位是二十五分钟。

从单位到家是二十五分钟。

这段路，不知往返过多少回，也不知细数过多少次，每次几乎都是二十五分钟，有时因为贪看路边的风景而耽误了时间，但误差最多也不过三两分钟，就如生活中一些无关紧要的枝枝叶叶，完全可以忽略不计。

喜欢步行去上班。不知是自己天生就对机械类的操作特别迟钝，还是因为二十多年前的那次车祸——那场车祸中，我虽幸运地捡回了一条性命，但留在眉梢上的疤痕，却成了心头难以拂去的梦魇，在街上，每当车流从身边疾驰而过，我都会瞬间神经质地产生一种莫名的眩晕，臆想着，会不会被呼啸而来的风卷走。要是坐公交则更麻烦，平均二十分钟一趟，等车的时间不用说，公交车一路晃晃悠悠，停停走走，犹如坐在大摇篮里，遇到上下班高峰期堵车，不到十分钟的路程，会拉长为多半个小时。生活就是这样常常出人意料，同样的目的地，不同的选择，便会有不同的结果，往往是有人想走捷径，结果却是最后抵达。当年我们毕业时，大家都想尽办法，抓住各种机会进城，可最后，结果恰恰相反，进城的大多数人，职称非但没评上，还一个个成了房奴车奴，但他们甘愿承受着生活的累，痛并快乐着。

不过，小城相对于北上广等大城市，就宜居这点来说，生活在小城应该算幸运与幸福多了。小城，小得可爱，东西南北就十几分钟的距离，好比一个人，头一低便能看到脚丫。小城要山有山，要水有水，南依着青翠绵延的秦岭余脉，清澈如带的弘农涧河横穿市区，这让小城多了几许清秀与可爱。巴掌大的地儿，条条街道就如掌心上的纹路那样清晰明了。不像在大城市里，街街巷巷，交织如麻，人潮如流，车来车往，一旦汇入其中，被人流挟裹着，眨眼就可能会找不着北，只能不由自主地朝前走着。

十几年来，我就沿着这些纹路从容地走来走去，不知往返了多少来回，却从未走出过小城这巴掌大的地儿。经年的寻常日子，在小城的慢节拍里，咿咿呀呀地吟成一曲咏叹调，悠长，慵懒。生活的闲适与诗意，易让人沉溺其中，有时也会被一些人所刻意地向往。虽然这种刻意，多了几分杂味，但却也能暂时消除身心积压的困顿。但之后，这些人回到自己的地方，又迫不得已地投入下一轮紧张的奔波。我喜欢小城这样的日子，有着浓浓的烟火味道——既有草木的香涩，又有泥土的芬芳。有了这味道，日子便多了一些温暖与踏实，身心得以安顿。

二

从家到单位，得经过四个十字路口。

在清晨出发，心里时常充满着莫名的憧憬——远行的庄重，跋涉的渴盼，或者奔跑的激情。虽然到单位只有那么二十多分钟的路程，如小城腿脚上短短一截血管，但日复一日，来回往返，日子便被无形拉长，越拉越远。

又一天过去了，黑夜习惯将一切刷新，单调而规律的生活，任我随性涂抹，一切都在意料之中。若是晴天，从阳台朝东望去，如林的大厦间，总会准时露出太阳的多半个脸庞，每天如斯。若是遇到小雨，我会撑把伞慢慢徜徉在雨中，随意品味另一番情致，虽然这里没有江南那仄仄的小巷和细长的青石板。抑或冬日清晨，轻轻踩着厚厚的积雪，一脚一脚的，咯吱咯吱的声音传来，沉寂的清晨也欢快了几分。

街道两旁的商店饭馆，也次第开门，有一两个店主，惺忪着眼睛，拿把笤帚慢慢打扫店前的地儿。时不时会遇见几个晨练的人，偶尔几辆车子从路上驶过。路旁的梧桐树上，繁密的叶子参差交错挤在一起，严严实实地守着夏天的秘密。想起小时在村子里，天灰蒙蒙的，不等鸡叫，母亲就会起来，先收拾好灶膛，等炊烟升起，屋子内外已打扫得干干净净了。鸡啊，猪啊，这时都不安分起来，母亲先喂鸡，再拉起风箱，开始煮猪食。母亲常告诉我人勤春早，“早起三光，晚起三荒”，说：早上早起那么一会儿，脸光头光院子光；贪恋多睡会儿，就会一天的脚步都赶不上别人。

小城的清晨，则多了一些寂寞，更多的是单调。没有了鸡鸣犬吠，取而代之的是街上汽车的鸣叫声，或是建筑工地上没完没了轰隆隆的机械声，嘈杂而单调。我每天期盼所听到的，则是洒水车的音乐声，总在七点左右，离老远，就能听见悠扬的乐音传来，只见洒水车两侧的喷水器上，白色的水雾飞溅开去，犹如一朵朵花儿盛开在清晨的街道。细听，竟然是那首儿时再熟悉不过的《兰花草》。“我从山中来，带着兰花草——”，悠扬的旋律中，兰花的淡淡香味仿佛弥漫在空气中。我心里涌起莫名的感动——平凡的每天，怀着小小的憧憬，期待着，时光也变得曼妙。空气愈加微润，我的身心犹如经过山泉的沐浴，清新、宁静而纯粹。

第一个十字路口的拐角处，有几个早餐摊点。单位没有开伙之前，我总是在这小摊贩前打发自己。浓香的南瓜小米粥，滑腻的红豆面汤，冒着热气的小笼包子，刚出锅发烫的韭菜盒子，给人一种家常的味道。

有一个鸡蛋灌饼摊，我是这里的老顾客。每天早上，天灰蒙蒙的，小摊前已陆陆续续聚集了好些人，有早起辅导的教师，有赶班的超市雇员，有晨练的人，还有路过的行人，大家很自觉地在摊前火炉旁排好队。摊主是一对年轻的夫妇，围着棕色发亮的皮革围裙，在案前炉旁忙活着。许多时候，还会遇到他们四五岁的儿子，迷迷糊糊的，一个人静静地坐在小凳上，不时地打着盹。那女主人主要负责和面、擀饼。她从盆里拽出一块块稀软的面团，扔在案板上，拿起擀杖，来回几下，面团就被擀成不规则薄薄的圆形。只见那男主人，很利索地拿起油刷，唰唰两下，炙热的平底铁锅上，马上就冒起青色的油气。他从案板上扯起面饼，朝锅里一扔，软软的面饼瞬间就吱吱地膨胀，趁这个时候，他左手端碗，右手从旁边的纸箱里拿起个鸡蛋，轻轻在案边一磕，“哗”的一声把鸡蛋打在碗里，抓点切好的葱花，调拌些各种调料，搅动两下。鸡蛋灌饼的技巧就在于“灌”字上，得把握住火候和时间，灌进去的鸡蛋才能不溢露，包在饼子里鲜嫩喷香。等饼子刚翻过来，在油锅的煎烤下，膨胀出一个大大的气泡，这时，只见他赶紧用筷子挑开面泡，一股热气便喷涌而出。他趁机把调好的鸡蛋汁轻轻倒进去，然后用筷子重重压上两下，再翻两个来回，三五分钟，就可以出锅了。每份三元五角，抹上面酱，夹上菜丝，油而不腻，香味十足。每天早上，这对年轻夫妇忙得不亦乐乎，一直到中午十一点多才能撤摊。

每次去，几乎都是男摊主现灌现烙饼子，时间长了，男摊主熟练的灌饼技术，在我看来，已渐渐成了一门艺术。每天，看着他有条不紊地忙活着，那双灵巧的手，我看不出与常人有何差别，可为何那般灵巧？也许他每天就是这样，触摸着小城早晨的心跳，手一天天跟着这节奏，才灵动了起来。在肠胃享受美餐之前，我的心理上就已得到了极大的满足。一到冬天的清晨，常见男摊主一个人在忙，问道，今天你一个人忙？男摊主不好意思笑笑说，天冷人少，我一个人顾得过来，就让她多睡会儿。我心里微微一热，看着穿着厚厚羽绒服的人们，正大口吃着那冒着热气的灌饼，白白一团的雾气，笼罩着脸庞，腊月的寒气里也多了一些温柔。

几年来，偶尔会遇到他们早上没有出摊，习惯了的人就开始嘟囔，怎么回事呀？会不会是他们家里有事？不知明天来不来？怨嗔之中分明多了一些担心和挂念。久了，他们也成了许多人生活中不可或缺的一部分了。

三

这条横穿市区的国道，不论什么时候，车流总是大，拥挤不堪。有来自外地拉货路过的大卡车，有小城的轿车，还有各种摩托车电动车。逢到上下班时间，东西南北的车挤在十字路口，如一团绕在一起纠缠不清的线团，半天理不出头绪。小城的司机不免就嘟囔起来：“真是的，国道早该改到环城路了。”大货车司机着急得嘟嘟直按喇叭。但着急归着急，拥挤依然拥挤，这团线还是在吵闹中，耐着性子，不慌不忙趁着空隙，拉来扯去地慢慢找到头绪。

仅几百米的距离，又到了下一个十字路口。说是十字路口，其实也是小城的水果市场。路口四个方向靠街道的地方，早被摊贩划定了区域。靠南边和东边的两条街道，是水果贩子的摊点。他们搭着棚子，扎好寨营，一看架势，就是长期抗战的阵势。一年四季，他们的摊贩前，总会摆着各种时令水果，即使在冬季，南方甚至缅甸、印度的一些稀罕水果，也被他们跋山涉水地请到小城，来秀秀了。而北边和西边的两条街道，全是市郊的一些果农，要么推着架子车，大多都是在街边树下，铺张塑料油纸，来摆地摊。

水果贩子的摊点上，大大小小、红红绿绿的各种水果一排排整齐地摆放着，散发着诱人的光彩，它们像是进了高档的店铺，身份就显贵了许多似的。它们被擦得光光亮亮，修剪得妥妥帖帖，鲜美地摆在特制的柜台上。当然，它们的价格也不低。生意人从来考虑的都是利益，就如生活中有的人考虑的也只是面子。这些水果替他们装起人面。

我常常喜欢光顾那些果农的摊点，他们的摊点更简易一些——一张塑料纸，或一张纸箱板，或者农耕三轮车、架子车，就是一个简易的柜台。水果还沾着清晨的露水，湿漉漉的。他们是不会像那些水果贩子，惯用用水淋湿水果来增加重量的伎俩。果子上还沾着点点泥星。要赶早进城，希望能卖个好价钱，一定是太匆忙了，幸运的泥土便匆匆跟着果子来到了小城。

果子被随意地倒在地摊上，任人挑拣。只要你来到摊贩前，这些果农大都会随意拿起一个，招呼着让你尝：“尝尝，真甜，不甜不要钱。

全亏了今年天气好，你随便尝，都是自家地里种的。”挂着露水的果子，微微的泥土清香，甜脆的果肉，浸入喉肺。这种熟悉的气息，应该是家乡的味道。久违的亲切，让人怦然心动，在这小城里。

没有挑拣，我装了半袋子苹果。摊主是位五十多岁的大娘，黝黑的皮肤，一说一笑，很是爽朗。她称好后，见秤有点平，又顺手拿起两个果子，装进袋子说，都是卖自家的，怕啥，只要不糟蹋，比啥都强。等算完账，我口袋正好差三两毛钱，她一见，便摇摇手，说算了算了，下次再来买就行。相比之下，那些水果贩子就显得小气了，称秤时稍见有点高，都会重新拣个小点的果子，把袋子里大个的换下来，即使是一毛钱，也会翻开鼓鼓的钱包，不辞辛苦地大票小票地找上半天。

淡淡的果香在周围弥散开来。看着豁达憨厚的大娘，我仿佛回到了村子——爱笑的邻家婶子，爽朗粗犷的后村王伯，邻院子善良能干的二嫂……时间久了，我常在固定的摊贩前转，总喜欢和陌生的他们，趁机亲切唠叨上几句关于收成，关于村子，关于土地的一些话题。蜗居在小城一隅，鸽子楼里，是素不相识的邻居，办公室里，是简单相处的同事，哪像在村子里，说话坦坦荡荡，处事实诚无防。村子里，没有什么局长主任的区别，没有脸上习惯性挂着的僵硬的职业笑容，没有实则冷漠麻木的表面的一团和气，有的，是婶子脸上淳朴善良的慈祥，是三叔抽着旱烟的喉咙，突然吆喝出你的那土得掉渣或亲得发腻的小名。这些小名，是村子刻在你身上的永远印记，只需轻轻一声呼唤，便会钻进你的耳朵，踏实落在你的心上。在村里人眼里，你永远都是那个土坷垃里滚爬长大的三狗或幺妹子。

水果旺季，尤其是清晨，摆摊的果农越来越多，十字路口就显得特别拥挤。为了占个摊位，天灰灰的就有人开始忙，搬块石头放那做个记号，先占着地儿。到了清晨，他们不知何时，一点点地已把摊点朝道路中间移动，宽宽的道路被侵占得仅容两三个人通过了。赶到上班的点上，十字路口四面的汽车对峙着，不断催促的喇叭声，夹杂着不停的叫卖声，还有吵骂声，嘈杂不堪，却又充满生气。司机和路人的不满，对于果农来说，常常无济于事，他们依然我行我素地进行着买卖交易，反正没人指着鼻子吵骂就行，一年的收成，就指望着这两天卖个好价钱，否则，几场雨，就全泡汤了。看来，他们也总有自己合乎情理的借口——村里人特有的一种聪明，孩子般朴实的狡黠。他们以自己单纯的质朴，给小城带来了一次次小小的骚动。他们就是小城的候鸟，夏秋两季总要如约而来，聚集在这里，展览着自己一年的收成与辛苦。等园子空了，他们也就准备撤了。他们一时的聪明与固执，带着泥土浓浓的厚朴，他们不会像那些水果贩子，长年累月地待在小城，沾染些市侩气。

小城交通阻塞，仿若血管里的血液遇到了血栓。小城人这会儿不愿意了，虽然他们天天吃着新鲜的水果，虽然他们的父辈可能就是昨日的果农。不一会儿，交警来了，城管也来了。道路好不容易疏通一点，等交警、城管一转身，刚刚疏通开的道路，眨眼间，迅速又恢复到原样。于是，交警急得嘟嘟吹起了哨子，城管们又苦口婆心地一个个劝说……

我挤过人群，来到下一个十字路口，是蔬菜市场。菜农比较守规矩，长年累月地赶摊，地点早已固定，所以秩序要相对井然多了。街道两旁，绿油油的青菜，肥嫩嫩的菠菜，翠生生的黄瓜，圆溜溜的土豆，胖乎乎的南瓜……像是进城比美，带着田野里新鲜的泥土，招摇过市，刺激着人的视觉，诱惑着人的肠胃。每每经过这里，一种浓郁的生活气息总让我留恋不已，我常有一种冲动，一种想当厨师的冲动。忙碌于生活琐碎与粗茶淡饭之间，日子的酸甜苦辣就是最好的调味，多少人，就是渐渐蹉跎于这平淡的烟火之中。我们每一个人，又何尝不是在漫长的岁月中，烹制着自己人生的五味?

久居在小城空调制造的温室里，我常常会遗忘了季节的变化。每天，这些蔬果就好像我的温馨小贴士一样——草莓、桃子红了，春天就来了；饭桌上多了黄瓜、豆角，夏天就到了；苹果熟了，石榴笑了，秋也悄悄地来到眼前；萝卜、白菜是北方冬天蔬菜的主角……一年四季，饭桌上不断变化着，我也在烟火的流逝中，渐渐老去。

常常会看到几个大爷大娘，提着半蛇皮袋子红薯或者土豆，或者几个鸭梨，几捆菠菜韭菜，找个角落摆起地摊。这些，绝对绿色环保，或许是田畦边垄上的小创收，或是院子里栽的那棵梨树上的收成，他们带着来到小城换几个零花钱，或者添点油盐酱醋。我看见一位老人坐在道边，目光空洞，表情漠然，眼前行走的一切仿佛都与他无关，他双手安放在腿上，扬起，又落下，或是招呼顾客，却又没说出什么。想起婆婆，每年院子里那棵杏树的杏子熟了后，她都要把最大最甜的藏起来，给孙子留着。走过去，我把老人摊上剩下的一小摊蔬菜，全部打包称完。他有点出乎意料，脸上露出一丝笑容。找完钱，他掏出口袋里的一大卷毛票，又卷了卷，装进贴身的口袋，便收拾着东西准备离开。我的心里多了一些欣慰。

我时常会捎上一把青菜或半块豆腐回家，这已成为一种习惯。初春时，能在摊贩间找上一把茵陈或者半篮荠菜，或几捧槐花，我就开心不已。在饭桌上变着花样，比起下馆子，肠胃更滋润更踏实。也许这样有了烟火的寻常与温暖，日子才会更接近生活的本质。

四

到最后一个十字路口，朝西一拐，有二百米，就到单位了。

十字路口的西北角，是小城有名的罗门婚纱楼。罗门婚纱的出名，不仅仅是因为时尚的理念、精湛的技术与合理的价格，这罗门的老总，是个才三十出头的小伙子，却常热心于小城的各种公益活动，一个婚纱影楼，在小城差不多家喻户晓了，渐渐成了小城的一张文化名片。

去年冬天，因为年前立春，一到农历十一月，几乎是每天早上，罗门婚纱楼的前面，都熙熙攘攘，早早停满了或高档或普通的轿车，等着装扮婚车。按照习俗，两头无春的年份是不能结婚的，否则不吉利。这当然是迷信了，但还是有许多人争相赶在年前，找个好日子把婚结了，权当是图一种美好的祝愿罢了。整个腊月，几乎天天都有噼里啪啦的鞭炮声传来。小城的喜事儿就是多，每天都仿佛跟着沾了喜气。

小城人的言谈举止，多少都会流露出一些乡村的气息，虽然他们居住在这里也已有好多年了。身处喧嚣的小城，小城人的精神始终无法与乡村脱离，当年，他们都是以乡村移民的身份进入小城的。不必追溯很远，小城人的祖父辈或者父辈就是农民。小城是一座还没完全消失掉土味的城市，小城活在世俗中，散发着烟火的味道，还有不期而遇的感动。

那次，我匆忙上班，到了单位才发现，一串钥匙竟不知什么时候给丢了。我一下子蒙了，所有的钥匙都在一串上啊！我急忙拐回去找了一遍，没有所获，又折回来继续找。突然，我看见小巷口边，一个坐在轮椅上的老大爷，高高举着手臂，手指上套着一串钥匙，正在不停地晃动着。看到我满头大汗的焦急的样子，老大爷笑着说：“闺女，是你丢了钥匙吧？”当时我感动得不知说什么才好，要去给大爷买个西瓜，大爷一听就劝：“不用了不用了，你别耽误了上班，赶紧去吧。”以后，每次上下班，我都要看看这位大爷在不在巷口坐着。若没见大爷，我就会担心，直至过几天再见到他，才放心。

如此的感动长久地藏在心里。多少年来，我在同一条街道，无数次地往返，对街道两旁的店铺、超市、饭馆、杂摊等一切也日渐熟悉，甚至哪个店铺门前什么位置有棵什么树，哪家水果贩子的孩子学习刻苦，我都记得清楚。每天下午回家，总能看见有几个摊位的旁边，一两个孩子趴在凳子上，在拥挤吵闹的喧嚣中，旁若无人地写着作业。那凳子我一眼认出是从乡下带来的，我也在这样的凳子上做过作业，四条腿支着一块板，板与书同宽。只是，这种熟悉，却是一种陌生的熟悉，我仅仅知道他们与它们存在于这条街道、这个世界，至于其他，便一无所知了。时间长了，就很容易产生注意疲劳，对眼前的事物易忽视。我带朋友去家乡有名的景区去转，朋友很兴奋，洋洋洒洒就是一篇美文，而我却早已没了感觉。又有谁知道，眼前的今天和昨天，明天和今天，会有多少不同呢？生活中，我们差不多都是凭借着一种无形而巨大的惯性，朝前走着，往往是快到了目的地，才对一些事物恍然大悟。

一个冬日的下午，当忙碌了一天的我走出单位时，天色已晚，刺骨的寒气迎面扑来，我用手搓了搓脸，裹紧棉衣，拖着疲惫的身子走。街上，行人匆匆，大多都是和我一样，下班赶着回家。走到新华书店对面的时候，一团靓丽的黄，瞬间撞入我跳跃的视线。这团黄，刺眼，却又温暖。停下脚步，我仔细一看，原来是一盆菊花，一盆放在简陋桌子上的怒放的菊花。一根根细长的花瓣，向着不同方向，肆意舒展着腰身，一朵朵花儿如一团团熠熠燃烧的火焰！

这是一间修锁铺子，逼仄得只有半间房子，屋子里光线昏暗，看不清摆设。店铺门前，摆着一张桌子，严格说应该是操作台，台上放了几把配锁修锁的工具，是冷冰冰的灰黑色。操作台前方是一个横架，穿了一长串形状各异的备用钥匙。操作台的一角，就放着这盆灿烂绽放的菊花，灼灼耀目，仿佛在黄昏里吟唱着温暖的小诗。在这黄昏里，我久久地站立着，一种无法言喻的感动直抵心田。仔细打量了四周，我始终没有见到修锁铺的主人，抬头一看，这家小店竟然有自己的名字——鑫灵锁艺。把修锁配锁当成一种艺术，应该是心灵手巧的人。我对修锁铺的主人充满了好奇。

之后一连好多天，由于忙于琐碎，我没有特别在意这家修锁铺子。随后，我也就把这件事忘了。直到前几天，我下班路过。修锁铺子开着门，操作台依然摆放在门口，只是，去年冬天的菊花，已换成了一个装满水的纯净水瓶子，瓶子里插了三支不知名的鲜花。旁边，修锁铺的主人正拿着播放器听戏呢，他跷起二郎腿，闭着眼睛，打着节奏，一副陶醉的样子。我多看了几眼，他也没察觉，完全沉浸在听戏中。我有点羡慕，甚至有一丝嫉妒。在这小城，灯红酒绿，人来车往，熙熙攘攘，我奔波其中，为生活劳碌，不知从何时起，单调紧张的日子中多了一些埋怨和麻木。而修锁铺的主人，却把更为枯燥的日子，过得如此诗意美好。我惭愧不已。他哪是在修锁，那双聪慧的双手，精修的何止是门上的铁锁？生活大门的全部秘密，他早已洞晓，人生的一扇扇门扉他已依次打开。一种敬意从我的心底油然而生。

下午步行回家，我常停留的地方，是一家卖花木的苗圃，是路边搭建的一个简易帐篷。养花卖花的人，都是爱美之人，一年四季，棚中绿意葱茏，姹紫嫣红，只需一看，心情就会好许多。和老板聊多了，我也学到了不少养花的知识，什么杜鹃花、君子兰、栀子花、茉莉花等养培的注意事项，都能一一说来。我喜欢瓶养风信子。葫芦形状的玻璃瓶子，灌满水，把洋葱状的球形根放在上面，让底部挨着水，一二十天，那细细小小的白须便冒出来。一天天，这些白须根一点点长成，渐渐地，这些白须根便长得盘在一起，在水中交错、缠绕，晶莹剔透，像一件工艺品。球根的上部，也渐渐冒出小小墨绿色的嫩芽，芽儿努力地朝上冒，颜色由墨绿成深绿，最后变成翠绿。不久，从叶心冒出一根穗状的茎秆，春节前后，穗上的鳞瓣就慢慢张开，害羞地吐出一朵朵紫色的、粉色的、大红的小花，这些小花簇在一起，你推我搡，笑声吟吟，香气芬芳，甚是可爱。看来，风信子着实没有辜负我这几个月来对它的照顾和期盼。一株小小的风信子，就可以让生活多了份期盼——每天的小小的希冀，在心底一点点生根发芽，会有那么一天，风信子馈赠予你一抹新绿、一朵小花，抑或一缕香气。当内心诗意了，生活也就诗意了。

不知是何时，一辆大卡车把景德镇的瓶瓶罐罐小心翼翼地拉到小城，大的有一人多高，小的可放在手心把玩。我常驻足其间，看看，摸摸，一个个古色古香的瓷器，或庄重大气，或典雅清新，或富丽堂皇，散发着泥土的质朴与浑厚。而我，最喜欢的还是青花瓷，青翠欲滴的蓝，晕染自然，浓淡相宜，明净，素雅，像极了母亲织的蓝花印布，结实，温暖。

时光总喜欢把岁月一点点揉碎成每个日子。每一个日子，又把生活揉成一个个琐碎。小小的琐碎，承载了人生全部的烟火。每天，我依然用自己的双脚，去不厌其烦地丈量这条短短的街道。这条不长的小街犹如小城一条细细的血管，虽短，虽小，却汩汩不息。它守着小城的老区，从不去理会新建的新区、北区是如何堂皇体面，有多现代气派，它只知道，守着老街的烟火，小城才会有生气和底气。

小城活在世俗中，我活在这半城烟火里。

签　　字

一

我如一条沉睡在海底的鱼，渐渐苏醒，浮出水面。

喧嚣如潮水般突然而至——房间里此起彼伏的说话声，电视里热火朝天的广告语。

“活着，人就要学会自己爱自己。我现在就特别注意养生，每天坚持吃一个核桃三个枣……”一个纯正的郑州话的腔调传来。

“我们农村人，天天在地里忙着，有啥吃啥，哪顾得这么讲究……”是邻床大嫂的声音。

睁开眼，已是中午了。术后的我，从观察室一搬到病房，就迷迷糊糊地睡着了。深秋午后的阳光透过玻璃，煦暖而热烈，给雪白的病房涂上了一层淡淡的橘黄。原来，昨天刚空下来靠墙根的15床又来了一个病人。

“哦，醒来了！现在好多了吧？”邻床大嫂问道。我微笑着点点头。“13床的耳朵和你的一样，耳膜穿孔钙化，昨天刚刚做完手术。”

邻床大嫂指着我，向15床介绍道。

“这个小年轻，手术时难受不？”15床问道。见我半天没有反应，她又提高了一个八度重复了一遍。

“小年轻！有这么老的小年轻吗？”我哑然一笑，指了指自己的耳朵，摇了摇头。这位五十多岁的大妈，一头短发，穿着一件碎花的棉麻衬衫，舒服又精干。墙角多了个绿色拉杆旅行包。我总以为拉杆式包包是属于时尚小年轻的行头，在我们小城，很难见到老头老太出门用，没想到，在郑州大街随处可见这样的时尚老头老太。

“你也是耳膜穿孔钙化吧？早上在门诊检查的时候，医生说，我两个耳朵也钙化了，不知要紧不要紧？——来，小年轻，这是我来医院前，在家里蒸的鲜枣，大家都尝尝吧。”大妈边说边微笑着拿几个枣子放在我床头的碗里，接着，又给其他人一一分发。我这才发现，她下身穿着一条灰色裤子，软布料做的，走起路来，裤脚忽闪忽闪的，好像一阵微风拂过丝绸般的湖面，涟漪阵阵扩散，给人一种滑腻的感觉。她的步履更像一种轻盈的舞步，悄无声息，却又极具一份婀娜的美感。

“是的，耳膜钙化有好多年了，听力越来越不好，实在没办法才来做的手术。只是每个人的情况不同，具体您还是问问医生吧。”我解释道。

几颗红红的枣子，泛着几点透亮的光泽，轻轻咬开，一股濡湿的甘液在嘴里弥漫开来。“真甜！这枣子真不错！”大家连连称赞。

接着，她又问了手术的一些情况，正说着，医生喊她，给她送来了一厚沓检查单子，叮嘱几句，就出去了。她捏着那一厚沓单子，也跟着出去了。

听邻床大嫂说，这15床的老太太，日子过得挺舒适的。光看人家走路脚下生风的利索劲儿，多精神，哪像五十多岁的人？她有个儿子，在南方城市打工。她每月有一千多元的退休金，在郑州火车站附近还有一套房子，每月有一千多的房租，这些收入，一个人过活日子，怎么说也够了。

到了下午，15床的大妈一直都没再回到病房。是忙着各种检查吧，那一厚沓单子够她忙活一天时间了。晚饭后，14床出去散步了。病房里静悄悄的，播放了差不多一整天的电视也被调低了音调。我们这些耳病患者，听觉暂时还不那么灵敏，声音在这里，似乎成了一种多余。我无聊地坐在床上，看着“哑巴电视”上闪过的画面，猜测着剧情的发展。

八点多时，15床的老太太进来了，右肩上挎着一个土黄色的帆布包，向外的一侧，绣着一朵鲜艳的莲花。哦，看来这位老太太是位佛家居士了。她一进来，房间里顿时热闹了起来，哑巴电视剧随之被冷落在了一边。“哎呀呀，今天真是忙死了，才检查完两项，家里又来电话。还是房子出租的事，有两个人都要租房子，一个给1050元，一个给1150元，我还没决定到底租给哪家好呢！你们说说我该怎么办呢？这件事，我得赶紧在手术前办妥了。”说完，她依然保持着微笑，满满的笑意盛在脸庞上纵横交错的皱纹里，不浅不溢，凝固般。大家都呵呵地笑了，这样的选择有什么难决定的？病房里的人，都在你一句我一句地聊着，我悄悄地在一边看着大妈的笑容，真诚淡然，让人感到一种莫名的温暖。

第二天一早，等我醒来，15床已空了。房间里依然很静。

大妈不知是忙着家里租房的事宜，还是忙着去检查？这么大年龄，她的儿子真应该到医院陪陪她。

二

早饭后，我在病房外活动了一会儿，回到房间，只见大妈低着头，两只手扶着床坐在那里，一副心事重重的样子。临床大嫂在一边，安慰道："大妈，别急，再给医生好好说说……"话还没说完，大妈就站起身来，说："好！我这就再给医生好好说说去。"

临床大嫂说，术前签字，医院不让大妈给自己签字，说她这个年龄得让家属来。"那她不是有个儿子，赶紧打电话让儿子回来啊。""唉！"临床大嫂叹了口气说，"这些事都怨她自作自受，儿子根本就不接她的电话。谁让她以前没有抚养自己的儿子呢？"原来，大妈年轻时，丈夫在一场车祸中离世，留下了一岁多的儿子。她那时年轻又贪玩，整天整夜地玩麻将，根本不去管孩子，孩子从小就跟爷爷奶奶还有姑姑生活在一起。长大后，儿子始终不能原谅她。当然，她也自觉理亏，轻易不去找儿子。她自家的兄弟姐妹也不知怎么回事，都和她没有来往。大妈这些年就靠着退休金和房租养活着自己。她还有个习惯，就是每年都要去山里的寺庙住一段时间。

大妈真够不幸！一个年轻柔弱女子，遭遇丧夫之痛，眼前的一切美好，瞬间都成了泡影。人生的突变让她顿时手足无措，面对怀中嗷嗷待哺的孩子，面对眼前生活的艰辛，她最终选择了逃避。她狠心丢下年幼的孩子，在醉生梦死中，渐渐麻木。现在，她是位居士，整天吃斋念佛，想必她对自己年轻时的行为，已开始默默忏悔了。

大妈进来了，她推开门，低着头，缓慢地走到自己床边，愣了半天才坐下。"医生不愿意？"我们关切地问道。她点点头，不解地嘟囔道："为啥别的病号自己签字就行，我就不行呢？""可能医生见你一个人，年龄这么大，将来手术万一有什么不测，谁担得起你的责任？”有人解释道。“我今年才五十七岁啊，才比这小年轻大十几岁，这能叫老吗？”一听她这么说，大家又笑了。确实，她看上去根本不像五十多岁的人。

“大家帮我想想办法啊！要不这样，大家看行不？反正这是个小手术，我干脆请个护工，冒充家属，帮我签字，术后照顾我一两天。——我多给她些钱，不就行了？”“这倒是个好主意，护工容易找，医院大门口多着呢，但关键是人家愿不愿意替你签字，这恐怕不好说吧。不管怎么样，您还是去试试吧。”

片刻，大妈脸上又溢满了笑容，她一把抓起床边那个土黄色背包，顺势斜挎在右肩上，踏着轻盈的步子，出去了。那个刺绣的鲜艳莲花正好朝外，也随着她的步子前后晃动，瞬间摇曳了起来。房间里，又恢复了往常的平静。

午饭时，大妈就回来了。还没来得及问候，只见她从肩头一把扯下莲花背包，扔在床上，重重地叹了一口气，一句话也没说，一头倒在床上，脸朝里背对着我们。结果可想而知，大家没敢多问。病房里静悄悄的，时间也似乎也慢了下来。

“小年轻，这病房里，你一看就知道是有文化的人，你们帮我再想想，像我这种情况到底该怎么办啊？”大妈不知什么时候已走到我的床边，语调里有种无奈的祈求。是啊，有儿女的可以去找自己的儿女，可是，没有儿女的，该去找谁？没人签字，难道就没法看病做手术了吗？我正犹豫着，怎么回答大妈，爱人说道：“不妨去找找居委会？您这种情况，总得有人管吧？”话音刚落，“这个主意不错！”病房里的人都说。

大妈的眼睛里瞬间闪过一丝亮光，仿佛又抓到了一根救命的稻草，刚才还像一只泄气的瘪球的她，马上又鼓满了气。她利索地背起包，连忙说：“好，这真是个好主意，还是有文化的人主意高！谢谢了啊！我这就回家一趟，找居委会去，看我的事他们管不管。”

晚饭后，大妈回到了病房。她一头短发有点杂乱，脸上勉强的微笑掩饰不住奔波的疲惫。她一放下包，就径直向大家“汇报”：“唉！真是的，我们那居委会主任说了，他也是耳膜穿孔，前几年做了手术，听力恢复不是很明显，他和他老婆都劝我，不赞同我做手术。不愿意帮忙就直接说了，还和我拐这么大的弯儿，况且我也不会为这事为难别人，真没想到……”我点点头，示意自己明白了。是的，这年月，很少有人愿意去为别人担待什么无谓的风险。她没理会谁，继续说道：“可是，我的耳膜确实已穿孔钙化，身上的零件毕竟不好了，能修就要尽量修修吧。等到我老了，走不动，听不见，可咋办？这次我来医院，就是准备做手术的啊，为什么别人能做，我就不能做呢？……”大妈絮絮不止，眼神里流露出更多的无奈与不甘，愤愤的语气里隐隐透出一股火药味。突然，我想到了鲁迅笔下的祥林嫂那哀怨无助的眼神。忽然，我不敢直视她的双眼——我帮不了她任何忙，也给不了更为合理的理由，我怕自己身不由己地陷入一种更深的无奈。最后，我只能小声搪塞道，明天早上还是问问医生吧。

正好这时，护士进来了，让她过去一趟。她跟着护士出去了。

多半个小时，大妈才回来，她在房间中，不停地来回走动，看着有点心神不定。一定有什么事。她终于忍不住了，开始小声嘀咕着：“怎么回事啊，看耳朵来了，怎么人家说我血液有点怪，不正常？”她发布的这个最新消息无异于一颗原子弹，在房间里，悄无声息地炸开。

房间里的人都关切地问："人家护士怎么对你说的啊？""没说啥，就说我的血液化验结果有点奇怪。——会不会是艾滋病？妈呀，要真是这坏病，我可怎么办啊？……"她又开始絮絮不止。实在说累了，就扬起脖子，咕咚喝上一大口水，面无表情，发上一会儿呆，回过神来，接着，又颠三倒四地重复着同样的话题。只是，房间里的人好像都开始没事找事地忙了，再没人像以前那样听她诉说，热心帮她拿主意了。

房间里的人再也不能平静了。每个人都吃过枣子，虽然大家知道，以这种方式患上艾滋病的概率几乎为零，可是，一想到那可怕的该死的病，每个人都不由自主地陷入了一种臆想的恐慌。此时，甘甜的枣子仿佛幻化成无数病毒，在每个人血液中，肆无忌惮地啃噬。

终于，奔波了一天的她，匆匆洗刷完毕，躺下休息了。大妈在床上翻来覆去，邻床大嫂也在床上翻来覆去。看来，今夜注定无眠了。

窗外，已是漆黑一片。房间里，渐渐寂静了下来。透过床牌蓝莹莹的一掬亮光，我看到，薄薄的被子，包裹着大妈瘦小的身子。落寞的她，孤身一人，东跑西奔，极力维护着自己那在别人看来再正常不过的权利。我真想替她签字。生活常常就是这样，看似很简单的再正常不过的事情，却这么错综复杂。毕竟，社会是在既定的规则轨道上行走的。

三

早上八点半，医生要例行公事来查房。

大妈的主治医生，是耳科的主任医师，身后跟了八九个年轻的实习生。这位主任医师一进病房，大妈就着急地问签字的事儿，主任医师不厌其烦地给她解释，要是没人签字的话，医院是不会给她做手术的。“那不管怎么说，我也是个病人，医院总得给我看看吧？”医生笑笑说，耳膜穿孔钙化，在生活中，只需注意不要给耳朵进水，这样不做手术也无大碍的。“那别人怎么都做了手术呢？”……就这样，大妈和医生你一句我一句地说着，直追到楼道，惹得其他病房的人都从病房里出来，看发生了什么事。

直到最后，看到医生坚决的态度，看着楼道里挤满了人，大妈似乎明白了什么，虽然不甘心，脸一沉，但还是暂时放弃和医生的争论。

病房里，没人再去关注大妈的手术问题，都在关切地询问关于艾滋病的传染的问题。临床大嫂担忧地说：“前天我们吃了她给的枣子，会不会传染上？”昨晚她一整夜都没睡踏实。大家的心都悬了起来，七嘴八舌地议论开了，说什么“以后得长个教训，别人给的东西不能随便吃”“医院不会这么不负责任，让一个艾滋病患者住到普通病房”，甚至有人言之凿凿地说，“真没看出这老太太，生活上那么随便的嘛”，等等。大家虽然都明白艾滋病的传播途径，吃几个枣子怎么可能传染上呢？可有人，还是身不由己地跌入这种自我肆意夸张的虚无恐怖里。

不知多久，大妈进来了。大家的议论戛然而止，一齐打量着大妈，那陌生的眼神，像是打量一个怪物似的。“不知血液的最终化验结果出来了没？”关切的话语多了一丝刻意和虚伪。大家的提醒，才让大妈想起了这件最重要的事，她恍然想起了什么，说：“哦哦，我昨天都催了好几次护士了，今天一早上护士就告诉我结果了。你看，为了这耳朵手术的事，我差点都气晕了，忘了告诉大家。我不是艾滋病，医生说我的血是熊猫血，和别人的不一样。”这一片刻，她难得的一脸轻松。她如释重负地不断重复着：“没有问题就好，没有问题就好，我的耳朵还不知道咋整呢。”

大家的心都放了下来。

被惊吓之后的她，找了医生，又给自己检查了脑血管和心脏。光这几天的检查费用，算下来，就起码有四五千了。邻床的大嫂，一听到这数字，唏嘘不已。

“明天一早，我还要去找找医院，难道像我这样的人就做不成手术了吗？我想讨个说法。”大妈很认真地说，暂时被搁置的耳朵，又被重提了起来。她的确很认真，倔强的眼神中有一种从未有过的坚定。我想起了那个“为讨个说法”打官司的秋菊。此时，或许在她心中，“讨个说法”的意义已经远远超过手术本身。是的，万一大妈得的不是耳疾，而是急症，那该怎么办呢？而我，又不免替大妈担忧。

第二天一大早，大妈又背起那个莲花帆布包，出去了。

我要出院了，走的时候，大妈的床空空的。不知道大妈能不能如愿以偿地做手术，然后轻松回家，上山念佛？

最终的结果，我不得而知。

阆中等你

一位身着古装的清秀女子侧身而坐，凝神远望，神情专注而沉静，又隐隐流露出一缕淡淡的伤感，身后，是一道斑驳的古城墙，再远处则是一面宽阔而深黛的江水。沧桑的城墙，浩荡的江水，这位秀丽的女子，她在凝望着什么，等待着什么？她是不经意间地向远方凝视，还是等着一个远游未归的亲人？抑或是在等一份守候了很久的情缘？

画中女子的眼神只那么随意地向我一瞥，我已迷失在她的风韵中。我知道，一定有一个诺言，关于这座古城，关于这面江水，关于某些人。

这座古城，就是阆中。这面江水，就是嘉陵江。

与阆中的邂逅，是在一次旅途的列车上，无意间看到一幅旅游宣传画。我没有想到，在这偏远的巴山蜀水中，能遇到苦苦寻觅的东西。我不禁怦然心动。我时常感到自己人生的缺失，一些关于生命、爱情、永恒的思考让我欲罢不能，又不知所以，似乎就在眼前，却又飘忽渺茫。

于是，我走进了阆中。

生 命

城中飞阁连危亭，处处轩窗临锦屏。

这是陆游笔下的阆中。

站在阆中最高点的白塔上，我举目远眺。如黛青山紧依着天际，阆中古城一览无余，古城与新城相拥着偎依在山脚。新城的一边，大多是如笋耸立的高楼，其中有几幢竞争而上，直入云霄；而古城的一面，全是低低矮矮的瓦房紧凑在一起，几乎全被青色的瓦片一一遮盖，参差起伏而错落有致，仿若阆中悉心收藏着的一段无人知晓的往事。青瓦下飘逸着一种浓浓的味道，我贪婪地吮吸着这种熟悉的味道，应该是一种面香的味道，还有一种炊烟的温暖。一曲江水滔滔不息，流经这里的时候，江水温柔地一个转身，便画出了一道优美的水弧，把阆中紧紧挽在了臂弯里。江水环绕着古城，青山拥着江水，阆中安恬地依卧在山水之中，真是“三面江光抱城郭，四围山势锁烟霞”。

壮阔的江水，千年的古城，触动了我困惑已久的心灵，使我对生命有了更深的思考和感触。原来生命可以在更广阔的时空中绽放，平静如水，灿烂如花。

阆中是中华本源文化的发祥地之一，从公元前314年秦惠王在阆中置县开始，迄今已有两千三百多年的历史，是至今全国唯一一直保持原名的历史文化古城。她自然环境得天独厚，人文底蕴厚重，拥有众多的文化遗迹。嘉陵江水千年的滋养，大巴山与剑门山的共同呵护，遂成如此形胜之地，苏轼曾称赞道：“阆苑千葩映玉寰，人间只有此花新。”

阆中的新城太过喧嚣，和江南的任何一座现代都市都几乎没有两样。我决定匆匆翻过新城这一页，直奔古城而去。

这历经沧桑的古城因太多的承载而更加从容沉稳，有故事是必然，不管是浪漫，是悲怆，是厚重。

行走在古城的石板长街，斑驳的小巷纵横丛生，青石板上林立着一排排古老的民居，那青瓦的长檐，被岁月风蚀的木板门，长满蓬草的旧瓦房，斑驳的土墙壁，老墙根袒露的黄土，木匠铺、蚕丝坊等各种店铺随风飘曳的幌子，将人不由分说地带进了古城的悠远。

叩开古街巷一扇扇厚重的双扉兽环大门，无论是张家大院、马家大院还是孔家大院，亭台楼榭皆雅致，一窗疏影，映出几枝素竹，几峰假山，衬出一壁浮雕。砌工精湛的花台，葱茏的古树名木，回廊中的笼中画眉，青石阶下花缸中的嬉戏游鱼……身居其中，情趣无限。更让人惊叹的是，吊檐、门窗、门楣等上面的雕饰镂刻，玲珑剔透，变化万千，有奇花佳卉，有琴棋书画，也有珍禽异兽，等等，林林总总，生动灵性，这是这些古民居的精华和灵魂所在。“秦砖汉瓦魂，唐宋格局明清貌；京院苏园韵，渝川灵性巴阆风。”这副对联就是对阆中古城风韵的完美写照。古院人家是幸福的，尽情享受着一份生活的恬美和艺术文化的滋养。

古城三面环水，习习的江风将整个阆中古城包围着，置身其中，我们就仿佛是一尾会呼吸的鱼儿，自由地尽情呼吸着江水所散发出来的清润水气。偶尔，有观光的马车走过，马夫扬起手中的鞭子，一个优美的弧线在空中一闪而过，马儿打两个响鼻，嗒嗒嗒的马蹄声消失在古巷的尽头，“叮当叮当——”的马铃声清脆悦耳，渐行渐远……

我感受着古城鼓鼓跳动的生命脉搏，轻嗅着古城氤氲弥漫的悠悠古韵，探询古城的桩桩往事，从城门走进又从城门走出，聒噪的心绪也渐次平静。自己生命的河流总是惊涛骇浪，急匆匆地翻过沟沟坎坎，却无法平静地感受大地自然，更无法寻觅到灵魂休憩的地方。今天，在阆中古城，我有了一种异样的感受。

桓侯祠前，耸立的松柏，无声地诉说着张飞在阆中保境安民发展农桑的功德，让我的思绪仿佛回到了那英雄铁血的三国时代。阆中四周有九条连绵起伏的山脉，酷似九条蛟龙，从不同方向汇聚于阆中，地理形胜，独具魅力，唐朝风水大师李淳风和袁天罡在自己功成名就之后，游历名山大川，最终来到阆中就不再离开，阆中成了他们人生最后的归宿。古人所谓的“风水”，指的就是以人为中心的人居环境选择与设计，迷信认为通过某种设计可趋吉避凶，获得大自然的恩赐，其本源还是道家思想。

古城的贡院里，静悄悄的，正在举行一场隆重的科举考试，参与考试的学子们穿着宋代、明代、清代的考场学服，正气宇轩昂地走进考场。当年的科举主要是为封建王朝选拔文武官员的，如今的阆中贡院是科举文化曾经兴盛的重要见证。从隋朝推行科举考试开始，阆中考中状元、进士和举人的比比皆是。明清时，阆中成为四川临时省会，长达十七年之久。省会迁徙后，阆中贡院考棚又作为县试、府试场所。年轻的学子们从这里走向了一生事业的第一步，无论成功失败，这样的人生考验一定会在学子的心中留下深刻的烙印。

其实，科举制度在封建社会曾是发挥了积极作用的，除了给国家选拔了大量的管理社会的人才，维持了政权和社会的稳定，更重要的是给寒门学子提供了一个改变命运的机遇，改变了政权由贵族世袭的弊端，让真正有学识的人才能脱颖而出。中华文明的传承和弘扬也通过科举制度得到了保证，成为可能。

感谢阆中，把三国的风雨激荡，大唐盛世的辉煌和传奇，科举制度的兴盛都收藏在怀中，让我在千年之后，依然能够感受到中华历史文化血脉的跳动。

遐想间，耳际隐隐传来了巴巴寺伊斯兰教诵经的声音，接着，福音堂做礼拜的喧闹声，天主教堂悠远的钟声，佛庙寺院袅袅的香火一齐涌来。巴巴寺是西南地区最大的伊斯兰教堂，是伊斯兰教的圣地；这里还有西南地区最大的基督教堂。佛教传入阆中也非常早，阆中大佛凿成于唐元和四年，比乐山大佛还早二百余年，是四川十大佛像之一。阆中还是中国道教发源地之一，汉顺帝时，张道陵来四川修道，侨居阆中云台山传道、炼丹，并作道书二十四篇，创立道派。这些多元的文化在岁月中默默各自发展，有些又互相融合，共同滋养着阆中，阆中也以非凡的包容性，孕育着阆中古城的文化精华和灵魂。阆中在漫长的历史中缓慢地走来，奏成了一篇天地人的和谐乐章。

暗绿的苍苔爬满了深巷的小路，吊角的廊檐，燕子的空巢。抬眼，一墙的爬山虎沿着那面矮墙攀缘而上，吴侬软语的燕言雀声已隐没在暮霭中。阆中静享着这一方山水的恩赐，吟着只有自己才能懂的曲调，缓慢地向前走着，不慌不忙。如今，外面世界的快速发展，也萌动着阆中更多的好奇，于是，一些年轻人纷纷出去到外面精彩的世界里打拼了，而留守在这里的人，依然陪伴着这美丽的山水，还有这沉默从容的古城。

我愿意留守在阆中。在这里，大自然的青山绿水让我的心灵得以回归宁静；绵绵不绝的中华历史文化印记使我找到了自己在历史文化上的坐标，我不再迷失于历史的虚无，从容地走向四方；宗教是对世界和人生的理解，是对他人和命运的无限宽容，儒家的进取精神，道家的自由山水，佛家的顿悟，伊斯兰教的前生后世，基督教的因信称义，多年的精神困惑在多种宗教信仰的疏导中得到了抚慰。

在阆中，我找到了生命的归宿。

爱　情

徜徉在阆中古城，街巷肥肥瘦瘦，长长短短，如一行行错落有致的长短句。偶尔在那个句首或者这个句末，点缀着一两棵有沧桑之意的古树，不免让人驻足半天，玩味赏析。古院、古街、古树、古屋，在繁复中见别致，玲珑中显精巧，细腻而又婉约，就如一首首一阕阕古韵无穷的唐诗宋词，平平仄仄间让人生出无限的爱怜，让人吟了又唱，读了又品，余味无穷。

想起那个清秀的女子，想起最初心底的震撼，我踩着脚下的青石板，朝江边走去。

嘉陵江就在眼前了。水气迎面扑来，宽阔的江面，深绿的江水静静流淌着，看不见波纹，静谧，安详，从容。时间也仿佛凝固了一般。我迫不及待地寻找着，寻找着心底的那份情愫，可平静的江中，除了偶尔一两只渔船激起的涟漪外，只有黛色的望不见底的江面了。想起那个女子向远处凝望的专注，还有那一丝伤感，我又向远处望去。对面的锦屏山郁郁葱葱，仿若纯净的天空上留下的几抹淡淡的黛眉。“水是眼波横，山是眉峰聚，欲问行人去那边？眉眼盈盈处。”这是北宋诗人王观送朋友鲍浩然时所留下的诗句，而现在，这位女子又是在送谁呢？抑或在守望谁呢？

向路边几个年长的老人询问，有的只是茫然地摇头，有的摆摆手，幸好有一个老人说，阆中得名的原因是锦屏山上临江的一棵大树上曾经挂着钟。“那钟现在还在吗？”“那钟在清朝的时候还在，但不知毁于何时。”“关于这钟肯定有一个美丽的传说吧？”老人点点头，向我娓娓道来。

很久以前，在锦屏山的北山腰上，有一棵参天古树，有一根树枝像一只手凌空伸向前方，上面挂有一对宝钟，一雌一雄，人称夫妻钟。两钟情深意长，夫唱妇随，无比恩爱。但是，天有不测风云，一恶人见此对宝钟，生出歹意，在一个月黑风高的晚上，准备偷盗宝钟。宝钟面对突如其来的袭击，拼命反击，正当歹徒将要得手之际，雄钟挣脱魔掌，回头向雌钟深情一望，便纵身跳入了波涛滚滚的嘉陵江中。雌钟见状，欲随同跳下，但早已被这盗贼抓在手中。这盗贼一路逃窜，走到陕西省汉水边，准备过江进城。当船行至江中，突然乌云翻滚，狂风大作，电闪雷鸣，顷刻间这盗贼便被江水淹没。雌钟得救，但从此只有在汉水漂泊，流落他乡，终酿千古愁肠，此地便因此钟而得名“汉钟”，就是现在的汉中市。跳入嘉陵江中的那只雄钟所在地，便被称为阆中。此钟昼夜在锦屏山至白塔山之间的江浪中洄游，每当月圆之际，它就会探出江面，深情地仰望那棵心中的古树。

说者或许习惯了娓娓叙述自己早已熟悉了的故事情节，而听者却听闻了一场惊心动魄的爱情演绎。爱是如此决绝，没有一丝的犹豫与怯懦；爱是如此纯粹，没有任何功利的驱使与诱惑；爱又是如此缠绵，没有造作的矫情与伪饰。锦屏山上的那棵古树现已不知在何处——其实有无与否已不重要了。眼前的江水绵延不断，又沉寂无声，就如这份无言的大爱，千年来至死不渝！

江边的风渐渐大了，嘉陵江水也泛起了波浪，那隐隐宏大的江流声，或许就是它们悄悄的蜜语吧。

我想阆中这首古韵无穷的长短句，应该是一首抒写爱情的诗词。爱情从来都是一个古老又永恒的话题，从《诗经》的《蒹葭》开始，到唐诗宋词，爱情总是不断地被传唱。柳永的“执手相看泪眼，竟无语凝噎”状尽爱情的缠绵与凄楚，与阆中的爱情比之，未免多了些许伤感与泪水；苏东坡倾诉的缱绻的“十年生死两茫茫。不思量，自难忘”的爱情，也显得短暂无奈；辛弃疾“众里寻他千百度。蓦然回首，那人却在，灯火阑珊处”虽道出了心中的渴慕之切，但也不过是一时一地之情……

俱往矣，面对着奔腾不息的嘉陵江水，巍巍若带的锦屏山，我感受着爱情的绵长深远。阆中这块爱情圣地，默默无言间，已向我阐释了爱的真谛。

在阆中，我愿为爱千年等候。

永　恒

明天一早就要返程。傍晚，月亮早早就升起了，是一轮圆月。我的心一动，起身出门，说什么也要去去江边，再去看看那山、那水了。

月光泻满了街巷的角角落落，也洒满了整个江面，波浪闪着细碎的亮光，仿若陈年的往事被风儿吹皱。周围一片静谧，静得我只能听见自己的心跳。我悄悄地，不敢有一丝的响动，只怕惊扰了周围偌大的静谧。

嘉陵江缓缓地向远方流去，隐隐的水声不可阻挡地撞击着我的耳膜，瞬间淹没了自己心跳的声音。我感到了恐慌，我怕这隐隐洪大的江流会随时将我卷入其中，然后淹没，裹挟着飞逝。

我久久地伫立着，看江水缓缓而过，仿若看见时间从指缝间悄悄滑落。江水的平静只不过是一个假象，它的下面则隐藏着滚滚的激流。就如寻常日子里，我们很少感觉到时光在一点点地流逝，总想着，今天过了还有明天，日日复始，而生命就在不经意间，一刻不停地飞逝而去。今天，我面对着浩浩的嘉陵江水，真切地感觉到了时间的飞逝，生命的流逝就如眼前的江水，平静而从容不迫。

无法阻挡流水的脚步，也无法阻挡生命的过程，我只能无奈地看着。

当年孔子站在河岸上看着滚滚东去的黄河水，昼夜不息，想到人生苦短，一代一代不过如浪而逝，遂感叹不已，立于川上远眺说："逝者如斯夫，不舍昼夜！"孔子仰观天文，想到日月运行，昼夜更始，便是往一日即去一日；俯察地理，想到花开木落，四时变迁，便是往一年即去一年。天地如此，生在天地间的人，亦不例外。古希腊哲人也说："濯足急流，抽足再入，已非前水。"而我，又能感叹些什么呢？

一缕寒意突然袭来，我下意识地抱紧了双臂，然而，怎禁得寒意浸入肌骨。生命的短暂，人生的无奈，我深深陷入了一种无边的孤独和莫名的绝望。

月华如水，静静地泻在嘉陵江上，然后随着缓缓的江水一起消逝而去。我想起了那个美丽的传说，月圆之际，雄钟就会探出江面，深情仰望那棵心中的古树，今夜，它会不会如约而至？一定会的。千年来，江水如斯，那棵古树早已不见踪影，而这山水却因了这美丽的爱情而依然动人！美好的爱情原来可以让转瞬即逝的生命得以永恒流传。我想起了牛郎织女，因为爱情的坚贞，几千年来，在夜空中熠熠闪亮。我想起了泰坦尼克号，因为爱情的浪漫，它永远不会湮没在人们记忆的深海。

我感到了丝丝的温暖。心头一直的疑惑也幡然醒悟，我懂得了古诗词中的爱情诗为什么几乎都发生在水边。“关关雎鸠，在河之洲。窈窕淑女，君子好逑。”一位姑娘在水边采摘着荇菜，她的窈窕身影，让一位男子日夜相思，不能须臾忘怀，甚至长夜不眠。多么质朴真率的感情，这首传唱了两千多年的古老民间恋歌，今天读来，还是这么清新动人！“蒹葭苍苍，白露为霜。所谓伊人，在水一方。溯洄从之，道阻且长。溯游从之，宛在水中央。”河边苍苍芦苇茂密，剔透的露水已凝成浓霜，泛起浸人的寒气，一位男子时而翘首眺望，时而蹙眉沉思。眼前秋水茫茫，思之可及，行之不易。情到极处必生幻，他看到了伊人的身影在水中央晃动，一江秋水让爱情从此有了归宿。

只有在水边，人们才会如此清醒而深刻地意识到时间的飞逝和人生的短暂如须臾，从而内心渴望一份生命的永恒；只有爱情才能给生命以无限的憧憬和长久的温暖，帮助人们去抵抗飞逝的时光对生命的诅咒。

阆中应该是从诗经里走来，从诗经第一首的第一行走来，翻过山谷，穿越森林，蹚过河水，历经沧桑，走过浮华，一走就是几千年，不经意间，把自己走成了一首爱情长歌。

在阆中，我找到了生命的永恒。

这一片黄土地

国庆放假，正是农忙秋收时节，便决定回家帮父母干点活。

回到村子里时，已是下午时分，夕阳的余晖斜照下来，给村子涂上了一层温馨的金黄。这幅似曾相识的画面仿佛是打开记忆闸门的某个密码，以前的许多画面瞬间从脑海中跳跃而出：儿时顽皮的我，每每疯到夕阳落山时，才会迈上回家的路，此时的村头上空，正飘荡着母亲那轻声的呼唤。家里，滚热的饭菜已等候许久。这令我始料不及，我以为这些记忆永远地被封存在记忆里了。村边，偶尔几个熟悉的面庞的亲切的招呼打断了我的思绪："欣，回来了啊，这一次就在家多待几天啊！"我微笑地应和着，亲切的气息迎面扑来，那似曾熟悉的一张张粗糙的面庞，过早地沉淀了岁月的沧桑，正如脚下这一片黄土地。

家乡的村子位居黄河中游的一个黄土塬上，从地图上看，很容易找的，就是黄河"几"字形竖弯钩拐弯的地方。每次看中央台的《天气预报》，孩子一眼便会找到家乡的位置，我曾给孩子指过好几次。岸边的黄土塬，除了给古老的黄河定期不限量地增加河水的黄度外，还有一个不可磨灭的功劳，那就是可以有效预防河水泛滥带来的灾害。听老人说，很久以前，我们村就在离黄河岸边不远的地方，黄河经常泛滥成灾，无奈，全村人就举家迁移到现在的塬上。当初决定选择这个村址，考虑到，一方面，这个塬可以防止河水泛滥带来的麻烦，另一方面，小村的北面是黄河，南面是深深的沟壑，这样，天然的屏障还可以防匪，因为在旧社会经常有土匪出没，选择这里作为村址无疑是一举两得。当时村里的先辈们肯定为自己这个英明决断而自豪，他们绝对不会想到，当初他们自认为不容置疑的选址依据，在若干年后，却成了令子孙后代无比头痛烦恼的“后遗症”。

村子在小镇的北面位置，叫作北塬；以前的老村子就是老镇子的所在，所以现在的村子又叫新城子；老村子中是以白氏家族为主的，又叫白家寨。年轻一点的都喜欢用前两种称呼，问路的时候不管问谁，一问便知晓，而后一种称呼恐怕早已成了上了年纪的人的专有名词了。

家乡的黄土土质呈沙土状，一遇见风，便会尘土飞扬，关紧门窗也不济事，半天工夫，屋子里的桌子上便会蒙上厚厚一层细细的尘土。但故乡的黄土另一方面却又很黏，它把陕西、山西和河南三省紧紧地粘在一起。与两省为邻，只需半个或一小时便能到外省旅游一番，这道无形的省界在人们的心头好像从来就没有存在过，只不过随着科技的发展，手机的普及，稍不注意，几十米之隔便会把时空拉长，通话变成了长途。

村子的东北方向有一处高地，人都叫它鸡子岭。听姥姥讲，以前早晨，报晓的公鸡只要站在那里长鸣啼叫，三省边界的人家便都可以听到。听起来好像有点夸张，其实一点也不假。

记得六七岁时，一到农闲时候，爷爷总喜欢骑着自行车去山西风陵渡赶集，有时，就让我坐在车前边的横梁上。那时赶集带给我莫大的兴奋。最紧张的就是过风陵渡黄河大桥。那时还没有现在的黄河公路桥，那桥是铁路桥，人们就在离铁路一米远的两边的人行道上通过。人行道上铺的石板中间的空隙只有半脚宽，走在上边，要注意脚下，手紧抓着旁边的护栏，只怕一不小心脚丫子夹进缝隙里。而桥下边，就是波涛汹涌的滚滚黄河。最令人心惊胆战的就是，正走到桥中央时，迎面或者背后便会有一辆火车急驰而过，在火车轰隆隆的震动中，脚下的石板也好像跟安了弹簧似的跳起来。此时，我的手把护栏攥得更紧了，吓得紧闭起眼睛，感觉着火车驶过带来的疾风冲击。好不容易火车过去了，才松了好大一口气，又小心翼翼地朝前走。十几分钟的工夫，在那时的心里不知有多漫长。不过，一到集市上，那热闹的场景和缤纷的商品定会缭乱了我的视线，刚才的惊险情形便早忘得一干二净了。

每年到秋后，村子上的人们还要把许多的白菜萝卜拉到集市上去卖。为了卖个好价钱，便要赶到更远的陕西潼关街上去卖。早上四点多，就听见爷爷起床，拿上几块干馍，叫醒姐姐或者小姑，收拾停顿后，就赶着牛车出发了，到天明的时候，正好能赶到潼关街上。生意好的话，下午一两点就能卖完，然后到羊肉馆里要碗羊肉汤，泡上自带的干馍，热乎乎地吃完，下午三四点就能赶回来。每架子车白菜，卖不了几十元钱，但那时却是黄土地上人们从土疙瘩里刨出来的一点希望啊。

多少个日日夜夜，这片黄土地上的人们，就是这样日复一日地过着日出而耕日落而息的原始生活，宁静地守护着这方古老的黄土地。村子就在这里沉沉地安睡着。

水　窖

你任意进到一户人家，都可以见到院子当中有一个水窖。“窖”者，藏也。难道水还需要藏？这其中的故事还须从当年的搬迁说起。

镇子靠秦岭脚下的几个村庄，前些年靠上山里的“金石头”，一家家一户户都跑步着进入了小康生活。而我们村子却没有这个福气，南不靠山，北却靠着黄河，在村子后边不到一里处，下个高坡就是黄河边了。

村子里的祖祖辈辈靠着这黄河，物尽其用的念头还没有产生呢，便一夜之间被狂怒的黄河水撵到这黄土塬上。当初搬迁的时候，考虑到避洪与避匪的因素，没想到，这一避，还把吃的水给避没了。从此以后，我们村便成了远近闻名的“旱塬”，村子里的闺女急着找个人家嫁出去，最难的是那些小伙子，不管条件怎么好，只要人家姑娘一听是旱塬上的，什么话都不用说了，任媒婆把好话说尽也无济于事。

人们吃水，得赶着牛车，架子车上拉着一个汽油桶改装的大水桶，去塬下的治黄站上拉，一来回得六七里的路程。如果是平路，倒也没有多艰难，可是，这段路却是夹在两座高塬之间的沟壑，我们这里的人把这路叫“套”，行走于其中，感觉就像人在套子里装着。去时下坡，回来上坡，最大的坡度有七八十度。一桶水，最多六七担，好几百斤重，上坡的时候，前面是牛拖着，中间是人拉着，后面还得人推着。像这样拉一来回，不算放水排队的时间，路上也至少得两个小时，而要拉满家里那一大水缸，得两到三回。十几口人的大家庭，两三天拉一次，拉水便成了每家每户生活中一项重要的事了。

春夏季节还马马虎虎好点，遇到深冬下雪天气，那路途上的艰难就不用说了。除非遇到紧急情况，人们一般是不敢在恶劣的天气里进那套的，而是绕十几里的平路去拉。到了夏天，缺水的塬更是干裂着嗓子，到处铺着的那白花花的浮土，在太阳的暴晒下，滚烫得如火炉的膛壁。连最爱撒野的小子，这时也收敛了几分顽皮。走在那路上，一脚下去，扑嗒一声，溅起一阵白烟，整个脚好似伸进滚热的水里，赶紧抬起这只脚，谁知那只脚又遇到同样的遭遇。那厚厚的滚热的浮土就如冬天里的积雪，只是颜色以及踩着的感觉和声音大不相同罢了。

拉水是如此艰难，用水当然更要吝啬了。记得小时夏天的傍晚，爷爷最烦的就是洗刷用水。平时母亲洗衣服，都是带上一大筐衣服，去十几里远的大河里洗。夏天，顽皮的我们总喜欢把身上疯得汗腥味熏天，母亲总在每天睡前给我们姐妹几个用热水擦擦身子，使我们能安然入眠。住在偏房的母亲每次总要等到爷爷睡下，才去上房前檐下的水缸盛水，舀水的时候更要轻手轻脚，只怕一不小心弄出声响。有时，水瓢不小心碰在缸上，爷爷听见了，便会故意大着嗓门嘟囔几句。这样用水简直就跟偷什么东西一样，刚开始母亲也生气，后来爷爷嘟囔多了，她也就不管他了。

七八岁的时候，村子里才集资，在村子后面打了一口机井。打井前，人们听说井打好之后，就能在自家装的水龙头上接水，再也不用拉水吃了，村子里的人甭提有多高兴了，记得开机那天，村子里还请了一个戏班唱了好几天戏。每天人们在农忙之闲，都要到机井边上看看，盼着机井早点打好。有些迷信的人，跑到老村子边上的城隍庙里去烧香拜佛，求神灵保佑机井顺利打好。

机井终于打好了，人们也终于看到那白花花的清水从水管里汩汩奔涌而出，但由于种种原因，家家户户从自来水管里吃水的愿望终未能实现，家里安好的管道龙头，仅用了几天就成了一种摆设。后来，人们嫌用水桶到村边拉水麻烦，就在自家院子里打了个水窖，每次用管子抽放满满一窖的水，便可以吃上一两个月了。

现在，村子的家家户户都有了水窖，赶着牛车拉水吃的日子成了历史，当年远近闻名的旱塬现在成了拥有水窖最多的村子。水窖，也成为这片黄土地上的一种画给过去的暂时的句号了。

耕 收

村子里的人们用心去打理这片黄土地，以填饱一家老小的肚子，土地也以挣扎的姿态和微薄的收成来回报在这片黄土地上日夜劳作的人们。

俗话说，几分耕耘，几分收获。此话用在别处或许有几分道理，可用在这旱塬上，却打了几分的折扣。村子里的人们总是提着胆儿看着老天的脸色来吃饭。麦子种到地里，冬天里，下几场纷纷扬扬的大雪，开过年，如果再能遇到几场珍贵如油的春雨，那“兆丰年”就肯定无疑了。可是，这旱塬地处三省交界处，天气也往往如墙头风，说不准，有时总不按人们的心愿来。比如说冬天河南下雪，可这里偏偏跟着陕西，连个雪花影也看不着；到了春里，陕西淅淅沥沥地下着雨，可这老天偏又跟着河南，板着灰灰的脸孔，仿佛还在思忖着什么，眼看着人们一年的收成与指望就要泡汤了，也铁青着心不肯有一丝的动摇。秋里也一样，风调雨顺了，满地望去，红肥绿瘦，到处洋溢着丰收的喜讯，要是天气捣蛋一下，光补苗就得两三次，补上了苗还不敢松口气，要看能不能收上果实。但有时，天公不作美，残酷地把人们半年来的最后希冀一点点揉碎，抛向空中，任其随风飞逝。

虽说村子里有了机井，但能灌溉的毕竟是少数田地，况且浇灌一次地的水电费用加起来的话，让人吐舌惊诧，因此很少有人让庄稼受如此待遇。有人实在不忍心眼睁睁看着庄稼一点点地枯萎，就忍痛去浇灌一次，就多掏点钱算了，只要看着地里的庄稼绿油油地抖擞着，心里就稳实了许多。

帮父亲去收玉米，稀疏的玉米地里，矮矮的玉米秆上，小气地只缀着一个玉米棒子。或许，在这片贫瘠的土地上，这样的收获已经耗尽了土地所有的养分与积蓄了。把玉米收到家里，听父亲说，这已经是很不错的了，别人家的玉米还收不回来呢。

未到地里前，我想象着秋季的田野上应该是一幅怎样硕果累累的景观，毕竟在城里不事农活的我已经好久没下过地了。可是，我一出村口，只见田地边的蒿草，足有半人多高。放眼望去，在田间耕作的人稀稀疏疏，而且大多是上了年纪的人。走着，路边有闲置的田地，更多是荒芜的土地，即使有庄稼的地里，也是稀稀疏疏的。

邻地里有两个老人正在收割地里的芝麻，偌大的一大片地，竟然只有零星的几根芝麻孤零零地竖在那里，忙了好半天，还收割不到一架子车。听见两个老人边割边叹息道："现在的庄稼，真不值得种，谁叫老天不长眼啊！""这几根芝麻还打电话让孩子回来帮忙？都不够他们因请假而耽误的工费！"

稀稀疏疏的芝麻地里，两个老人拿着镰刀，收获着，叹息着，轻轻的叹息犹如天边那棵不知枯干了多久的桑树，直直的枝丫刺向天空，好似一个颠倒过来的惊叹号。

听父亲说，村子里现在种地的年轻人不多了，大多都出外打工找事干了。在外边不管干什么，也比守着这一片看着老天脸色过日子的生活强多了。况且，现在，土地给人们带来的希冀愈发少得可怜。脚下的这片黄土地，这片曾经养育了无数人的贫瘠土地，就这样在人们那充满无限憧憬的愈来愈迫切的目光中渐渐消沉，就这样在人们那悠长无尽的愈来愈沉重的叹息中渐渐沉沦了。

这一片黄土地!

门　楼

进了村子，一座高大崭新的门楼赫然映入眼帘，漆红的铁门，多彩的瓷片，闪着得意的光亮，远远望去，甚是气派。记得上次回家的时候，还没有这座门楼。母亲说，人家最近几年经济宽裕了。好多人都对这门楼啧啧称赞。

记得，小时候，总喜欢在门楼下，和伙伴玩抓石子的游戏。谁家的门楼宽敞，谁家的门楼边上的座台是用水泥砌成的，那小家伙们不用谁招呼，只要定个时间，一准就聚到一起了，不管刮风下雨，不受任何影响。遇到清明的时候，这户人家肯定要在门楼下系上两条粗绳，下边绑上一块长条木板，便是秋千了。孩子们只要听说了，就会蜂拥而至，排着长长的队伍荡秋千，变腾着花样来玩。门楼下的笑声此起彼伏。

眼前的门楼相对于以前，气派多了。在这片黄土地上，门楼就相当于一个人的脸面，门楼怎么样，一定程度上暗示这户人家的经济与地位，自家住的房子怎么样倒是其次了，门楼那一定得气派点。于是，很多人家门楼的豪华与气派也就不足为怪了。

气派亮堂的门楼承载的东西太多了，它承载了黄土塬上多少代人的希冀与梦想!

走在村子里，发现村子里的主街道都铺上了水泥路面。生活好了，村子里奔驰的车辆也多了起来，先是三轮车，接着是手扶拖拉机，到现在的各种小轿车。车不断升级，路也要对得起这些车。于是，村子里就有了水泥路，至少夏天，尘土不再飞扬，雨天，道路不再泥泞。

是啊，黄土地上的人们终于不安分了起来，黄土地上的人们终于敢迈出家门，走向外面的那个精彩世界了。祖先世世代代的“日出而作，日落而息”的训诫在他们子孙后代的手中被颠覆并重新改写了。

一座座崭新气派的门楼，如一张张无言的得意宣告，宣告着黄土地上的那种古老耕作和生活方式的结束，宣告着黄土地上人们对未来深深的期盼与憧憬。

学 校

村子里很早以前就有一所小学，正好就在我家的对面，中间隔着一条路。以前是条土路，现在是水泥路。学校不大，就两座房子，每座房子有三小间屋子那么大，相当于现在标准教室的一小半。我的小学就是在这里上完的。掰着指头算一下，至少也应该有二十五六个年头了吧。

时光总是这样匆匆，一切都在发展变化着，而这所小学校，多少年了依然存在，依然是以前的那两座房子。房子的主梁架还是以前的，只不过教室四面的墙修换为砖墙，且用石灰粉成了白色的，墙上多了几张教学挂图。地面用水泥铺过，很平整，少了以前有些小家伙坐着不安分，把凳子故意在地面摇晃而在土地上留下的坑坑洼洼。学校的铃铛依然如以前，老师住室前挂着一个铁板，上面缀着一根铁棒，上课下课的时候，用铁棒敲击铁板，悠扬清脆的声音便会传出。多年以后，学生变了，老师也换了，听说新老师是镇子上专门派来的两个师范院校毕业的学生。

小时候，两个教室五个年级，标准的复式班教学。一个教室是三五年级，一个教室是一二四年级，前后黑板轮着用。很清楚地记得，我上二年级时，老师正在给四年级同学讲《草船借箭》这篇课文，我就偷着听着，当老师提问的时候，我也跟着四年级学生回答了起来。

以前上学时，练习生字，为了省作业本和铅笔，老师就让我们每个人在学校院子里平整的地面上划分出一块地方来，用从干电池芯中拔出来的煤棒芯在地上写字。我们蹲在地上，认真地写好，然后守在旁边，等老师来批改检查，要是能得“优秀”，那自己的这块作业就被当作模范作业来展览，其他同学谁也不能踩在上面。哪个学生享受到这种待遇，不知有多自豪。

小时候，我上学最方便，出了家门就进学校大门。有时，没顾得上吃饭，课间奶奶便会拿着一块馍夹菜送到学校，我不用受冻饿之苦。

而现在，眼前昔日的学校早已不再，东边的一间教室早已成为别人的院子，另一间已疲惫不堪，摇摇欲坠，好似一阵风抑或一阵雨，就可使其瘫痪在地。别人院子高大敞亮的房间与此间“教室”的破败不堪并肩而立着，儿时的这所学校不知还能坚持多久？

现在，村子里的小学生要到四五里外的中心小学上学。有条件的，有摩托车接送；没条件的，只好让孩子步行，中午就在学校的灶上吃顿饭，下午又走回来。路上遇到风吹雨打，是他们所受到的现代社会的唯一的磨炼教育，想想，与贫困山区的孩子相比，他们算是幸福的了。

时光荏苒，浑浊的黄河水依然滚滚东流，旱塬的历史早已被一个个水窖所暂时改写，生活水平的日益提高也被那座座高大气派的门楼所昭示，宽阔的水泥路也已把村子的视线一直拉扯到外面的精彩世界。现代文明的冲击曾给村子带来一时的繁荣与欣喜，可是，喜悦的泡沫还未来得及平静，外面的世界又吸引了太多年轻人的梦，留给黄河岸边小村的，只有那泡沫后隐藏的一摊沉寂了。村子被现代的浪潮推涌着，前进着，几多惊喜，几多迷失，几多惊奇，几多沉重。

站在秋日的黄土塬上，阳光抚摸着我的脸颊，我却隐隐地感到一丝寒意。眼前的黄土塬，在阳光下裸露着光秃秃的肌肤，只有那些稀疏的残枝枯叶在风中摇曳着。一种莫名的忧伤瞬间包围了我。我的这片黄土地，行走在你的身旁，那充满盎然生机的田野，那收获的喜悦和希望，时时在我的梦中鲜活如初。

这一片令我魂牵梦萦的黄土地！

湮没的杨公堡

我登上了秦岭脚下的这块土塬，在一个秋日的午后。

站在高塬上，放眼望去，只见黄土高原纵横叠加的沟壑在脚下延伸。草木已微微泛黄，生命的迹象也在悄然隐藏。眼前，没有多余的色调，一切都裸露着自然的本质：灰蓝的天穹下，以灰黄为主色调的黄土高原在眼前铺陈开来。

黄河就是从这黄土高原脚下冲泻而过的，在经豫西之前，奔腾出了它最壮观的一段陡弯。一百年前，它浊黄如铜，泥沙沉重，把豫西的讯息和本色传达给半个中国。一百年前，杨公堡就出现在豫西野莽的高原上。

杨公堡坐落在一块突兀的土塬上。它高踞在塬顶，仿佛斜睨着俯视四周的一切。一条仅容两人并行的小路在山间蜿蜒爬行，就这样，一条不规则的纤细曲线，把城堡与外界连在了一起。小路的两侧，是风雕雨刻了千年之久的悬崖峭壁，荆棘密布。

猛然间，山谷里窜起一阵风来，掠起了我的衣襟。一阵恐惧紧接着而来，秋风会不会无情地掳去我的一切呢？

四周很静，清冷的阳光释放着少许的暖意，只有山风发出的飒飒的声音，给这午后平添了几许冷寂。眼前不远处，就是杨公堡了。依稀望见城门嵌在一个高高的大土堆边上，一旁，有一截高高的断壁残垣孤独地站着。

一

穿过那条窄窄的小路，矗立在我眼前的便是青砖砌成的城门了。

南面的第一道城门有两层楼那么高，青砖已泛白。顶端的门额上刻了三个篆字，有兴趣的人经过一番研究，也只是揣测为“定远山”三字。门额四周环绕着回形花纹，上下四幅浅砖雕文图案，分别是琴棋书画，似乎暗示了城堡主人的书香身世。门额的左侧已裂出一条几指宽的裂缝，仿佛是一本古籍残损的封面。

不觉间，我放慢了脚步。

仅剩的一扇四指厚的木质城门半掩着。我轻轻推开，浑重的“嗡”的一声，打破了这午后山谷的沉寂。迎面是第二道城门，高大的砖拱城门，主体为夯土结构，门额上写着“层峦耸秀”四个行书字。站在此处极目远眺，道道沟壑与起伏的丘陵纵横交错，开阔而深远。可以看出，当时的主人选此筑堡，眼光确实非同一般。

据有关史料说，杨公堡是清代两位杨姓兄弟合力修建的，具体年份已不可考。这两兄弟是现在灵宝境内岳渡村人，拥有大量田产，并在当时的灵宝县城开有多家商号。我不禁疑惑，他们为什么弃平原华府不住而要在这个险峻的山头筑堡呢？莫非这样舍弃是一种无奈，抑或眼前的坞堡有着非同寻常之处？

细观城门两侧，沿峭壁边缘立着一道高七八米，底宽近四米的夯土城墙，将村寨与外界阻断。在两道城门之间，正好形成了一个类似瓮城的结构。如果有人攻寨，即便侥幸通过狭长且毫无遮拦的山道，突破第一道城门，也正好暴露在两道城门之间的狭小空地，成为守城人绝好的靶子。杨公堡的四周，以险代墙，易守难攻，在那个年代，这匠心独运的防御设施，为杨公堡提供了最精心的呵护。

其实，最早的坞堡出现在西汉末年，是一种民间防卫性建筑。当时北方大饥，社会动荡不安，富豪士族之家为求自保，都纷纷构筑坞堡。坞堡四周常环以深沟高墙，内部房屋毗连，四隅与中央另建有塔台高楼。堡内的居民常以宗族聚居，有时也吸收乡党等人。坞堡有了西汉末年的基因，在以后动荡的年代中不断孕育发展，到了清末，这杨公寨也就顺其自然地诞生了。

一部沧桑的书，仅翻开扉页，就隐隐透露出一股血腥之气。一阵疾风穿过山谷，猛灌进城门。这阵风不知从何而来，不知穿越了多少时空，目睹过多少沧桑，最后，终于把歇脚的地点选在了城堡。我倾听着，古远而神秘的风语。

走在第二道城门的狭长甬道，脚下光滑的青条石泛着幽光。我愣着，仿佛穿越一道无形的岁月之门，去拜访被封存了百年之余的高宅小巷。

坞堡南北约二百米，东西阔一百五十米，呈龟背状。一条小石铺就的小径横贯南北，沿小径两侧，是数十座大小不等的院落。这条小径在荒草的遮掩下若隐若现，它曾承载过太重的负荷，叠加了太多的脚印，深深浅浅地一路而来。几丛发黄的枯草，从青石的罅隙和斑驳的墙角伸出，恣意地迎风摇摆。倒塌的房院，剥落的山墙，似乎还在坚持着一个院子的形象。发朽的木门上，还锁着斑斑的铁锁，它锁得住墙内墙外，却锁不了时空流逝。发白的门神还在卫护着那个古老的美好愿望。处处散落的断砖残瓦，仿佛倾诉着一个个曾经辛酸或幸福的故事。这一切的一切，都散发着一种不可抗拒的隐秘气息，驱使着我悄悄地走近，再走近。

寨子像一个熟睡的老人，在静谧的午后做着悠长的梦。偶尔，一两声犬吠传来，引起啾啾的鸟鸣，透露出寨子里生活的气息。这里还有人家！

正想着，一个略显沧桑的中年男子从小径尾随而来，见到我们，便招呼着。我们说明来意之后，他说，最近有好多人都来这里看过，这里没啥好看的，都是一些破房子。我们就跟着他来到他的院子。

这是一座很精美的小院，一砖一木的布置都显示出主人的独具匠心。用青砖砌成的高高的门额上，书写着“业精勤”三个字。看到此，我甚是疑惑，为什么不是 “业精于勤”呢？会不会是当年工匠把“于”字疏忽了？再细看，门额的边缘雕刻着花鸟虫鱼的花纹，门栏两侧的石墩上也雕刻着荷菊梅花的图案，线条流畅，刀法精致，这“精”会不会寓含着日子也要过得如此精美的意思呢？这三字中，“精”与“勤”是并列的，仿佛在告诉我们过日子不仅要精打细算，更要勤劳持家了。老子曾说“道生一，一生二，二生三，三生万物……”， 三由道而出，又产生了世间万物，三代表了道与万物。由此看来，在中国传统文化中，“三”也是个吉祥数字了，刚才揣测工匠疏忽的理由显然是站不住脚的。想起了城堡门楼的三个字，“定远山，业精勤”，当年坞堡主人一番精心设计所蕴含的隐秘生活追求瞬时豁亮了。

院子里东面是正房，左右各一间厢房，每间房梁边缘也雕刻上了云纹装饰。主人在设计房屋的时候，把三面房子的房顶都设计为单坡向里，下雨时，雨水就顺屋檐流入院内，这样就可以将雨水收集起来，也有“四水归一”“肥水不流外人田”之意。对于生活在黄土高原上常年用水困难的百姓而言，这种结构形式的实用价值更大于象征意义了。

我问这家主人：“你知道这寨子为什么叫杨公堡？”他憨笑说：“反正说法很多的，我也说不清哪种好。”我又问：“你是什么时候开始在这里生活的？”他说：“这我也说不清的，好几辈了吧。土改时，这里的房屋分了，最多的时候住进了六七十户。近年来，生活好了，有的人已慢慢迁出，现在寨子没几户人家了，大多都是老人。”“你有没有打算什么时候搬出呢？”这时，他挠挠头说：“这个倒还没想过，一个是口袋里钱太少，主要还是住在这里习惯了。这屋子你不要看太旧，还挺结实的，隔上十来个年头，我翻揭一下房瓦，照样又是十几个年头。”说完，他一副很知足的神态。堂屋的摆设简单到再不能简略了：一个土坯的灶台；泥砖垒成的案板上，整齐摆放着几个黑黑的罐子，几沓碗碟，一把筷子；墙角摆放着一个简陋的饭桌和两把椅子。屋子、院里，生活家什等都被收拾得井井有条。这就是一个家，一个依然生活在城堡里留守者的家。这时，我想起了桃源里的生活，还有桃源里的那个人，“问今是何世，乃不知有汉，无论魏晋”。只是，此地恐怕并非彼地了。

是的，留守者憨笑的神态中，只不过多些在外人看来有些偏执的东西，或许正因为如此，他才留守在这里了。或许，他早已习惯了蹲在城墙根晒太阳，也习惯了每天去侍弄自己那几亩贫瘠的田地，这对他来说就是精神最大的快乐了。这几亩贫瘠的土地带不来更多的希望与收获，但对他来说，只要喂饱肚子就已很满足了。他没有更多的奢望，只要活着，只要每天的清晨还出现在这个城堡里，就足够了。

二

时光流逝，杨公堡经历了百年的沧桑变幻，生活的气息依然这么浓郁。我沿着窄窄的小径向前寻访。

寨中小院的结构基本相同，屋屋毗连。只是，大部分宅子已是人去屋空，成了无人修缮的危宅。随处可见的是倒塌的残垣颓壁。空空的窗棂上，残留的几片窗纸在呼啦啦地响。荒凉、古老、落寞、静谧的气息，扑面而来。

站在寨子的北面远望，看到的是距此仅五公里的灵宝市区，文明与繁华就在眼前。荒芜和繁华对视着，仿佛是曾经与当下的对视。

这里没有房屋，空出一大片的空荡。眼前杂草丛生，几棵古槐盘旋着虬枝，谁也记不清它绿了多少次，又枯了多少回。槐树不远，是一口枯井，上面杂乱地叠放着几根干枯的树枝，井黑乎乎的看不见底，仿佛沿着时光，已通向了另一个幽远的源头。边上，一个石磨盘蹲在那里，旁边还有几个石墩和一个辘轳，都淹没于荒草之中。曾经碾碎过无数东西的石磨，如今却无法碾碎昔日的记忆。在北面山坡的小路口，一尊人形的土坷垃矗立着，这是城墙最后的见证了。一切都空荡荡的，连同整个午后。

在如此窄小的空间里，生活设施一应俱全，很久以前，这里应该是个麦场了。当年杨公堡的居民就是在这里生养作息长相厮守的。

我抚摸着石磨粗糙的纹理，丝丝温暖浸入心怀。曾经，这里金黄的麦子堆积成垛，打麦的链锏在空中飞舞，石磨上的辘轳转得正欢，拉磨的驴子时不时仰起脖子，“嗷——嗷——”地叫上几声。黑黝黝的脊梁上淌着汗水，妇女们提着干粮与水，孩子们在一边疯得正欢。石磨旁的石墩上，几个白须的老人抽着旱烟，正有滋有味地品着。是啊，老人是在品着眼前如此惬意的生活，战乱灾难曾让他们流离失所，这个弹丸之地，这个坞堡，终于让他们有了安居之所。处在社会最底层的他们，对生活的期冀也不过如此。他们固守着这一片土地，在土地上辛勤地劳作，填补着一天天的日子，一家人安安稳稳过下去。他们需要安宁，需要一道屏障，把天下汹汹的战乱与灾难阻隔在墙外，也把惊惧与流离阻隔在墙外。他们将在城堡内营造和谐的百姓生活。

坞堡平静的生活并没有磨蚀人们对生活的向往，一日又一日，杨家堡的人们就这样编织着美好的憧憬。只是，在那个时代，和平的时候毕竟很少，这样那样的灾难总是不期而至，或许，就在某个不定的时候，会突然传来土匪攻堡的警报。这时，村中的男女老少，就会以锄头铁锹等为武器，守卫城堡。壮年的在城墙上，朝下扔石头。弓箭手、梭枪手，一一准备，堡主大吼一声“打——！”刹那间，石头纷纷从天而降，箭篁如麻，顿时，一片鬼哭狼嚎。就这样，一次又一次的抵御中，喊杀声响彻了半个天空，乱溅的血水染红了半壁城墙，坞堡的居民打得痛快淋漓，他们绝不允许任何一个悍匪入侵，不允许任何人来破坏他们苦心经营的这一方宁静。等一切恢复平静，他们就收拾好城边的狼藉，擦掉城门上的血迹，又开始各自过着寻常的日子。这种时而动荡时而平静的日子，城堡的居民早已习惯了。

如若遇到瘟疫，坞堡的人们是不用担心的，紧闭的两道城门隔断了与外界的联系，瘟疫自然威胁不到他们了。即使灾荒，坞堡里的存粮也够他们吃上三年五载了。坞堡里的居民以杨姓宗族为主，他们共同劳动，一起享受，生活中互相体恤，危难时一起担当。世道的沧桑逼迫得他们如此智慧而又和谐地生存，生命力的顽强令人喟叹！

“你看，那是什么字？”我抬头循声望去，只见一户人家的门额上写着“耕读传家”四个字。耕读生活，不过是那时人们最原始最朴素的生活理想而已，即使在这封闭的城堡里，这样的理想也生生不息地被延续着。每天，城堡的上空都会升起缕缕的炊烟，城堡的大门都会按时吱呀一声开了。接着，扛起锄头的，赶着黄牛的，拉架子车的，纷纷出了城门，去附近田地里耕作，孩子们，则会背着书包去私塾里读书。晚上或者寒冬时节，他们就蜗居在城堡里，烤着火炉，点着油灯，读着文字，品着生活中的另一番滋味。就这样，城堡里的人们在这里年复一年，日复一日地过着寻常的生活。人们在这种寻常的生活中坚持着一份向往，一份对朴素生活的执着。我想起故乡我家老宅子的正堂，门额上也写着“耕读”二字。是啊，千百年来，耕作劳息，读书教育，这是老百姓对生活最朴素地诠释了。

坞堡本能自保，但防御的更大意义是图存，是为了更好地生活。年复一年，在寻常的生活中，寨子里居民的视野，已远远不仅限于堡内这块巴掌大的天地里了。他们选择了坞堡，也只不过是借坞堡之穴，借坞堡的风与水，孕育坞堡的精魂。那些城门房屋石墩上的雕刻花纹，那些每天清晨响在城堡上空的琅琅读书声，那些夜晚里在昏黄的油灯下读书的惬意，都仿佛在昭示着一种不息的灵魂。

这里的一切，原本都是这么鲜活。

三

坞堡内，处处弥漫着一种浓浓的书香气息。耕可致富，读可养性，堡内这种耕读的生活方式，已成为人们心中的一种向往。张履祥在《训子语》里说：“读而废耕，饥寒交至；耕而废读，礼仪遂亡。”小小的坞堡，如一个缩影，在历史的颠簸中，顽强地传承着历史使命，生生不息，繁衍至今。一花一世界，一草知春秋，这如笋坞堡，食之可嚼其甘味，临风可摇来远古气节。毫末关情，坞堡承载一切，就如一笋承载着大山的一切一样，它虔诚地固守在这一片贫瘠的黄土地上。至今，在很多农村地区古旧住宅的匾额上，还经常能见到“耕读传家远，诗书继世长”等字样。

这块土塬黄了又绿，绿了又黄，坞堡在岁月的风蚀中，也终将从我们的视野中渐行渐远。形式上的坞堡终将要湮没，但这个形体承载了太多的记忆，这些记忆的湮没，才是最可怕的。这里的留守者，淡然地守护这里，这不仅是一种生活的选择，更大意义上，是在延续一种记忆，激活一种思考，更是在传承一种精神，凝聚一种力量。

在一扇精美的窗棂前，我站立良久。透过这些并不奢华的装饰，我想象着当年的喧闹和欢腾，静听着窗棂那边有人在轻轻诉说的城堡的故事——土匪与灾祸，婚姻与收成……他们在防守严密的城墙中，小心翼翼地智慧地经营着自己的家园。

要离开城堡了。我知道，留守的意义，已不仅是形式上了。

又起风了。我站在那条纤细蜿蜒的小路上，耳旁是疾风嗖嗖的声响。城门土堆旁的那截断壁残垣依旧耸立着。这截断壁残垣不知何时也会在岁月的侵蚀下化为乌有，然而，我却没有一丝的悲凉。我想，就是再过百年千年，这里一定还叫坞堡，还有人讲述着关于它的故事。

身旁，风依然遒劲苍然。

沉睡的王朝

我一直认为，在华夏漫长的历史长河中，秦帝国显得霸气太重，唐宋的风流文采掩盖不了武功的孱弱，真正能称得上王朝的时代，只有大汉。

两千多年的时光的流逝，湮没了那个王朝的痕迹。让人欣喜的是，汉王朝把它赫赫的辉煌留在了南阳。

一

2013年10月，我来到了南阳。

我的脚下，埋藏着一个镂金错彩的汉王朝。我所有的生命基因和文化密码都与这遥远的汉王朝息息相关。作为它的子民，我不知道这千年之后的探访能否触摸到它的脉搏与灵魂。

“于显乐都，既丽且康！陪京之南，居汉之阳。割周楚之丰壤，跨荆豫而为疆。体爽垲以闲敞，纷郁郁其难详。”这是张衡眼中的南阳，繁华而富丽。

眼前的南阳厚重而大气，没有车流熙攘的喧嚣拥挤，没有让人感到压抑窒息的高楼丛林，贯穿于市区的白河给这座城市增添了更多韵致，随处可见“三顾茅庐”“百里奚”一类的街名店名，古朴混杂着现代气息，迎面扑来。这若是放在别的城市会很蹩脚，而在南阳，则成了一种很妥帖的对城市的点缀。

南阳位于伏牛山之阳桐柏山之阴的盆地，南蔽荆襄，北控汝洛，加上土地肥沃，气候湿润，是块天府之地，西汉时，就与洛阳、临淄等古都齐名，成为“五都”之一。到了东汉，光武帝刘秀发迹于南阳，他的二十八个部将中有十多个是南阳人，分封在南阳的侯王就达四十七人。在南阳，皇亲国戚不能尽数，王侯将相第宅相望，“士女沾教化，黔首仰风流”，“南都”“帝乡”的美誉便由此而来。

名传千古的武侯祠，承载着千年的历史厚蕴；万世敬仰的医圣祠，今天仍泽被着天下苍生；更不用说随处一个街名店名所不经意间散发出的文化味。踏在这片土地上，每一脚下去都会踩出些许大汉的气息。

现代生活的繁华与西方文化的侵蚀，使人心日益浮躁，与传统文化渐行渐远。内心的软弱和心灵的枯竭常使我有一种文化无力感。面对赫赫的大汉王朝，我满怀愧疚——我如一个懵懂的孩子，对其还知之甚少。来到这里，于我，是一种灵魂的救赎。

大汉王朝编织的绮丽梦想，终被时空化为黄土下的沉寂。

惊醒这沉睡的是1931年偶然的一场暴雨。这年夏天，一场冥冥中注定的暴雨，使滚滚白河水冲上堤岸，在南阳城西南十八里草店村附近，冲出了一座汉墓。墓中的文物早已被盗抢一空，只剩下些搬不动的刻有许多图案文字的墓石。

一石惊破千年魂！一个王朝的心跳从此清晰而有节奏地传来。朴拙而丰富的线条和文字，让一块块冰冷的石头有了温度与生命，它们娓娓叙说着先民们的劳作生息与生老病死，述说着那个时代的精神追求……随着这些汉画像石愈来愈多出土，大汉王朝渐渐呈现出它的瑰丽丰姿。

汉画像石艺术的最初发展，缘于深层的社会文化风俗。汉朝尊崇儒术，崇尚孝道，推行以孝治天下，“举孝廉”的制度就始于汉朝，被当地推举为孝廉的人，才可以到朝廷做官，人们不仅要在日常生活中对老人悉心照顾，老人死后，还要对其进行厚葬，以表孝心。因此“生不极养，死乃崇丧”的厚葬之风的盛行就是理所当然的事了。《盐铁论·散不足》言：“今生不能致其爱敬，死以奢侈相高，虽无哀戚之心，而厚葬重币者则称以为孝，显名立于世，光荣著于俗，故黎民相慕效，至于发屋卖业。”

汉代葬仪讲究“视死如生”，不但要把人生前所用物品带入墓中，还要按照现实生活中的房屋的模式来建造坟墓，墓中有休息的地方，有放东西的地方，甚至还有厕所，人们认为，死去的人在冥间还要延续生前的生活。

眼前一幅《出殡奔丧图》，就真实再现了当时贵族车骑出行奔丧的盛大场面：画上第一人身旁植有柏树，象征墓地，第二个人骑马，手中拿着招魂用的幡。驾车的马昂首奋蹄，而车上乘坐的人物则平稳安静。前面的轺车完全写实，而最后一辆车后半部分却被虚掩了起来，虚实相生，让人想象着后面还有好多车辆，队伍浩荡而来。

《盐铁论》中对南阳经济有“商遍天下，富冠海内”的赞叹。两汉时南阳的冶铁业发展已经相当繁荣，巨型犁铧和大型犁铧等先进农耕工具随之推广，一些大型水利工程的修建，为小农经济发展提供了优越的条件。农业生产的发展促进了人口的急剧增长，手工业、商业也迅速繁荣，社会经济发展，这些都为厚葬之风奠定了丰富的物质基础。

南阳的国戚豪强、巨户富商并不满足于生前的荣华富贵，还想死后在阴间继续奢侈享受，他们就用雕刻有画像的石材来营造冥宅大墓，汉画像石也随之发展成为一种独特的石刻艺术，“举凡意之所向，神之所会，足之所至，目之所睹，无往而非汉石也”（《南阳汉画像汇存》）。先民创造的这种纯粹的本土造像艺术，就像它所处的时代一样波澜壮阔，在东汉时达到了鼎盛，为中华文化涂上了炫目光彩的一笔。

只是，这些皇亲贵族，他们当时绝不会想到，他们用巧取豪夺的钱所建造的冥宅大墓，这些穷奢极欲的见证，千年之后，会成为一个伟大王朝的历史缩胶，一部无言的石头史诗。这足以让人沉思。

秦所修建的长城，如一道铜墙铁壁，有效防御了北方游牧民族骑兵的入侵，使两千年来农耕文明得以独立而平稳地发展，长城也成为中华民族辉煌的历史与文化的象征。隋朝开凿的大运河，河水如滔滔不息的血液，奔腾于中华大地的南北，让中华民族南北第一次真正地融会贯通。巨大的工程耗尽了帝国的民力和资源，加速了帝国的灭亡，但留给后世的却是无比巨大的财富，今天我们还在享受他们遗留的福祉。

我常习惯于苛责历史上那些横征暴敛者的残暴和昏聩，但是今天，我却深深感到了自己的肤浅和单薄，我似乎并不具备点评历史的厚度。历史有时并不是能简单而论的。

二

高耸的汉阙在辽远天际的映衬下，蔚为壮观。一堵厚重古朴的大理石墙壁上，雕凿着郭沫若题写的“汉画馆”三个遒劲大字，几分汉隶风范透出来。往前，就是雄浑庄重的仿汉建筑展览厅了。

东汉大型圆雕天禄、辟邪静静地站立在展览大厅中央，它们前腿直立，后肢弯曲，虎头凤尾，龙爪麟目，两腋生翅，昂首向天，古朴豪放。这两尊石兽原为汉代太守宗资墓前的镇墓之兽，现为汉画馆镇馆之宝。古人把它们对置于墓前，有祈护祠墓冥宅永安之意。千余年来，天禄辟邪默默地守着古老的承诺。

巍峨的重楼高阁，威严对称的汉阙，骈驾飞驰的轺车，满案的山珍海味，热闹的酒筵歌舞，成群结队的奴婢侍从，紧张激烈的骑射田猎……从生产劳动到社会生活，从建筑艺术到天文地理，从耕作劳动到舞乐百戏，汉代热烈而奢华的生活气息，扑面而来。

有关贵族阶层的鼓乐宴飨的画像石，随处可见。眼前这幅，上面两人在击鼓奏乐，下面食案上摆放着蒸鱼、烤鸭、羊肉串等食物，那斟满美酒的耳杯，竟然是一个陷下去的窝状，巧妙之极。还有车骑出行的、田猎的、斗鸡的，成群结队的奴婢侍从，男奴操戈执盾，女婢端灯执奁，我仿佛置身其中，沉醉在这宴饮酒乐游行之中，流连忘返。

古朴的线条中，往往蕴藏着先民对淳朴生活的解读与智慧。这是一组简洁朴拙的汉画像石：一条小河从层叠起伏的山峦中流出，周围还有群兽出没，猎犬在后面追逐；一座拱桥上两人正在悠闲垂钓，桥下有一小舟，其中一人正扬起臂膀向河里撒网，水中有鱼儿历历可数。在这片阡陌绿水之中，人们富足闲适地生活，自得其乐。看到汉代的独轮车时，随同的孩子马上惊喜地喊道："你们快看，这独轮车再加个轮，就和我们老家的架子车差不多了！"虽然时光已经流逝了千余年，但最初独轮车的影子却深深烙在了一些传统农具上，直至今日。时间是一把无情的刻刀，但在先民的智慧面前，它却温柔地选择了退让。

进入舞乐百戏厅，就如观看了一场精彩纷呈的演出：歌舞演员踩着节奏，舒展着长袖，轻踏在复盘之上，我置身于数千观众之中，观看优美的七盘舞，耳际，金鼓管弦齐鸣，铿锵之声响起。眼前成了舞蹈的海洋：姿态曼妙的折腰舞，巾荡若鸿的长巾舞，激奋人心的健鼓舞……最让人惊心动魄的是位冲狭女子，头上髻鬟高束，身着束腰长袖紧身衣，引颈侧身，像一只矫健的飞燕，急速跃过插有利刃的狭圈，衣带也随风飘扬。观之，不由让人为之虚惊，心中暗自惊叹，汉时人们的文化生活竟是如此繁荣。

曾在历史进程中起决定作用的鸿门宴也在汉画像石上永远定格：右侧项羽握剑而坐，刘邦与他相对而坐；中间舞剑者即为项庄，剑尖直指刘邦；与项庄相对的是项梁。寥寥数笔，便使人一目了然，回味无穷。只是在这里，我读不到阴谋，读不到惊险，读到的只有历史的生动与鲜活。

在天文展厅里，我看到了妇孺皆知的七星勺星座，勺柄指向东方，据说是一幅春天的星象图。那时，没有先进精密的观测工具，先民就能解读出如此高深的宇宙奥秘。亘古而遥远的星空，几千年前就赋予了先民飞天的翅膀，仅地动仪的发明，就让中华民族整整骄傲了几千年。

记得大学期间读到汉赋时，虽然沉醉于那铺天盖地富丽堂皇的描写，但总是认为那不过是文学的修辞、艺术的夸张，如今，当面对这汉朝文化生活的真实再现时，我无言以对。

汉朝是一个有着征服欲望的进取朝代。大汉的铁蹄纵横驰骋，所向披靡，匈奴魂飞魄散，“失我祁连山，使我六畜不蕃息；失我祁连山，使我妇女无颜色”，从此不敢南下而牧马，边境呈现出一派“边城晏闭，牛马布野”的和平气象。张骞两次西域之行，打通了东西交流的通道，先进的汉文化从此传播到天山南北，印度的佛教哲学和艺术也源源不断地传入中国。大汉的军旗遍布了三十六属国，恢复了庄蹻滇国的旧业，消灭了南越赵氏的割据，挥斥方遒间，中华民族的疆土在汉武帝的视野中一次次扩展。

在新野县樊集吊窑汉墓群发掘的《汉胡战争》画像石上，步兵强悍勇猛，以手擘弓，以脚踏弓，骑兵马上奔突，厮杀混战，矫健自信。还有拘系、拷问、拜谒的场面，无不生动再现了当时战胜的情景。

“天子受四海之图籍，膺万国之贡珍，内抚诸夏，外接百蛮。”这是东汉班固在《东都赋》中的描写。犯强汉者，虽远必诛，这是一种怎样的豪气与胆魄！在漫漫历史长河中，我们中华民族又有几次发出过这样令人震撼的宣言？

百家争鸣的学术风气激活了汉文学潜藏的巨大活力，汉代恢宏的王朝气度与外向的民族视野直接影响了汉赋的整体风貌。贾谊、司马相如、枚乘、扬雄、张衡等一个个汉赋大家，辞藻华丽、气势磅礴的一篇篇鸿篇巨制，让汉文学呈现出雄沉的大美气象。

思想的成熟催生了军事、科技等各个领域的光芒。大思想家董仲舒，大史学家司马迁，大军事家卫青、霍去病，大天文学家唐都和落下闳，大农学家赵过，大探险家张骞，等等，几千年过去了，这些人无愧于称谓之前的那个“大”字。

我们的民族称为“汉族”，就是从汉代而来。这个王朝建立了我们中国前所未有的尊严，它给了我们民族挺立千秋的自信，它的国号也成了一个民族永远的名字，不论何时何地想起，我的心中总会豪气万丈。

三

参观者愈来愈多，汉画馆内愈来愈喧嚣。而我，走进了一个梦幻的世界。

羽人神兽，随处可见，身生几寸长羽毛的羽人竟能从地上自升到楼台之上。似龙非龙似鹿非鹿的飞廉，一前一后追逐奔跑，神态生动自然，线条刚柔相济，给人以古拙苍劲之感。“前望舒使先驱兮，后飞廉使奔属”“乘水车兮荷盖，驾两龙骄海”，楚辞中上天入地、驱虎驾龙的奇幻意象，都可随处在南阳汉画石中找到注脚。

人面兽身，人身兽面；人与神同登一台，仙与凡共处一堂；上极苍天九重，下接冥界黄泉，连接生死，沟通古今。尺幅之间，静谧的幽冥、神秘的天国和喧嚣的人间现世，都被展现。《斗牛搏虎图》中，一个人右臂斗牛，同时左掌搏虎，老虎的身躯弯曲呈“S”形，大口张开，四肢夸张。整幅画石，以形出神，先民驾驭万物的无比自信跃然石上，人的精神气质非常奔放，生命力量非常厚重。

“赭鞭朱朴击不详，彤戈丹斧，芟夷凶殃。投妖匿于洛裔，辽绝限于飞梁。”《大傩赋》中曾这样描写人对鬼妖的驾驭；神鸟腹中孕育着圆圆的太阳，四周众星环绕，共同托起即将诞生的红日；人戴上鬼神的面具，就可以战胜力量强大的虎豹熊罴，在汉武帝茂陵石刻中就有人食熊的内容。汉人具有如此的自信和想象力！正因有这种自信，大汉王朝才征服了猛兽一般的匈奴民族，流放了凶狠残暴的突厥王朝，捍卫了农耕文明的延续。两相对照，倡导和平主义的印度文明则被游牧民族征服和同化。

那是个充满征服欲望的时代，大汉王朝征服了变化无穷的大自然，征服了强劲野蛮的匈奴。但祖先们已经不仅仅满足于现实生活了，他们无所畏惧，还要征服天上的神仙，征服地下的鬼神，甚至于前生后世。

先民奇特的想象、大胆的夸张，赋予了鬼神更多的寓意。夏商朝，人们敬畏神鬼，统治者遇事必卜，以期采取符合天意的行动，这里的鬼神往往充满一种诡秘的神力，人们对神鬼所怀的情感更多是害怕与敬畏，他们祭祀神鬼就是为了求得神灵的欢心，得其保佑。到了汉代，人们渐渐开始把鬼神降格为自己征服和娱乐的对象，而民间百姓祭神的歌舞，就不仅仅是娱神了，更多的是自娱。汉画石像中所表现的就是人对鬼神命运的一种完全驾驭，这正是先民无比自信的文化逻辑的体现。

艺术和幻想的力量是巨大的。20世纪30年代，鲁迅、董作宾等国内文化教育界名流，共同掀起了搜集、整理、研究南阳汉画像石的热潮。特别是鲁迅，不顾病魔缠身，对汉画像石的搜集和喜爱达到了痴迷的地步，他曾说："唯汉人石刻深沉雄大。"吴冠中先生激动地说："我简直要跪在汉代先民的面前。"

想到这里，我对大汉民族人不由肃然起敬，甚至有一种深深的敬畏。

四

一块块汉画像石没有因为历史的尘封而失色，没有因为时代的变迁而黯然。汉朝，这是一个意气风发的王朝；汉朝人，这是一个大气磅礴的民族。汉朝浩浩荡荡而来，经过时光的沉淀，占据了中华民族漫长的历史的重要时段，成为中华文明耀眼的华彩乐章。

数千年前，中华民族从炎黄二帝带领的黄河流域的一个小部落，发展成为以汉民族为主体的多民族统一的大部落联盟，其间经历了夏商的神鬼，周的礼乐，春秋战国的百家争鸣。华夏文化经过两千年的艰难探索和咀嚼，终于融会贯通，神鬼似乎不再可怕，礼教去掉了烦琐，法的冷峻失去了棱角，楚文化浪漫，齐文化重商，中原文化厚重……到汉朝时已蔚为大成。

历史上有过许多强大的王朝，一一数来，如秦帝国、隋朝、元朝，等等，回望历史，我们不难发现，这些强大的王朝虽然都开创了天下统一、经济繁荣、国力强盛的局面，但最终，它们都如昙花一现般消逝于历史的天空，而同样如此一统天下的汉王朝，却演绎了四百多年的精彩。轻翻史册，让我们沉思，汉民族之所以辉煌长久，就在于有包容的胸怀，善于不断吸收融合外来文化，从而形成、完善自己厚重的汉文化。一个民族想要长久繁荣发展，丰厚的文化根基应该是最足的底气。

2003年11月22日，一个叫王乐天的郑州人穿着消失了三百年的汉服出现在大街上，“汉服运动”从此进入公众视野，现代“汉文化复兴运动”也从此开始。这是我们面对经济高速发展，中西文化激烈碰撞，传统文化与现代文化断层时的一种文化寻根。其实，汉服和汉字、汉语、水墨画、诗词歌赋以及中华建筑一样，都是一种生活方式，它只是博大精深的汉文化的一部分。但千古一脉，它们承载的是一个民族数千年不变的精神和胸怀，它随着时间的流逝而跌入低谷，也将随着民族的崛起而重生！

看着，想着，我心头的迷惘也渐远去，一股股隐隐的力量从心底聚起。先民们开放包容的气度，优雅美好的生活，深邃博大的思想，这应成为我们的精神文化追求，我想，我们应重拾民族自尊、自信、自强的文化脊梁。

周围的参观者越来越多，有老人和孩子，更多的是学生模样的人。旁边一个十七八岁的男孩说："今天是我第三次来汉画馆了，但每一次来，感觉都不同。"听了之后，我的心里暖暖的。来南阳之前，有朋友知道我要参观汉画馆，就随口了说句："去看那些石头啊，哪有什么好看的，还不如去游山玩水呢。"我听了之后，笑了笑，什么都没有说。

灵石不言，就如这个沉睡的王朝不曾沉睡一般。它们只等你悄悄走近，无须言语，只需用心领会，它们就会向你敞开心扉，与你进行一场精彩的交流，关于那个伟大时代的一切，关于我们民族的千年一脉。

幽燕之殇

北京西直门外，夕阳下的高粱河泛起金红色的粼粼波光，一道光线从天边掠出，又没入了水流。微风渐起，一阵凉意袭来。再过几天，就立秋了。

我来到这里，不仅是为了凭吊这古战场，而更是要感受一个民族的伤痕。

公元979年7月6日，这里发生了宋辽之间第一场激战——高粱河之战。当年的刀光剑影，短兵相接，刺耳的金属碰撞声，悲怆的厮杀声，浑厚的战鼓声，早已消失，闷热的暑气里，高粱河翻滚着，呜咽着奔向远方。

千余年时光的冲刷，使眼前的一切早已物是人非，我寻不到半点战争的痕迹，所有的历史记忆，已化成史料上一个简单冰冷的地名。路上，少不了虔诚的问询，得到的全是茫然的摇头，即便知道高粱河的人，也仅是知道名字而已。我望向远方，残阳如血。

复 兴

谁也没想到，上一个千年来临之前，已在漫长动荡中煎熬了两百多年的中原文明，在一个叫陈桥的驿站歇了歇脚，一抬腿就迈出了荒芜，从此开始了一段为期一百六十多年的繁华之旅。这段历史的主角，是一个叫赵匡胤的三十三岁的洛阳人，黄袍加身，便成就了一番盛世伟业。

从唐末到五代，战乱频频，百姓背井离乡，颠沛流离，“城邑残破，户不满百”，多少富庶的田野与繁荣的都市，都沦为血流成河的战场。昔日的洛阳宫阙已在战火中成为一片废墟，狐兔出没，惹得司马光后来感慨：“若问古今兴废事，请君只看洛阳城。”早点结束这颠沛流离的生活，过上安稳日子，是全天下人的心声。

赵匡胤恰恰就碰到了这样一个时代，是不幸，更是一种幸运。他顺应历史的趋势，力挽狂澜，统一天下，建立了大宋。这个时代成就了赵匡胤。

一个声威赫赫的大宋诞生了。宋朝就从陈桥驿这个地方出发。

宋太祖为赵宋大业规划了一幅“先南后北”的宏伟蓝图。他前后用了十三年的时间，势如破竹地消灭了南方各地的长期割据，而北方之敌只剩下北汉和契丹。谈及契丹，收复燕云十六州成了宋太祖未了的夙愿。

历史往往就是这样，会因某个人的一个决定，彻底改变方向。为了保全自已，四十五岁的晋高祖石敬瑭竟然认小他十一岁的耶律德光为父，除此之外，他还将北方险要之地燕云十六州拱手让与契丹。称臣也就算了，行父子之礼未免太过分了！何况对方是一个比自己小十多岁的人，简直是荒唐至极！让契丹出兵帮助，多给些钱物也罢，但割让土地，丧权辱国，而且，这将会成为中原的一大祸患。可石敬瑭帝梦心切，哪里听得进别人劝告。他不会不知道，燕云十六州是中原防御契丹、金国的天然屏障，没了它们，北部边防优势尽失，中原王朝从此完全暴露于北方外族的铁蹄下，在军事上将完全处于无险可守的被动地位，可一心想当儿皇帝的他只管自个高兴地坐在龙椅上过他的帝王瘾。后来，他受尽契丹的侮辱，郁郁而终，也是自作自受了。

石敬瑭此举，真是害惨了后来的宋朝。这个从五代埋下的隐患，就如一个无形的魔咒，紧紧套在了中原历史的额头上。

燕云十六州的农业、手工业和文化等都比契丹要发达得多，契丹得了大便宜，随之改幽州为南京，升为陪都，此后的金国，也是扼守住幽云十六州这片险要之地，以大国姿态屹立北方，并寻机南下，频频向中原发起进攻，成为中原王朝的心头大患。

如果当初石敬瑭多点气节，多点骨气，决不割让土地，北宋能掌控燕云十六州，华夏民族的历史必会改写，此话应该不是没有一点道理和依据的。燕云十六州具有重要战略意义，自隋唐时，就是北方的军事重镇。金世宗时，梁襄说："燕都地处险要，北依山险，南压区复……亡辽虽小，止以得燕故能控制南北，坐致宋币。燕盖京都之首选也。"此后的元朝以燕为都城，明成祖也迁都北京，都是看中燕都在战略上的重要地位。"京师古幽燕之地，左环沧海，右拥太行，北枕居庸，南襟河济，诚所谓天府之国也，为万事不拔之鸿基。"幽云十六州"南控江淮，北连朔漠"，联系着农耕经济的中原和游牧经济的塞外。当辽金在中原受到挑战时，或坚守险要等待援兵，或退回塞外，形势有利时，则铁骑南侵，驰骋于旷野，宋军难于争锋，幽云十六州成了他们灵活退攻回旋的缓冲空间。

北宋一建立，宋太祖就念念不忘收复失地，“燕蓟不收，则河北之地不固；河北不固，则河南不可高枕而卧”（《宋史纪事本末》）。为图谋燕云，拱卫中原，宋太祖建立了封桩库，积存每年的财政盈余，打算蓄满三五百万后，与辽国进行交涉，索还燕云的土地和民众。他做了这样一个估算，倘若以二十四绢的价钱换算一个辽兵的首级，辽朝十万精兵用二百万匹绢也就够了。倘若辽国同意，就把这些款项作为赎款，否则就散尽库钱，招募勇士，武力攻取。只是可惜，他还未实现这个宏伟抱负，就病死在征途中，这个殷殷遗愿只有留给宋太宗来完成了。

宋太宗不会忘记，当年辽太宗率领骑兵直下后晋都城开封时，乱抢乱杀，肆意践踏，开封城到处一片狼藉，惨不忍睹。对于这场浩劫，年方二十的宋太宗应该是刻骨铭心的，现在，他别无选择，毅然走上了艰难的复兴之路。

开国之初，宋太祖、宋太宗的血脉中还流淌着华夏民族开拓进取的血性和斗志。公元979年，太宗出兵攻灭北汉，大胜之余，决定挟战胜之威，对辽宣战，夺回燕云故地。高粱河之战爆发了。刚开始明显占上风的宋军，由于战术失策，加上将士数月奔波劳累，在辽军数路猛攻下，全线很快崩溃。太宗在混战中中了两箭，仓皇逃至涿州。他原以为能趁胜攻击，一举夺回燕云之地，完成太祖遗愿，没想到如此溃败而逃。箭伤在皮肉，更伤在了太宗的心头。心急了吃不上热豆腐，况且这是一块不好啃的硬骨头。

第一次大规模主动出击辽国，为收复燕云失地的战争，就暂时以失败告终。不管怎样，敢于向辽亮剑，这就是一种气魄，一种精神。可是，人力、财力上的损失，可以通过休养来弥补，但受到严重挫伤的泱泱军威，却未必能轻易恢复。自开国以来，宋军历次战争几乎无往不胜，这些将士都是经过周世宗、宋太祖两代精挑细选的，这支军队无疑是强劲如虎的精锐部队，高粱河一战，这支大军就如一个充满自信的鼓鼓的气球突然被刺爆。而辽军，经过这次胜战，再不把宋人放在眼里，肆虐的南侵日益频繁，宋辽二十五年的战争真正打响。

对辽失败后，是继续作战收复燕云，还是从此休兵，这两种不同声音的较量一直在赵宋的朝廷上进行。宋太宗对宰相说："我看史书，见晋高祖求援于契丹，对契丹行事父礼，还要割地奉送，屈辱之甚。"他决定收复燕云，经过长期充分的准备，一雪耻辱。

公元986年正月，太宗再次发动大规模的伐辽战争——雍熙北伐。不知是因为上次中箭之后心怯，还是对自己的军事才能过于自信，这次战争太宗没有亲征，而是用阵图来遥控指挥。这点，太宗不免是过于自负了。太宗的韬略远不及其兄太祖，太祖是宋代皇帝中唯一的天才军事家，他用将"专而不疑"，而太宗自以为是，他对武将的猜忌防范之心十分强烈。也是因此，太宗预先设计好阵图，交给出征的将帅，让他们不折不扣地执行。想想，在战争期间，形势瞬息万变，在当时的通讯条件下，太宗根本不可能及时得到信息反馈，调整战争策略，阵图的荒谬就可想而知了。精心策划的北伐在宋军各项条件均处于优势的情况下，仍以失败告终。这一打击使宋军彻底丧失了勇气，恐辽心理普遍滋生，一蔓延就是几百年。

太宗企图收复燕云所做的最后努力功亏一篑了。之后，太宗忙着打理眼皮下的事，集中兵权防止割据复辟，对内抑制武将，虽有心再北上伐辽，收复燕云，也只能不了了之。宋在兵力最强盛的时候，都没能收复燕云十六州，后来更不敢轻言北征，太祖、太宗还有敢于主动向辽亮剑的勇气和精神，到了真宗以后，收复燕云的遗愿，被逐渐放弃，自后晋半个世纪以来，中原和辽朝对幽燕的长期争夺也画上了句号。

复兴的路，才走了几步就因恐慌顿足不前了。无奈？遗憾？抑或悲愤？只有宋太宗知晓了，从此，大宋王朝在历史的激流中身不由己地跌宕起伏着。

苟　安

曾有人问我，假如可以回到古代，你最愿意去哪个朝代？我不假思索地回答，是宋朝。宋时的开封城，已有早市夜市，昼夜繁华，普通人家衣食丰足，就是穿绫罗绸缎也很寻常。在这座千年名城里，苏门父子仕途得意，激扬文字，豪放洒脱；“奉旨填词柳三变”失落地徜徉街头；胸怀变法之志的王安石正在推行伟大的变法……只需听听这些如雷贯耳的名字，就知道当年开封是何等光彩夺目了。

一千年前的夜晚，当全世界的城市都是一片漆黑时，只有中国的开封灯火辉煌；一千年前，欧洲最大城市伦敦只有1.5万人口时，开封已是人口超过百万的大都市；一千年前，欧洲很乱很穷很落后时，开封城就已经有施药局、慈幼局、养济院等福利机构，具备了一个高级现代化城市的特征。2005年5月22日，美国《纽约时报》破天荒地用中文通栏标题发表的文章《从开封到纽约——辉煌如过眼烟云》，指出一千年前世界的中心在开封，现在在纽约。

然而，当我面对史册，最不愿翻开的几页史书，也是宋朝这段历史。每翻开一页，白纸黑字间，太多外族铁蹄肆意践踏的耻辱，还是那么强烈地刺痛心灵。宋朝太多官吏卑躬屈膝的丑样，大宋子民血泪斑斑的悲愤与无奈，跃然眼前，一种别样的沉重在心头，久久不能自抑。

历史是前进的，不会停留在某一个地方。这样一个城市，繁华在公元1127年戛然而止，整个中原都在劫难逃。十月的一天，剽悍的女真铁骑从黑龙江浩浩荡荡如滚滚寒潮向中原出发，刀枪闪烁着凛冽的寒光，疯狂的马蹄，让大地阵阵颤动，而此时繁华的汴河码头，兰舟催发，人声鼎沸，一片忙碌，没有人知道，死亡和灾难正在悄悄逼近这座世界上最繁华的都市。

开封。两兵相接，宋的百万大军在金人的八万之师面前，竟然不堪一击，守城将士望风披靡。金人烧杀掠夺，杀人如麻，全城被洗劫一空，血染街巷，臭味百里。徽宗、钦宗目睹一城狼藉，无尽的耻辱涌上心头，却只能痛苦转过身，无奈随着金军北去。

汴京沉没了，像一艘触礁的巨轮沉没了。

一个经济繁荣，工商业高度发达，人们生活富裕的先进文明国家，为何竟在落后少数民族的铁蹄下轰然倒下？我寻思着，一个“弱宋”托词，是不是答案？一个金人善骑，是不是答案？掩卷沉思，我激愤的心绪久久无法平息。

“天子重英豪，文章教尔曹。万般皆下品，惟有读书高。”宋朝儿童入学要诵读的《神童诗》，生动反映了那个时代的价值取向。当年，赵匡胤的几杯烈酒，奠定了社会繁荣稳定的基础，但也种下了赵宋王朝覆灭崩溃的基因。他劝诸大将“多积金帛田宅以遗子孙，歌儿舞女，以终天年”，同时，优待文臣，除俸钱俸禄外，还给予文臣职钱职田。北宋的灭亡与开封的衰落，此时就已埋下了种子。失去燕云十六州，外族对中原虎视眈眈，还没有平定天下，宋就先自废了武功，那么或许只有挨打的份儿了。

赵匡胤开始重用文人，“右文抑武”，是有他深刻的考虑。在他看来，文臣“纵皆贪浊，亦未及武臣十之一也”。文人的社会地位以及所受的优待是前所未有的，于是，就有武将心怀怨恨：“状元及第，虽将兵十万，恢复燕云，凯歌劳还，献捷太庙，其荣亦不及也。”对文人的重视，使赵家天下有了长治久安的保障，也使宋朝学术昌明，文化繁荣。汉朝国强，唐朝武盛，宋朝文旺，宋代积极的文化发展到了历史的巅峰，著名学者陈寅恪曾说：“宋代学术，最为完善。”

“澶渊之盟”后，宋辽之间百余年没有发生过大规模战争，社会的稳定促使教育、科技、文化迅速繁荣发展。官办民办教育机构遍及全国，琅琅读书声处处可闻。理学上，有关物质与精神的思辨散发着哲学的智慧光芒。文化、科技、艺术也随着大量出版物的出版逐渐传播开来，各种文化、科技人才脱颖而出：寇准、范仲淹、晏殊、欧阳修、柳永、沈括、黄庭坚、邵雍……苏轼一生挥毫写诗二千七百多首，陆游近万首，比盛唐时代的李白、杜甫还要多。他们雅歌投壶，诗酒唱和，他们肯定不会想到，自己就身处于宋朝文化的高峰，甚至是中国文化的巅峰。这是他们的幸运，也是历史的幸运。历史学家黄仁宇说：“火药之发明，火焰器之使用，航海用之指南针，天文时钟、鼓风炉、水力纺织机，船只使用不漏水舱壁等，都于宋代出现。在十一二世纪内，中国大城市的生活程度可以与世界上任何其他城市比较而无逊色。”这些已成为我国乃至世界的珍贵文化遗产，中华文化至北宋已趋精深成熟了。

不仅文化，宋朝的工商业也大大繁荣昌盛。孟元老在《东京梦华录》中描绘了当年汴京的繁华景象。且不说东京，只需看看临安城内，大街坊巷，大小店铺“连门俱是”。晨起五更早市即开始营业，夕阳西下，夜市开张，直到三四更后，店铺、酒楼、歌馆才慢慢静下来。街上瓦舍勾栏，唱杂剧、演百戏杂技、说书讲史，一应俱有。“皇舆久驻武林宫，汴洛当时未易同。楼台飞舞祥烟外，鼓吹喧呼明月中”，南宋的皇室贵族、官员、地主和商人们，就在此日夜酣宴歌舞，醉生梦死。

“打破筒（童），泼了菜（蔡），便是人间好世界。”这是宋时民间流传的一首歌谣。奢靡的生活为腐败的滋生提供了适宜的土壤。为了一座万岁山，徽宗大兴土木，修建殿阁亭台，凿池修泉，满布嘉花名木、怪石岩壑，穷极奢丽，整天在这里书画乐舞。蔡京更是如此，“东园如云，西园如雨（泪下如雨）”。看那蔡京宏敞的府邸，园内树木如云，又在宅西毁掉民屋数百间来建西园，所住居民被迫迁离，悲愁泪下。如此统治者，只知挥霍享乐，暂且偷安，哪里顾得上国家的安危。

“右文抑武”无疑使当时的文化学术、经济、科学得到迅速发展，如若赵宋没有遭受蒙古族毁灭性的打击，文明也会日臻完善，若再给赵宋一两百年的时间，历史继续向前发展，大宋在自修内政的基础上，加强对外防御，我无法想象那将会是一个怎样的盛世。然而，长期以来，宋代施行以防守为战略的国策，赵宋军事上“积弱”， 经济上也日益“积贫”。长期沉溺于奢靡享受之中，不亚于一种自我精神麻醉，宋朝刚建国时刚健进取的血性骨气也渐褪失，朝代精神愈来愈内敛保守。这些也无形辐射影响到社会文化、艺术、意识等各个领域。宋元以后，艺文人士虽具须眉，但骨头却大多渐渐软化，稍一遇到风吹草动，就会飘摇不定。

敌人入侵时，为了暂时的安宁，宋朝总是战败之后惶恐求和，一再妥协退让，丧权辱国，苟安了事。面对辽兵的进攻，有了澶渊之盟，划定疆界，岁输银绢；面对夏国的侵掠，一再败退，也以岁“赐”银绢求得和睦；开封沦陷，便一路南逃，“直把杭州作汴州”。遇到危机时，总习惯弯着腰抓根救命稻草，然而，稻草往往都是靠不住的，大宋，最终还是无法逃脱贪婪的眼光和野蛮铁蹄的肆意践踏……

想想也是，太祖、太宗之后的皇帝，几乎没有经历过战争洗礼，他们沉溺于享受眼前的奢华，官吏更是腐败成风，谁还顾得上注意国防军事上的危机？让文官治兵，无疑是赶着鸭子上架。“兵不知将，将不带兵”，军中将领贪财赎货，整天忙于经商盈利，无暇顾及训练，徽宗又将军队大权交于根本不懂军事，只知讨好皇上的宦官童贯、佞幸高俅。长此以往，军队哪会有什么战斗力？

大宋王朝就如一叶浮萍，在历史的长河中漂泊无依。但其中，亦不乏刚烈之士，不顾身家性命，毅然扛起复兴大旗，唱响民族大义。“王师北定中原日，家祭无忘告乃翁。”一生的时光并没有把耻辱感冲淡，八十五岁的陆游，将最后的悲愤唱成了一曲绝唱。“靖康耻，犹未雪，臣子恨，何时灭”已不仅是岳飞个人的悲愤了，即使赵构等人苟安东南，始终只将杭州称为“行在”，然而谁也不敢公开放弃收复中原、洗雪耻辱的王朝梦想，铁骨铮铮的热血男儿绝不止岳飞一人。南宋之初，宗泽面对金兵战无不胜，用血肉将开封筑成一座坚固的堡垒；韩世忠截断完颜兀术纵横江南的退路，迫其几乎遭受灭顶之灾；还有刘琦、张俊……

然而，这些民族忠烈用生命和鲜血换来的民族复兴契机，却在昏君和小人的弄权中付诸东流，令人扼腕叹息。公元1140年，岳飞的军队在收复许昌、洛阳等地后，又击溃了金军的主力，完颜兀术萌生渡河北去的念头。就在岳飞与部将相约痛饮黄龙的时候，也许是被吓破了胆魄，也许是为一己私利，高宗和秦桧连下了十二道金牌，令岳飞班师。岳飞听后，大声痛哭，“十年之功，毁于一旦”，收复中原最好的历史契机就这样眼睁睁东流。

苟安！只能苟且偷安于江南了。为了龙椅的暂时安稳，天下百姓的义愤可以不去考虑，复兴中原的大业可以置之一旁，华夏民族的安危不敢担当，如此，最终招来的只能是蒙古铁骑对大宋毁灭性的打击。

公元1297年，宋朝的历史彻底画上了一个句号。这一切都似乎在意料之中。

五代时失燕云，中国农耕文明构筑的完整的长城防卫体系，被撕开了一个口子；中原再失，已不仅是金瓯残缺的事了。

崖　山

刺鼻的血腥，混合着海水的咸气，在空气中凝结。

崖山无语。

茫茫无际的海潮愤怒般涌来，激打着岩石，仿佛要吞没眼前的一切。

海水呜咽。

“陛下，您是大宋的正统后裔，应该断然做出不辱没您血统的决定。”一个清晰而坚定的声音传来。

“我明白了。秀夫，你没有背弃我，自始至终地侍奉我，太感谢了！”少帝赵昺平静回答。

“陛下……”陆秀夫强忍住眼泪。

少帝点了点头，没有一丝惶恐。

陆秀夫背起少帝，用带子将两人紧紧地捆绑在一起，大声喊道：“蒙古军啊，将来有一天，继承我们遗志的同胞，一定会征讨你们的！”

说完，陆秀夫纵身一跃，投入了渺茫的大海之中。

跟随其后的，是黑压压蠕动着的一大片宋朝臣民，十万余人纷纷投海殉国。七日后，海上浮尸十余万。落日的余晖悲壮不语。

此刻，我不忍想象。十万余人，面对死亡，没有恐慌，一一跳海。是什么让大宋的子民面对死亡如此从容，毫不畏惧？我张开嘴，喉咙像被什么东西哽住了，说不出一个字来。

公元1279年2月，崖山之战，陆秀夫与赵昺的一跳，为赵宋政权画上了永远的休止符。宋王朝就这样凄然收场。

这是怎样惨烈的一场海战。一方是由草原兴起的强大蒙古帝国，它正以摧枯拉朽之势踏遍亚欧大陆，意图彻底消灭这片广袤土地上最后的强劲敌人；另一方是国力衰落的南宋政权，积弱不振的它已经苦苦抵抗了近半个世纪，从杭州退到福建，再退至崖山建立海山朝廷。“宋末三杰”文天祥、张世杰、陆秀夫，慷慨赴难，踏上了历史留给他们的最后舞台，保卫着风雨中飘摇不定的流亡政权。然而勇气不是战争胜负的决定因素，英雄的壮志阻挡不了凶悍的铁骑。在滔天的巨浪中，战术上失误的赵宋军队在蒙古军强劲的攻势下全军覆没。

元朝建立了。

站在硇洲岛岸边堆积的熔岩乱石之上，雾霭茫茫，水天连成一线，惊涛骇浪如泣如诉。硇洲岛，已不是一个普通的名字，大宋子民曾在此愤慨山河沦陷，将岸边巨石怒击水中，表达以“以石击匈（元）”之意。“硇”字由此而生。又一阵巨浪拍岸，洪涛阵阵，仿佛凭吊那场震古烁今的决战。

元兵用了几乎全部的力量，打击华夏文明最软弱的政权——南宋。他们可以几个月内，就铲平俄罗斯，消灭东欧列国，但是在江南的华夏文明面前，却停顿了几乎五十年！元军攻打四川，川民杀其大汗，被赶尽杀绝之时，才放弃了抵抗……崖山一战失败后，三十万宋军将士只有两万人被俘虏，其余全部战死。在个人的安危与国家命运紧密相关时，华夏民族血液中的血性、骨气瞬间被激活，从天子到百姓，不愿屈服的大宋子民坚守着信念，从容不迫地殉国。为了民族尊严和生存，义无反顾，这崖山精神，这春秋大义，这伟大气节，荡气回肠。周恩来总理曾说："崖山这个地方的历史古迹是有意义的，宋朝虽然灭亡了，但当时许多人继续坚持抗元斗争，保持了民族气节。"

不管怎样，崖山，都是一个值得铭记与回忆的地方。崖山，为华夏文明悲壮地画上一个句号，或者感叹号，抑或省略号。我掩卷沉思，隐隐的悲痛还从心底阵阵袭来，心头愈加沉重。

崖山之战，华夏文明几乎遭遇了毁灭性的打击。元兵大肆屠杀，我不想翻开史册，去直视那些血淋淋的令人惊骇的具体数字，我知道，多少不屈的民族精英尽丧元兵之手，民族最优秀的成分几乎丧失殆尽，曾经高度发达的经济、文化、科技，科举与世族相结合的官僚制度，开始受限的皇权，先进的政治制度，等等，都无从再谈，华夏文明阳刚进取的脊梁被折弯。

宋朝就是这样一个朝代，与现在有着不解的精神文化渊源。我时常想，崖山之前的古中华遗风，究竟会是何等团结和彪悍，连相对柔弱的南宋，都有十万军民自发跳海殉国，而不肯做新朝之民。

崖山之边，夕阳已隐没在大海之中。当晨曦微露之时，海水滔滔，又将喷薄出一个灿烂而辉煌的黎明。

函谷沧然

苍穹之下，群山沉默。静静的弘农河在阳光下泛着点点碎光，好似无数的水银滚动在水面。河两岸，杂乱地散落着一些乱石瓦砾，荒草在疯长着。

我行走于旁，在这个秋日的清晨。

秋风飒飒，从山坡上呼啸而过。脚下突然被绊了个趔趄，低头一看，竟是一块残破的瓦片。我弯腰拾起，拂去上面的泥土，仔细打量，那斑驳的泥痕依然遮掩不住藏青的本色，隐约中泛着一丝暗红。残缺的边缘上，断断续续的花纹还依稀可辨。我的心不由顿然一惊。

我默然良久。一切无语，沉寂。这该不会是一块秦砖或者汉瓦吧？细听，耳边的风似乎也屏住了气息。抬眼望去，微波粼粼，倏尔，波动的水面斜射出一道犀利的亮光，直刺向天空。瞬间，我打了一个激灵，想起了刀光，想起了剑影，想起了那个遥远的血腥的时代。不觉间，手中的这块瓦砾也似乎沉重了起来。

又一阵风从耳边呼啸而过。静静的弘农河依然从容地向北流着，河水哗哗的响声，好似万马齐喑，深远而浑厚。

我行走于旁，静默着，莫名的思绪也仿佛受了某种暗示而滞留不前。我知道，秋日里，正适合到那里看看，该去看看那里——函谷关了。

高大的红漆门楼，赫然的太极八卦图案，稀稀疏疏的几个行人。函谷关，就这样地站在了我的面前。这一切，令我始料未及。

努力地搜索着十八年前的记忆：黄土高原下的王垛村，随意陈列在这里，偶尔，传来一两声鸡叫声，或者猛然从小巷中窜出一只黄狗来，向你狂吠两声，然后用陌生的眼神打量着你。

而如今，新刷的红漆大门，闪耀着鲜艳的光彩，两旁高大的仿古建筑，昭示着一种古老的回归。然而，一股股现代的气息还是这样强烈地迎面扑来。这一切，让我有点措手不及，就如一个山里人，突然间站在了一座豪华的酒店面前。此时的我，怯怯远远地绕过函谷关的正大门，顺着那奔流的弘农河的方向，一路向北径直走去。

关　楼

函谷关楼赫然映入我的眼帘。

远望，高约几十米的城墙横亘在南北陡峭的两峰之间，正中留有两个门洞，洞上石碣上刻着“函谷关”三个大字。门洞上矗立着两座三层高的城楼，其实还算雄伟，但却少了想象中的味道。

十几年前，这里曾是一片荒芜，杂草丛生。那座从春秋战国时期就屹立在此的关楼，不知经过了多少战火的沧桑，几经修葺，还是渐渐摇摇欲坠，最后在历史的某一个断点，惶然倾颓，瞬息化为历史的须臾。而今的关楼是政府在1992年重修的仿汉建筑。既然是仿造，给人的感受，也只能仅能停留在“仿”字上。虽然现在关楼的规模比历史遗迹中的照片恢宏气势多了，但我知道，历史中有些东西是永远复制不了的。

走到关楼前，拾级而上，青灰的方砖砌成了宽厚的城墙，仅十几年的风吹日蚀，就使这些藏青的方砖锈满青苔。诚然，对于这积蕴了几千年厚韵的古关重地，那些仿制的方砖毕竟太单薄了，它们怎么经受得起这漫漫历史厚重气息的侵蚀?

依城墙而立，远眺东方。远山绵延起伏，雾岚迷蒙。山脚下，弘农河似一条白练，静静流入黄河，随即就被那浑黄的河水毫不客气地挟裹着，向东飞速而逝。

突然，耳边传来风吹幡动的猎猎声响。回头细看，只见那些写有简体“函谷关”字样的旗幡，竖在关楼上，在风中招摇。此时心中有种别样的感觉，就如看到一出古装戏中，冷不丁冒出一个西装革履的打扮来。我知道，此关楼不是彼关楼，函谷关的关楼早已被项羽的手下鲸布烧得干净。当年的项羽，浴血奋战，攻克了这固若金汤的函谷关，可结果，却只留下个“霸王别姬，饮恨乌江”的千古遗憾。在项羽的史册上，函谷关涂上了重重的一笔浓彩。

想想，几千年前的此时此地，这里正万马齐喑，刀光剑影，杀气冲天，血流漂橹。弘农河，怎想让曾经见证的那一幕幕在眼前重现？那一声声叹息，那一声声无奈，又怎能抵挡住历史滚滚向前的车轮！轻翻史册，那短短的几行黑字白纸的记载，似乎还涌动着一股浓浓的血腥味。

放眼尽望，关楼周围满眼葱郁的树木早已不是当年的桃林了。可以想象，当年从函谷关至西到华阴潼关的三百里桃林，每年春里，该是何等壮观！“高出云表，幽谷密邃，深林茂木，白日成昏。”灵宝隋时称桃林县，因“夸父逐日”的传说而被涂抹上了一抹神秘的色彩。当年夸父逐日，渴饮河渭，河渭不足，北饮大泽，未至，道渴而死。夸父就化作了一道山，山在灵宝，他所弃的杖，就是桃林。

岑参在《函谷关歌送刘评事使关西》中写道：“君不见古函谷关，崩城败壁至今在，树根草蔓遮古道，空谷千年常不改。”站在新建的关楼上，细数关楼的每一块青砖，我奢望地寻找着，企图能从那小小裂缝的残损中，找寻历史在古老苍穹下一直未曾断唱的隐秘气息，为我的解读寻得那么一两个注脚。可，我却清楚地知道，古老的东西早已消失殆尽了，中原的许多古迹都是这样。

突然，关楼的广场上空忽忽扑扑飞蹿出一群白色的鸽子。诧异之际，只见广场右侧搭建着几个凉棚小摊，游客在这里可以买一两小蝶鸽食来喂鸽子。一种说不出的感觉涌上心头。这里东临弘农绝涧，西拒衡岭高原，南依巍巍秦岭，北接滔滔黄河，有诗曰“天开函谷壮关中，万谷惊尘向北空”。这里曾是东西交通的咽喉，这里曾是战马嘶鸣的战场，而今，眼前的这些鸽子，绝对闻不到千百年前那浓烈的血腥气息，它们知道的，仅是在远处高处观望着，伺机抢得一口之食，然后欢叫几声，在空中回旋一个漂亮的舞步。

古　道

失望之余，转回身，向西眺望。秋日里，那条崤函古道在葱郁的绿树丛中，如细线般钻入山中，隐没行迹。

太阳渐渐热辣起来，云雾渐渐消散。走进古道，顿觉一阵生凉。碎石黄土铺就的小路，如历史一样斑驳曲折，有游客骑着马，嗒嗒地走过，再往前，就隐入了绿荫，蹄声也就模糊了。

道路蜿蜒曲折，崎岖狭窄，空谷幽深，人行其中，如入函中。关道两侧，绝壁陡起，峰岩林立，地势险恶，地貌森然。古书上说函谷关道“车不分轨，马不并鞍”“一泥丸而东封函谷”，今日一见，并非虚言。

默默行走在这千年古道中，掩映的树木筛漏下斑驳的阳光，照在身上，恍惚间如无数个白天黑夜在眼前交替。此时古道寂静无声，只传来脚下沙沙的响声，仿佛是历史深处发出来的朦胧声音。

不觉间已经走了两里多路，眼前，一道木栅大门拦住了去路。木栅门那边，没了碎石铺就的平整小路，只有一人多高的荒草疯长着。我侧身从木栅门翻越过去，杂草阻挡，我小心地用臂膀把蒿草拢到一边，向前探身移步。忽然几只蟋蟀从头顶跳过，我欣喜，原来这里竟成了蟋蟀们的乐土。忽闻头顶有几声人语，抬头一看，原来是两边陡峭的山崖上新近架起的高速上有几个行人，正在高声说话。看看头顶的高速，它让昔日的天堑变为通途。再看看脚下的古道，它曾是连接着那个时代东西的咽喉，而今，它老了，该歇息了，就在这里静静的，很少有人知道它的沧桑，就如很少有人能预计它的将来。心头的沉重，在这一刻蓄得满满的。

往回走着，脚下的声响渐大，恍惚间，那上面的树木杂丛间，仿佛突然传来一声炮响，顿时，树丛杂草高处顷刻间便竖起无数战旗，霎时喊声震天，箭如飞蝗……

公元前318年，楚、赵、魏、韩、燕五国联合攻打秦国。一样的阳光照在秦兵寒森森的铁甲上，反射出刺眼的耀光。两阵相对，杀气咄咄，战马齐喑，旌旗在寒风中猎猎作响。一声雷鸣般的吼声后，顿时杀声震天，顷刻，眼前只剩“伏尸百万，流血漂橹”。

公元前247年，秦军伐魏，信陵君统率五国联军来反击，秦被迫退回函谷关。联军在此天险面前无力破关，束手无策，只得长叹一声，退兵而回。

……

“一夫当关，万夫莫开”的函谷关在战国时代似乎就是天下的象征，七国争雄，六国始终未能攻克此处天险，而西秦的百万铁甲正是东出函谷关，成就了始皇天下一统的霸业，真是“一将功成万骨枯，始皇霸业仗函谷”。

两千多年来，函谷关历经了七雄争霸、楚汉相争和安史之乱的狼烟弥漫，也承受了李自成起义、辛亥革命及抗日战争的烽火洗礼……

“双峰高耸太河旁，自古函谷一战场。”哪一次风雨血晦，函谷关这块土地上不是饱浸血泪，凄惨又壮烈？也许它，经历过了，于是懂得，懂得了，才如此沉默。

踏在函谷关的每一寸土地上，我似乎能感受到浸渍在黄土里的那一份热血的余温；行走在函谷关的每一棵草树旁，我仿佛能倾听到那一声声烈马的嘶叫，那浑厚而辽远的战鼓声似乎还在冲荡着苍凉的空气……

行走着，步子也愈来愈迟缓，眼前，古道正蜿蜒延伸，我感觉古道更深更远处正散发着那遥远时代的神秘。在那个交通极不便利的时代，这条沧桑的古道担负着多么重要的作用。多少个白日黑夜，多少匹驿马的铁蹄，肩负着神圣的使命，从这里匆匆慷然而去。它如一条经久不息的动脉，连通东西军事文化交流，滋养历史勃勃发展。没有了它，充盈的历史不知要萎缩成什么样。而今，刀光剑影早已黯淡，鼓角争鸣已飘然远逝，滚滚硝烟也已消散，我却依然感受到了两千多年前的惊涛骇浪！

鸡鸣台

沿古道拾级而上，我径直来到了鸡鸣台，高埠上的一处弹丸之地。开发之前，只是一些乱石碎砖砌成窄窄的阶台，而现在，宽阔的水泥石砌成整齐的宽阔的石阶，琉璃瓦装饰的亭子也屹立在高埠上。“鸡鸣狗盗”的典故便出自于此。

鸡鸣台又叫田文台，传说这里就是当年田文食客学鸡叫的地方。当孟尝君的门客盗得狐裘，送给秦昭王的妃子后，他立即率领手下人连夜偷偷骑马向东快奔，到了函谷关，正是半夜。按秦国法规，函谷关每天鸡叫才开门，半夜时候，鸡可怎么能叫呢？大家正犯愁时，只听见几声“喔喔喔——”的雄鸡啼鸣，接着，城关外的雄鸡都打鸣了。原来，孟尝君的另一个门客会学鸡叫，而鸡是只要听到第一声啼叫就立刻会跟着叫起来的。怎么还没睡踏实鸡就叫了呢？守关的士兵虽然觉得奇怪，但也只得起来打开关门，放他们出去。

听着那录制的嘹亮的鸡鸣声时不时传来，我似乎回到了两千多年前一个漆黑的凌晨。月晦星稀，田文的食客拿捏着喉咙与鼻子，突然发出悠长的鸡鸣声，倏尔，引得关城金鸡齐鸣，片刻之后，吱呀一声，那沉重的关门缓缓打开，田文得以脱险出关，等秦王追兵到函谷关时，田文早已杳无踪影。

昔日的鸡鸣狗盗之后，谁也没想到紧跟着又上演了一场血腥之战。是历史的偶然抑或必然，我们暂且不去穷究了。如果孟尝君当初出不了关，那自然免不了杀头之祸，那么齐国的历史恐怕就要重新撰写了，战国七雄恐怕就变成了“六雄”了吧。一个历史上的小人物，一次出人意料的偶然，便造就了英雄，也撰写了历史。在岁月的长河中，有多少这样的小人物在历史前进的道路上，起着推波助澜的作用，我们不敢细数，又如何计算得清楚？

而今的鸡鸣台，也成了游客行人娱乐的热点地段。买一沓硬币朝着孟尝君塑像胸前并拢的手心投去，投中即可传来几声雄鸡啼鸣的声音。据说，如投中，听到鸡鸣之声，会有吉运。其实，如今的关楼早已摆脱了传说的影子了。鸡仍然在高亢地雄叫着，关楼依然在敞开着，过往的人依然来来往往。

站在穿越了千年时光的鸡鸣台，心中有种说不出的复杂感情，这一方厚重的高埠上埋藏着多少神秘的故事啊！唐朝皮日休的《古函谷关》中写道："破落古关城，犹能扼帝京。今朝行客过，不待晓鸡鸣。"昔年曾是江南客，此日初为关外心，独坐在关楼上，仿佛当年的关吏，只不过，再也没人要过关了。

太初宫

"西望瑶池降王母，东来紫气满函关。"如果函谷关仅仅是一处军事要地，那么它无法在历史的时空上留下夺目的光彩。作为道教文化的发祥地，我国古代思想家、哲学家老子著述《道德经》的地方，函谷关蕴含着深厚的文化底蕴，滋养着中华文化蓬勃发展。

史书记载，当年函谷关关令尹喜精通天象学问，有一日，他望见东方有一团紫气升腾，祥云缭绕，一轮红日喷薄而出，万道霞光辉映山川。他心喜，知道必有圣人经过，于是整日恭候，果然有一位皓首长髯、身穿黄袍的老者，骑着青牛自东方徐徐而来。尹喜就盛情款待老子，恳请其著书立说。老子欣然应允。

月朗星稀之夜，一盏灯光熠熠闪烁在太初宫的墙壁上，一个皓发白须的睿智老人坐在窗前，轻展竹简，从容沉思。墨笔点点，字字珠玑，洋洋洒洒五千言，千古奇书《道德经》一挥而就。几千年来，《道德经》深邃的思想不知曾淋浴了多少求知的心灵，睿智的话语不知点化过多少愚钝的头脑。连法国哲学家尼采都说："《道德经》像一口永不枯竭的井泉，满载宝藏，放下汲桶，唾手可得。"美国前总统里根也曾引用老子“治大国若烹小鲜”的名言来阐述他的治国方略。老子可能不会想到，自己的智慧浓缩的短短五千言，博大精深，蕴含丰富，其中的真知灼见，在于今天，依然闪耀着智慧的火花与灵气。

太初宫前，香雾缭绕，香客们都在虔诚礼拜。孩子突然问我，中间供奉的那位神像是老子吗？我告诉孩子，中间的那位是老子，但他不是神，是一位很有智慧的老爷爷。我想，当我们的目光真正能穿透那些耀眼的光彩，心里对老子更会产生一种可触可接近的感觉，这样或许会更容易走近他吧。

眼前香客熙攘的太初宫，是当年老子著作《道德经》的地方。太初宫始建于西周，现存太初宫主殿建于唐以前，元、明、清各代均有修葺。千百年来，众多海内外道教人士都来这里朝圣祭祖。谁能想到，当年的一团祥瑞的紫气，当年尹喜的恳情邀请，便带来了道家之祖老子洋洋洒洒五千言的《道德经》，把函谷关浸渍在道教的圣光之中，使函谷关永远是那样鲜活光彩。

昭昭烈日之下，总感觉有一个浑厚而洪远的声音从远处传来：“道可道，非常道。名可名，非常名。”“上善若水。水善利万物而不争，处众人之所恶，故几于道。”“大直若屈，大巧若拙，大辩若讷。”“信言不美，美言不信。善者不辩，辩者不善。”隐约而清晰，似智者的娓娓劝诫，又似孩童的琅琅之声，久久，响在耳际，滋润着干涸的心灵，点化着疲惫的灵魂。

我们今天所提倡的科学发展观、和谐社会观念、“三讲”等，仔细思量，其中的理论依据，真要向前追溯的话，源头活水不都在短短的五千言中吗？

《道德经》是诸子百家的启蒙者老子，在函谷关留下的一份珍贵无比的文化瑰宝，不管时光如何变迁，不管历史风尘如何蒙盖，它依然会散发出熠熠夺目的光彩。在太初宫中老子的塑像前虔诚膜拜，想象着老子当年著书立说时的道骨仙风，我仿佛沿着一条明澈的精神隧道，汲取着古老的哲学营养，注解着过去，畅想着未来。

紫气东来，带来了文化的丰蕴与厚重；黄河西去，冲走了历史的浮华与血雨。函谷关，你静静地伫立在古老的弘农河畔，不知倾听了历史多少次悲欢离合的演绎，不知铭记了流年里多少轮回的繁华兴衰。可，你默然不语！如这古道般沉默与苍然！因为你懂得，只有穿越世事的浮华，岁月才会散发出迷人的芳香！

要驱车离开了，回头远望，函谷关楼隐没在一片葱茏之中，我知道，那片葱茏的深处，古道犹如汩汩流动的血脉一样，依然滋养着曾经与现在，辉煌与沧桑！

明朝那抹嫣红

当落日的余晖映红了瓦灰色的长墙，铁狮子胡同在暮色中显得别样沧桑。我漫步在这昔日的王府胡同中，不禁感慨万千。胡同因之命名的那对铁狮子早已不知流落何方，如果它还在的话，一定能告诉我许多明朝那隐藏的历史故事……

明末，这对铁狮子是崇祯宠妃田贵妃之父田弘遇府邸门前的镇宅之物。这对铁狮子目睹过陈圆圆长袖善舞迎来送往，吴三桂在这里神采得意屡进屡出，李自成的大将军刘宗敏在这里飞扬跋扈……铁狮子胡同也因此就与晚明王朝的历史命运系在了一起。以此为出发点，陈圆圆的一生与崇祯、李自成、吴三桂、刘宗敏等一个个大明风云人物牵绊相连，演绎了一场场起起落落的传奇。

“恸哭六军俱缟素，冲冠一怒为红颜”，这是明代诗人吴梅村在《圆圆曲》中留下的美丽说词。吴三桂的“冲冠一怒”让历史改写，同时也毫不留情地让陈圆圆永远背负上了“红颜祸水”这副沉重的精神枷锁。这个出身微贱的小女子，不过是一个青楼的歌妓，然而她在历史的转捩过程中，以个人魅力影响了大明风云人物的命运，甚至改变了那一段历史的进程。

到底是什么原因让当时的吴三桂引领清兵入关而成为千古痛骂的逆臣？难道真的是手握军权的乱世枭雄吴三桂无法舍弃一个女子？这个女子究竟是个怎样的人呢？沿着历史足迹，我走近了这个女人，走进了那个风雨飘摇的王朝。

爱情的幻灭

陈圆圆本姓邢，出身于货郎之家，儿时父母就先后去世，由姨母陈某抚养长大，后进入梨园，以其声色独擅其名。她容貌昳丽，秉性温存，气质超俗，堪称绝代佳人。清代学者陆次云称她“声甲天下之声，色甲天下之色”。

在秦淮河畔这个地方，陈圆圆遇见了自己心仪的人，他就是明末“复社四公子”之一的冒辟疆。冒辟疆饱读诗书，又风流倜傥，更难能可贵的是他正直不阿，敢于和阉党叫板的气节，这更让陈圆圆以心相倾。

初次相见，冒辟疆就喜欢上这位名满江南的绝丽佳人，少女陈圆圆也情窦初开，他们憧憬着美好的爱情，品尝着这份甜蜜的感情。两人依依不舍地告别，相约佳期再次相见。再次相逢之时，陈圆圆刚刚经历了险遭豪强抢走的风波，惊魂未定的陈圆圆见到冒辟疆，急欲托终身于他。然而世事无常，这个时候，冒辟疆的父亲正陷于李自成农民军的包围之中，他急于回家救父，哪有心思考虑男女情爱？冒辟疆回绝了陈圆圆。或许，乱世当头，谁也没心情谈情说爱，谁也不想承担更多的责任。到此，按理说陈圆圆该死心了，可是她依然表示愿意等待。此等痴情终于把冒辟疆的心焐软了些，答应了下来，陈圆圆立马“惊喜申嘱，语絮絮不悉记”。到了第二年，冒辟疆才再去找陈圆圆，此时，陈圆圆早已被人抢走了，二人从此擦肩而过，这段缘分无疾而终。

在爱情上，陈圆圆更为勇敢，更有对危险的感悟和直觉，比起冒辟疆的前瞻后怕、犹豫不决，她要决绝多了。如果冒辟疆当时勇敢果断些，立即给陈圆圆赎身，带回家中，定会成就美好姻缘，也不耽误救父。可惜他枉费了这江南大才子的名声，在人情世故面前，思虑不周，不但辜负了圆圆一片痴情，也让自己空余悔恨。劫后余生的陈圆圆只想紧紧地抓住这份稍纵即逝的缘分，所想要的也不过是一份平淡而安稳的幸福，然而，就是这点小小的愿望也因为冒辟疆的怯懦而毁灭，被明末的风云变幻所改变。

后来，冒辟疆娶了红颜知己董小宛，但陈圆圆的倩影仍像惊鸿停留在冒辟疆的心灵。他在怀念董小宛的文章《影梅庵忆语》中说：“妇人以资质为主，色次之，碌碌双鬟，难其选也。慧心纨质，淡秀天然，平生所见，则独有圆圆尔。”从冒辟疆晚年的这段自述中，可以看出陈圆圆绝非一般美丽，他对陈圆圆一直念念不忘，文中隐隐露出内心的不安和良心上的自责。

在晚明那天崩地坼的剧变中，个人的命运往往变得被动而渺小，一个偶然的因素，不仅改变了陈圆圆的个人命运，也改变了大明朝的历史。若不是冒辟疆的父亲被义军所包围，若不是冒辟疆的优柔寡断，若不是冒辟疆救父亲耽误时间，若不是后来她被抢走送进皇宫……那么，陈圆圆与冒辟疆的爱情就是另外一个结局，也许大明的历史也会拐向另一个方向。

这份美好的缘分终就如昙花一现般，人走了，爱情幻灭了，陈圆圆的心头一片荒芜。

英雄的回归

动荡的年代，是一个英雄与枭雄辈出的时代。

关于吴三桂和陈圆圆的相识，有两种说法。一说崇祯帝最宠爱的田贵妃死后，为重新蒙宠，田贵妃之父田弘遇重金将陈圆圆赎身，欲献给当今圣上，这时恰逢吴三桂进京，在田府与陈圆圆相遇。结果是吴三桂对陈圆圆一见倾心，田弘遇为笼络吴三桂，欣然应允将陈圆圆献给吴三桂。另一种说法基本上也大同小异，说崇祯对田贵妃宠爱有加，周皇后之父周奎为替女儿争宠，花重金将陈圆圆买来，欲送宫中。其时战乱频仍，崇祯无心逸乐，圆圆在宫中三个月后又回到周府，正好吴三桂来到周府，后来的情节就与上一个版本相同了。

在这段曲折的赎身、进宫、回府、相识过程中，围绕着陈圆圆，皇亲国舅和边关大将展开了一场无声的争夺，处处是权谋机变、宫廷斗争，而对国家当前的危机却不管不顾。

自努尔哈赤起兵反明，关外清朝数十年的袭掠已经让明王朝北部边防摇摇欲坠，加上高迎祥、李自成领导的农民军起义，明朝的精兵良将已经在长期战争中丧失殆尽，最优秀的军事人才也在崇祯皇帝的猜忌和文臣党争中逐一凋零。而1641年明朝又遭遇“三百年来未有之饥荒，父子相食”的境况，内忧外患的大明王朝已经是风雨飘摇。

大明自万历中期以后，社会经济矛盾就已逐渐激化，商品经济出现了空前的发展，金钱关系和市场法则凶猛地扩展到社会和政治生活领域。统治阶级和豪强凭借权力，兼并土地，贪污受贿，生活奢华，政治日益腐败，阶级矛盾日益尖锐。虽然明朝统治阶级也认识到了这一点，并进行了内部调整改革来治理腐败，但却无法从根本上约束遏制本阶级的贪欲，只能静静地等待灭亡。

在这种大的历史背景下，吴三桂和陈圆圆在田府见面了。一个英雄，一个美人，英雄爱美人，美人倾英雄，似乎也在情理之中。

宁远战事日紧，吴三桂急于返回边关。原本也想把陈圆圆带走，但吴三桂的父亲吴襄当时在京，劝他专心作战，待战事稍松时再相聚。历史仿佛再次重演，上次就是冒辟疆的匆匆离去，断送了两人美好的姻缘。而这次别离的后果更要命，一个王朝的命运因此而改变。

1644年正月初一，李自成在西安正式建国，国号大顺，改元永昌。七天后，李自成就率领百万大军出西安，在当地船夫帮助下东渡黄河，分兵两路长驱北京。吴三桂奉旨入卫京师，从锦州过山海关跟着到丰润。这个时候崇祯皇帝自缢煤山，大明没了，吴三桂只有撤兵退保山海关。前面是在北京的李自成的百万大顺军，而后面是占领老基地宁远的八万清军，往哪里前进都会是一场注定失败的激战，此时的吴三桂已夹在了清朝和李自成的双层汉堡包的中间。该何退何进？这让吴三桂为难了。作为一个明朝的将领，作为曾经和满清打了多年仗的将领，吴三桂是不会轻易地投降满清的，他还是决定接受大顺政权的招降。

四天之后，北京城传来了陈圆圆被劫的消息，历史上便出现了“恸哭六军俱缟素，冲冠一怒为红颜”这充满戏剧色彩的一幕。吴三桂当时一听，便“霍然而起，拔剑掷案”，喊道：“大丈夫不能保一女子，有何面目见天下人？此逆贼如此无礼，我吴三桂堂堂丈夫，岂肯降此狗子！”吴三桂的暴怒是可以理解的，父亲被拷打，只是一时之苦，自有申明昭雪之时，但妻子被人侮辱，则是一世之耻，再难清洗，再投奔辱妻子之人做其下属，那无论在道德上还是在情感上都是难以接受的。吴三桂决定向李自成宣战！

事情的原委是这样的，当李自成率领号称“大顺军”的百万起义军攻陷北京后，就同大将刘宗敏等人开始了对前明官员的残酷追赃，吴三桂的父亲吴襄也在之列。为了追赃取得实效，刘宗敏四处抓捕，严刑拷打，整苦了那些没有跑掉的明朝遗臣们，北京城也随之陷入白色恐怖之中，就连百姓也未能幸免。据《流寇志》记载，在刘宗敏的鼓动和纵容下，大顺军几乎是见人就抓，见财物就抢掠，而且不分富户与百姓，稍有争执和反抗，就随意大开杀戒，与此同时，淫掠民女的事件也多有发生。更让人遗憾的是，李自成对山海关战略位置的重要性认识不足，对大顺朝的主要敌人清朝的威胁也认识不足，他竟然对山海关总兵吴三桂全家和亲属三十八人进行了拘押，吴父也被“拷掠甚酷”。更重要的是，不论是刘宗敏还是李自成，他们都不该做掠抢陈圆圆这样的事情。然而，他们确确实实地做了掠抢陈圆圆这件事。

就在这一念之间，吴三桂、李自成以及中国历史的运行轨迹也因为陈圆圆这个女子而发生了一次意想不到的逆转，陈圆圆从此便成了吴三桂降清叛明的罪魁，断送了李闯王辉煌前程的红颜祸水，让大明遗民唾骂不已。

一个小小的弱女子，似乎成为历史触角中一根敏感的神经。难道一代枭雄果真是一个敢为爱情而担负身后滚滚骂名的人？

事情并不只是这么简单。在明末清初的历史舞台上，吴三桂是个对当时局势起举足轻重作用的政治军事强人，他兵居山海关，拥有着大明最后一张军事王牌——关宁铁骑。李自成显然也意识到了这点，多次招他归降，曾“令诸将各发书招三桂”，在三月底携带四万两白银前往山海关，赏赐已经十四个月没有军饷的吴部，并再次派人“携带万两白银和黄金千两给吴三桂，并发书封侯”，同时令吴三桂父亲吴襄写信招降吴三桂。在经过一番内心的挣扎和权衡后，吴三桂决定投降李自成。按说进行了一轮政治抉择后，历史应该顺着这个方向发展，但戏剧性的是，又出现了抢劫陈圆圆的变数，这无疑给吴三桂本来就犹豫的内心以致命的打击。如果说吴三桂对李自成严刑拷明朝官员的行为心存不安和怀疑，担心李自成的招降是个陷阱的话，那么陈圆圆的遭遇则让吴三桂对李自成彻底失去了信心。问题的根源还是在于被胜利冲昏头脑的李自成和他的将领们的自大狂妄，在于大顺军的放纵。从一开始，李自成就没有一个明确的政治目标和纲领，没有制定一系列正确的治国方针和政策，进了北京烧杀掠夺纵情享乐丧失民心，这支农民军只不过是一群流寇。这么说来，吴三桂冲冠一怒为红颜，虽确实演绎了一段一个英雄的浪漫爱情，但也还有更深的前途的考虑。

吴三桂带清兵打回北京，能碰到依然活着的陈圆圆，也是他意料之外的收获。在战乱中流离失所的陈圆圆，此时见到吴三桂，几多惊喜，又有几多无奈。不管吴三桂引清兵入关的动机是什么，也不去管什么民族大义，他为她做出那么轰轰烈烈的事情，也会成为她一生唯一值得安慰与自豪的事情。

绝望的抗争

陈圆圆一路走来。

在吴三桂戎马倥偬的那些年里，陈圆圆一直紧随其左右，为他消愁增乐。但陈圆圆内心深处，一直对吴三桂抱有希望，希望他有朝一日幡然悔悟，为反清复明尽臣子之忠。

机会终于来了。

当时南明新朝廷已经控制云南、贵州、广东、广西、湖南、江西、四川七省，还包括北方山西、陕西、甘肃三省一部以及东南福建和浙江两省的沿海岛屿，清军后方的抗清力量也发动了广泛的攻势。逃到南中国的南明朝廷并不知他已经投降清朝，南明弘光政权皇帝还称赞吴三桂“雪耻除凶，功在社稷”，并封他为蓟国公，派专人将五万两白银的赏赐从海路运送给他。陈圆圆见此，就起心劝阻吴三桂弃清投明，以尽忠义之道。可惜吴三桂并不听陈圆圆的苦心劝导，执迷不悟的吴三桂谢绝了南明政权的一切赏赐。他不惜将曾是自己君主的大明皇朝置之死地，在大江南北掀起滚滚硝烟。

更让陈圆圆心灰意冷的是，当吴三桂以兵势从缅甸索回了永历皇帝，陈圆圆认为这是拥明复兴的好时机，连忙劝吴三桂趁此机会推出永历帝，对清兵反戈一击。她深切地说：“如此可成不世之功！”在这个时刻，陈圆圆能以民族国家为重，说出如此睿智大义之话，实属难得。只是可惜，吴三桂却不想放弃到手的权位重新立马横刀，最终将永历皇帝绞杀了。天下人大失所望，陈圆圆最后的一丝希望破灭。

陈圆圆，在旁边默默地看着这一切，不免黯然伤神。在她的心里，自已曾经仰慕过的英雄吴三桂渐渐地模糊了，疏远了，而今，站在她面前的，是一个利欲熏心，面目愈来愈狰狞不堪的陌生面孔。可作为一个女人，她能怎么样呢？她没有与他决绝的勇气与能力。

昆明稳定后，吴三桂将五华山的永历皇宫重加修葺，建成了平西王府，俨然就是西南边地的土皇帝。吴三桂冠冕堂皇地以王爷自居，并提出封陈圆圆为平西王妃。陈圆圆却不肯接受，她提出：“妾出身卑微，德薄才浅，能蒙将军垂爱已属万幸，实在不配贵为王妃，宁愿作侍妾追随将军左右！”

陈圆圆此举着实令吴三桂费解，别的女人争风吃醋，为的就是一个名位，而陈圆圆竟然把送上门的恩惠拱手推出。为何陈圆圆会做出这样似乎不可理喻的举动呢？陈圆圆自有她的一番苦衷。面对吴三桂日益膨胀的狼子野心，她早已深深地失望了。她很清楚，接受王妃的封赐，无疑是让那莫须有的精神枷锁更加沉重。且看她此时写的一阕《丑奴儿令》：

满溪绿涨春将去，马踏星沙，雨打梨花，又有香风透碧纱。

声声羌笛吹杨柳，月映官街，懒赋梅花，帘里人儿学唤茶。

为了自己，吴三桂不惜引外族入关，毁灭大明王朝，背弃朝廷及家人，落下了重重罪名，这一切虽然谈不上是她的过错，可毕竟与她有关，让她自感罪孽深重，哪里还有心思去做王妃。

那些所谓的“红颜祸水”，所谓的“祸国殃民”，所有的国破家亡，所有的骨肉离散的痛苦与罪名，全都倾注到了这个可怜的女子身上。王朝倒塌的碎瓦，无奈地砸破了一个女子的豆蔻年华；历史颠覆的战车，无情地碾碎了她柔弱的希望。

无声的归隐

十几年的坎坎坷坷，她惯看了人世间的沉沉浮浮，生生死死恍如过眼云烟，她对一切都已看淡。希望变成了绝望，何处能安顿陈圆圆支离破碎疲惫不堪的灵魂？

此时的吴三桂整日纵情声色，把人老色衰的陈圆圆抛到了一边。陈圆圆绝望地掐断对俗世的最后眷恋，上书吴三桂，欲出家到洪觉寺削发为尼。吴三桂也就顺了她的意，并为她修了一座寺庙，赐名“金蝉寺”。也许，这是她最好的去处了，只有在这里，她那疲惫的心灵才能在忏悔中得到一时的安宁，迷惘的灵魂才会在超度中得到暂时的安顿。

旧日繁华事尽删，春秋愁锁两眉弯。珠襦已分藏棺底，金碗犹能出世间。

离合惊心悲画角，兴亡遗恨记红颜。看他跋扈终何益？宝殿飘零碎瓦斑。

她知道，她不能阻止吴三桂，也无法安排自己的命运。她也很清楚，吴三桂如此下去将是悬崖之马，等待他的结局将会是什么？一直，她就这样静静地看着。

康熙十七年，已经是强弩之末的吴三桂在衡州称帝，国号大周，同年秋，就在焦虑中死去。吴三桂死后，叛军无首，很快瓦解。两年后，清军攻入昆明，吴三桂的一切从此结束。

当寺院智莹把吴三桂兵败病死的消息告诉陈圆圆后，陈圆圆很平静：“三十多年的冤孽债算是了结了。经过这些年，我了解到他只不过是一个表面逞强、心地狡诈，患得患失、反复无常的小人。在我的心中，吴三桂早就死了！”这一切都似乎在她的意料之中。

吴三桂死后，为了防止清军诛吴三桂九族，陈圆圆带着吴三桂的儿子吴启华及孙子等逃到了贵州的一片原始森林里面。据说那里现在已经发展为一个村落，住的都是吴三桂的后人。

还有一种说法。在一个叶落萧瑟的深秋傍晚，陈圆圆正伴着青灯古佛，虔诚诵经拜忏，突然，总督亲自带领兵丁前来查抄。陈圆圆从容走到窗前，遥望着秋水长天，双手合十，安详地跳进了池里。池塘惊起的水花犹如一个大大的惊叹号。

陈圆圆的下落，没有历史的记载，陈圆圆究竟死于何地，葬于何处，至今仍是个谜。我想，第一种说法似乎更为合情合理一些。陈圆圆毕竟是陈圆圆，她性格中的阴柔顺从决定了结局。

从被卖身到秦淮河边，到被选秀来北京，再到成为“冲冠一怒为红颜”的绝对主角，直至最后无声归隐，陈圆圆的一生虽然被命运所牵绊，在历史的潮流中身不由己随波逐流，但她也努力了以自己的魅力去影响历史的进程。可惜的是，死后墓葬难觅，芳魂不知所终，令人慨叹。

回过头，我们再重新审视明末清初这段历史时，视线就愈来愈清晰了。若吴三桂没有投清，小南明或者尚可苟延一段时间，然而以李自成之嚣张，以多尔衮之雄才大略，以小南明朝内的党争之烈，南明之亡也是指日可待的。清军垂涎大明江山已久，取而代之是迟早的事，八旗兵马早就整装待发，入侵中原，根本不需要什么通行证。吴三桂投清，不过是在明朝三百年江山这一摇摇欲坠的瘦骆驼身上，压上最后一根稻草罢了。吴三桂与陈圆圆的艳情，转移了人们的注意力，混淆了历史的视野，这些喧宾夺主的儿女情仇，遮掩了国家兴亡的真实内幕。人们过多去关注那被夸大了的吴三桂与陈圆圆对改朝换代的影响，谁还顾得上去总结明亡与李自成失败的教训呢？

一部晚明史让人心情沉重，感慨万千。在民族矛盾紧要关头，那些自诩为中流砥柱的男人们首先考虑的仍然是现实现世的利益，他们甚至可以抛弃自己的道德和人格。而一介弱女子陈圆圆表现出的非凡的民族大义，无疑给这黯淡的晚明历史带来了一抹嫣红。

铁狮子胡同里依旧寂寥，一阵风刮过，在胡同里久久不止，仿若铁狮子那长长的叹息。

风雨瓜洲

“汴水流，泗水流，流到瓜洲古渡头。”瓜洲作为千年古渡，早已卸下了历史曾经赋予的重任，安详地守在江边。

风雪初停的清晨，渡口沉寂无声，只有刺眼的白，清冽的阳光洒在稀疏的草木上。娟娟的瓜洲因为一个叫杜十娘的女子而多了一些悲壮的气质。几百年前，就在这瓜洲，一位精心盛装的女人，怀抱宝匣，纵身一跃，跳入江心。这一跳，跳出了一个弱女子对爱情的执念与对世俗的反抗，唱出了那个时代自由和爱情的悲歌，足以照亮明晚期那风雨如磐的黯淡天空。

“沉箱亭”周围是树丛和杂草，一片幽静。我侧耳倾听，好似有“哗——哗——”的船橹声传来，从容而有节奏。路的尽头有一座石坊，石坊前的石碑上刻着“瓜洲古渡”几个字，红艳艳的，好似新描过，没有一丝古意，仿佛竖在这里就是专门供人照相留念的。

因为杜十娘，我对瓜洲有了更深的尊重。

一

明朝晚期，许多城市已经有了夜生活，甚至江南的一般市镇，如杭州西湖畔、苏州虎丘、南京秦淮等，已遍布茶舍、酒馆、妓院这些娱乐场所，生活中人们狎妓娱乐已是平常事。

在这种大的历史背景下，久处青楼的杜十娘，却并没有丧失对生活的美好憧憬，饱受凌辱让她更懂得了真情的可贵。她不甘心自己的一生就在这风花雪月中荒度，“久有从良之志”。她渴求找到一个托付终身的人，早日脱离这让她饱受折磨的场所，过一种平淡幸福的生活。

生活并没有抛弃她，一个注定改变她命运的男人出现了，他就是李甲。看过了无数的追求者，此刻似乎她的幸福就要找到了归宿。殊不知，也就从这时起，命运的悲剧已悄悄拉开了帷幕。

万历朝廷要“暂开纳粟入监之例”，李甲就是众多监生中的一个。他年少风流，样子俊俏，加上“温存的性儿，又是撒漫的手儿，帮衬的勤儿”，游教坊时与杜十娘相遇，两人一见钟情，“朝欢暮乐，终日相守”。

其实以杜十娘的美貌，从诸多的王孙公子选择一位，足以衣食无忧。但是她选择了李甲，看重的就是李甲的才华和老实温厚的品行。所以当李甲“囊箧空虚”时，鸨母准备“打发李甲出院”，杜十娘勇敢地伸出了援助之手。

爱情的试探是谨慎的。她本来可以轻而易举地拿出三百金交给李甲代己赎身，但她没有这样做，她偏让李甲自己去求亲告友。看到李甲能为自己奔波，她终于下定了爱的决心。

赎身后，她并未透露出百宝箱。她不是舍不得，她只是不想也不敢在爱情的天平上再放上金钱的砝码，她想得到更纯粹一些的爱情。想到这里，我不禁感慨，多么可爱纯真的杜十娘！

杜十娘珍惜眼前来之不易的幸福，为今后的日子精心地打算着。幸福的甜蜜使她忽略了横跨在他们之间那道无形的不可逾越的沟壑，忽略了封建礼教中门第观念的巨大威力。

江水悠悠，载着十娘和李甲的小船离开塞北，已近江南，船暂时停泊在瓜洲渡。月明之夜，两人携酒具于船首，传杯交盏。但生活终于露出了它狰狞的面容。

杜十娘一直努力回避的问题以一种奇特的买卖的方式出现了。

就在李甲告诉十娘已将她转卖的真相时，杜十娘在一瞬间由九重云霄跌入了万丈深渊。眼前的李甲，昨天还笃于情义，今天却如此自私卑劣。一个处在社会最底层的风尘女子，经历了人世间的种种苦难与辛酸，只是想把自己的爱情与幸福托与一人，与之相守终身，但最终却被如此负义。这一刻，她彻底看透了世态炎凉与人情冷暖，彻底看清了封建礼教把持的罪恶社会。

再做最后的努力吧。

即便在人银交易兑现时，她也还未放弃最后一丝希望，她还“微窥公子”。她是想看看李甲对自己还有没有念想，如果李甲能透露些微的后悔之意，或许事情还有挽回的可能。一切的忐忑，一切的希冀，终于被无情地抛洒。

没有什么可以留恋的了。绝望后决然一跃。抛弃这肮脏的世界吧，在另一个世界里让自己的灵魂得以自由！杜十娘，始终没有逃离封建礼教对人性的毒害和摧残，逃不了金钱和利益对人间真情的践踏和迫害。

一代名妓杜十娘在这瓜洲渡口香消玉殒。

二

提起这出爱情悲剧，人们往往会把所有的指责和不满一股脑儿地倒在李甲的头上。若不是李甲负了杜十娘的一片痴情，悲剧何以发生？在人们眼中，李甲便成了罪魁祸首了。想想的确如此，若不是李甲转卖十娘，这悲剧也不会来得这么迅速突然，李甲确实要负直接的责任了。

李甲虽出身官宦人家，但他并不是人们眼中通常意义上的纨绔子弟，是就读国子监的监生。明朝建立后，依元制在京师设国子监作为高等学府，其为当时世界上规模最宏大的国立大学，贵族、官员子弟及各地送考的优秀学生都在此就读。国子监对监生的思想行为、学习生活管束极严，立有严格的校规。明成祖以后，监生直接做官的机会越来越少，却可以直接参加乡试，通过科举做官。

李甲“年少风流”，又在国子监学习，应该是有一定才华的。再加上他样子俊俏，“温存的性儿，又是撒漫的手儿，帮衬的勤儿”，杜十娘遇见他，自然是一见倾心了。否则，李甲若只凭俊俏的模样，久经风尘且心气又高的杜十娘是无论如何也看不上眼的。只是后来李甲没有取得功名，才返乡回家。

在京城，李甲遇见了杜十娘，他“迷恋十娘颜色”，对十娘他还是有真感情的。他“忠厚志诚”，是个比较老实的读书人，不然他不会为了给十娘赎身到处求亲告友，也不会因没有借到钱而羞于回到十娘住处，当为十娘赎身后，他还准备和她一起返乡回家。

船行瓜洲，李甲在空间上离父亲越来越近，社会伦理和父亲的潜在压力也越来越大，而十娘的一腔温存怎么也无法抵御他对父亲的恐惧。正好此时孙富对他晓之以“礼”（封建礼教），动之以“钱”，处处好似为他着想考虑，他原本就十分虚弱的心理防线便不攻自破，孙富一席话、一千金，就让李甲将所有的情义、公理、良知和感激统统弃而不顾，最终将十娘和她的美梦一并埋葬。

门第观念、三纲五常等封建伦理，就如一张无形的大网，死死罩住了杜十娘，让李甲没有勇气接受爱情，没有胆量斗争。那个社会中，他们这对无媒苟合而私奔的男女，为当时礼教所不耻，为当时社会所不容，“不堪继承家业耳！”众叛亲离的滋味，漂泊无依的生活，穷困潦倒的日子，功名前途也将化为乌有，想到这些李甲不寒而怵。

明朝万历年间，资本主义萌芽出现，商品经济迅速发展，金钱在实际生活中的地位日见凸显，这冲击着传统的价值观念和思想意识。一方面是封建伦理的压力，另一方面是金钱的诱惑，李甲在那一瞬间的抉择上发生了动摇，求功名已无望，对生存又心生恐惧，顿而见利忘义，转卖了十娘。

李甲不过是封建社会的一个知识分子，他走的是一条传统的符合儒家思想的人生之路，他“自幼读书在庠”，接受“修身齐家治国平天下”的教诲，是一个受过严格正规封建教育的读书人。长期封建文化的浸泡，造成了他的软骨头和寄生性。李甲不敢与他赖以生存的宗法伦理制度决裂，最终毁了自己的幸福，也葬送了杜十娘的一生。一时安易，长安不易。但凡读书人，只知寒窗苦读，一心只想考取功名，仕道是唯一的出路和生计，但是，真正可以金榜题名的又能有多少人呢？整日“之乎者也”，以至于手无缚鸡之力，不懂世故，不识农耕，不事工商，竟无生存的技能和空间，只好依附家族亲人，靠人接济度日。所谓“仗义多是屠狗辈，负心每是读书人”，读书人虽然深知礼义廉耻，却没有养活自己的能力，寄生于社会，从而也失去了为人的品格，由软弱而生出自私自利，这是人性使然。

三

孙富，另一个日益强大的社会力量。

船行瓜洲，李甲遇见孙富，孙富是这场悲剧的推波助澜者。

孙富，盐商的儿子，家里富有钱财，“生性风流，惯向青楼买笑”。他的船也停在渡口边，他无意间看到十娘的美色，便起了歹心，打起了心中的小算盘。

传统的劳作生活内容，无非就是男耕女织。自明代中期以后，生活的内涵已不仅仅是耕织，而是扩大到包括商业买卖。明朝人已经将商业买卖视为一种“治生”的合法手段，甚至是致富的手段。即使皇帝下发的劝农力农的诏谕，也鼓励农民在农闲之余，去忙一些其他的治生。到了晚明，齐家之道也发生了根本性的转变，许多家长已不再讲过去所一直奉行的齐家之道，而是转以治生为急务了。那些孙富之流的所谓读书人，正如明末清初著名思想家王夫之所言，对于写书或者读书，已不再抱有一种经济天下的责任感，而仅仅是持一种“玩”的态度。

明代社会已出现早期的资本主义萌芽，孙富就是这样一个盐商。“以利相交者，利尽则疏”，金钱的地位日渐凸显。到明代中期，社会生活的多样与新的社会风尚的形成，使社会生活已显然不同于传统儒家礼教所规范的社会生活，许多领域都受到了商业精神的渗透。明人陶望龄曾言，“越中人家，但有几贯烂钱，即起自舆台明侩，亦与为好”，古朴之风在商品经济相对发达的江南地区，已是荡然无存。

在孙富眼中，杜十娘只不过是一个随时可以转卖的货物而已，没有金钱办不到的事，夺得如此美色，应该是胜券在握了。对待李甲，孙富是下了心思，且看他与李甲的一番对话，他一边拿起封建伦理的法宝，恐吓懦弱的李甲，另一边又视金钱为万能钥匙。他看似“字字珠玑”，处处为李甲考虑，其实从头至尾不过是想用一千两银子，想将杜十娘当作货物买过来，思想实质是金钱主义。

然而事情的发展出乎了他的意料，他没想到遇到的是如此刚烈痴情的女子。一个如花似玉的名妓，义无反顾地投江葬身鱼腹。杜十娘纵身一跃，孙富的美梦也随即破灭了。

四

几百年前，瓜洲古渡边的这场疾风骤雨，早已被历史的风尘翻卷而走，随即而来更大的历史风雨也已湮没在时空的洪流之中。

杜十娘的悲剧是无可避免的。在那样的时代里生存，即便没有李甲，遇到的是赵甲王甲，十娘就能过上幸福生活吗？即使没有孙富，也可能遇到李富张富，即便李甲一次、两次不动心，三次、四次呢？即便十娘最初就告诉李甲百宝箱的存在，我想，李甲也只不过可能多与她苟且漂泊一些时日，他们最终要面临的现实阻力依然存在。也许杜十娘明白了，才有了这绝望后的决然一跃。

这一出爱情的悲剧，不仅仅是杜十娘的个人悲剧，对于李甲而言，也是一场悲剧，钱财已经散尽，功名又化为泡影，爱情又成为李甲一生的愧疚。而且，十娘的纵身一跃，对于孙富来说，又何尝不是美梦的破灭？明朝资本主义萌芽已经出现，金钱的力量日益强大，孔孟之道、程朱理学在金钱面前节节败退。可是，自以为金钱万能的孙富战胜了封建的权威，却并没有战胜爱情和自由。想到此，我对杜十娘充满了敬意，也对晚明的历史多了些许期待。

一个社会，每个人追求的梦想都化为泡影，这对于这个时代来说，难道不是一个大而深的灾难？这是社会的悲剧，是大明王朝的悲剧。

如今，人们的物欲在极度膨胀，道德底线一次又一次地被突破，物质成了当代爱情的砝码，拥有纯真的爱情似乎了成了一种奢望。为什么时光已流逝了数百年，现实还躺在历史的怪圈里？我期待着民族的内省，期待着现实以一种从容的方式去解开这历史的怪圈。我们，无论男女，至少要有杜十娘的勇气吧！

江水缓缓向前流淌着，我的目光落在石碑上那鲜红的“瓜洲古渡”上，作为那段悲剧爱情和瓜州风风雨雨的见证，它历尽沧桑。我不禁蹲下身来，想拂去蒙在它上面的数百年风尘。

走出地坑院

对于地坑式窑洞，我一直抱有浓厚的兴趣。

这种地下窑洞，既保持着北方传统四合院的格局，又具有陕北窑洞凿岩而居的特点，它融合了两者的优点，便形成了舒适的地下庭院——地坑院。

如果说北京的四合院体现了中国传统文化中“天圆地方”的哲学思想，陕北的窑洞是“天人合一”观念的产物，那么坐落在中原黄土高原地带的地坑院又隐含一种什么样的人生思考？它在中国传统文化中的地位和意义又是什么呢？

一

车子翻过了一道山梁，又闪过了一个峁岭，条条沟壑在高原上纵横交错，顺着坡势向远处绵延起伏。走了好半天，也难得遇见一两个行人，给这旷远的黄土高原平添了些寂寥。2012年的初春，我们要去探寻的地方便是河南省陕县庙上村的地坑院。

眼前的庙上村一大片空旷，树木掩映间，只依稀听到人言碎语，却不见村舍房屋。循声我朝下望去，脚下就是一个地坑院。原来这是从平地凿坑向下，挖一个方形大坑，作为院子。然后在坑的四面墙壁上挖洞而居，每面墙多则三孔窑洞，少则一孔。站在上面看，是一个地坑，也是一个天井，所以地坑院也叫天井窑院。

眼前一条曲坡小径，正是进出地坑院的通道。这是一条用砖石铺成的小石阶，我顺坡往下走去，过了一道院门，便来到了地坑院。午后的阳光煦暖而不张扬，虽是正午做饭时间，但却很少听到人声，周围一片静谧，静谧得如一方远离尘嚣的世外桃源。

我环视四周，每孔窑都有两三个窗户，门窗的装饰古朴典雅，木头做成的窗格，贴着窗花，门的下边画着各种图案。听同行的人讲，这几眼窑的居住都是很有讲究的。按人口的辈分和用途，依照传统的八卦方位，有主窑、客窑、厨窑、茅厕窑等。面南的窑洞为上，和中国官衙建筑面向是一致的，这是长辈的居室；东厢窑为厨房、库房；西厢为儿孙辈的住房；南面的上孔为门道、水窖，下孔为厕所和牲口圈。整体看来，就是一个四合院的布局。这样，同一个院内，数孔窑洞，可住上几代人。朴实无华的地坑院，体现了中国封建制度的家庭礼制与尊卑关系，承载着许多儒家的文化气息。

地坑院凹在下面，那生活排水如何解决呢？听旁边一个人给我解释，地面上排水，就是在地坑院的上部边沿砌起一米左右的墙，叫拦马墙，可防止雨水灌入，也可防人畜失足落入院内。而院子内的雨水，则是在院内四周走道的中间，向下挖一个浅坑，再在偏角挖一个窑井，让雨水排进去，慢慢渗入地下，还可供牲畜饮用。人的饮水，则是在门洞窑旁挖一个侧窑，向下打井取水，也或者利用通道将地面上的雨水引入用胶泥钉过的蓄水窑。这种完整自足的排水系统，在这干旱的黄土高原上解决了人们生存必须的饮水问题，在建筑上不能不说它巧妙与智慧了。

简单而古朴的家什，在窑洞里静默着。每个窑洞一进门靠窗的一边是用土坯垒成的土炕，上面铺着粗布床单，油漆的木箱和柜子上，漆印的花有些暗淡剥落……穿梭在五个独立而相通的地坑院中，看到的是大致相同的结构，差不多的生活家什，身处其中，犹能想象当年人们在其中劳作生活的情景。

晨曦微露，公鸡开始了第一声啼叫，这小小的一方地坑院也渐次有了响动：吱呀的开门声，唰唰的扫地声，噗噗的烧火声音，“什么时候了，还不起床啊，太阳都晒着屁股了！”大人提起高八度的嗓门喊着还在赖床的孩子的声音……然而在这个时候，站在院子里是根本看不见太阳的，能看到的永远都是那四四方方的一块天空。村子的上空，袅袅升起一缕缕淡淡的炊烟，晕染着稀疏的树木与沉静的旭日，给这村子平添了许多生动。

早饭毕，人们把牛牵出窑洞，架子车紧跟在后面，顺着地道，走出窑院，他们继续在赖以生存的那片土地上耕耘着希望。傍晚，收晌了，村子里也从暂时的喧嚣渐渐归于静谧。就这样，黄土高原土窑里的人们与黄土相依相偎，白天，他们在土地上辛勤地耕耘着生活着的希冀，晚上，又在大地的深处安享着一份恬静。

忙碌了多半年，最让人惬意的日子莫过于蛰伏的冬日了。没了农事的繁忙，家人在温暖的地窖中守着时光。就是有太阳的时候，人们也懒得走出窑院到上面晒晒，搬把椅子，在四四方方的窑院中，撵着太阳，早上靠在西墙根儿，晌午一过就又搬到东墙根儿晒暖。一天天一年年地过来，这片黄土高原上的人们就这样守着土地，守望着田园，顺应着天命，企盼着年年风调雨顺。

对于土地，人们始终是怀着近乎虔诚的心态的。一年四季，春夏秋冬，风来雨去，日晒汗浸，一日复一日，一年又一年。一户人家，只要一个人或几个人，再加上一头牛，就可从春耕到夏忙再到秋收。人们守着这片土地，不管贫瘠还是肥沃，从不抱怨，从未离开，一路走来，生生不息。就这样，农耕生活从时光中一天天地从容走来，走着走着，就走成了一部辉煌的中华民族农耕文明史。

杂物窑里，挂着几把锈迹斑驳的锄头和镰刀，两三辆破旧的纺车上还挂着线头，一架佝偻着身躯的织布机，半匹棉布凌乱地挂在上面。再朝后面走，是屯粮的地方，几张竹席围成的一个圆圆却空荡荡的粮囤，旁边是一字摆放的几个大小不一的量斗。

这些曾经焕发过生命活力的农具器物，而今，被置放在这里，只供游人参观了。只是，大多人来到这里，只会用充满疑问与好奇的目光打量它们。在日益浮躁的今天，传统农事距离都市生活已很远了。

如此院落，生活设施一应俱全，寻常日子里，柴米油盐，吃喝拉撒，春种秋收，婚丧嫁娶，迎来送往，繁衍生息，等等，有此一院足矣。这凹在地下的窑洞，一个个聚集起来，就是一个地坑院村子了。广则星罗棋布，蔚为壮观；小则曲径通幽，一院一个世界。

我走进一间间的地坑院，看着这种古拙、朴实、深厚的建筑，抚摸着刻满岁月褶皱的黄土塬壁，这一孔孔窑洞，就如历史老人那深邃的目光，沉默不语。先秦时的《击壤歌》中有云："日出而作，日入而息，凿井而饮，耕田而食。"就描述了这样的乡村闾间人们的农耕生活。谁知这首歌，一唱就是几千年，恰如一部厚重磅礴的歌诀从远古吟咏而来。它总是给人以希望而不是绝望，给生着活着的人们以持久的温暖与力量。

二

行走在地坑院中，穿过一个个地道，又走过一间间窑洞，我感到一阵阵寒意袭来。初春的窑院中，微暖的阳光是穿透不了这一方厚实的黄土的。

庙上村的地坑院有二百多年的历史，地坑院长期存在并被延续使用至今，这不能不让人为之感叹。这其中也自有它的道理，比如：它因地制宜就地取材，即有防风隔音冬暖夏凉的功效，又经久耐用抗压防震；黄土高原是旱塬，地下水位一般都在百米以下，当地居民便将雨水收入水窖作为人畜饮水的水，这是面对恶劣自然环境的一种生存方式；更为重要的考虑是避难，当时社会动乱不安，地坑院则成了一种更为隐蔽的居住方式。

自然环境与社会因素迫使人们如此智慧地生活图存。20世纪一位叫鲁道夫斯基的法国人考察了陕县的地坑院后，在他的《没有建筑师的建筑》一书中，称地坑院为人间奇迹，称这种窑洞式建筑是“大胆的创作，洗练的手法，抽象的语言，严密的造型”。地坑院，成了中华民族漫长发展史中刻在黄土大地上的一个深深的印记。

地坑院就这样静静地凹在黄土高原上。黄土高原土质结构十分紧密，这不仅为中华民族的繁衍发展提供了种植农作物的丰厚土壤，还解决了农耕人民的居住问题。陕县有东凡塬、张村塬和张汴塬三大塬区，并且在此周围还发现了一些仰韶文化遗址。而仰韶文化时期，正是人类穴居文化的成熟阶段。从古代的文献记载中，我们也可以寻找到窑洞地坑院的渊源。《黄帝内经·素问》中记载：“往古之人居禽兽之间，动作以避寒，阴居以避暑。”《易·系辞》中记载：“上古穴居而野处，后世圣人易之以宫室。”《墨子·辞过篇》也记载：“古之民，未知为宫室时，就陵阜而居，穴而处。” 由此可以看出，陕县的地坑院，无疑是人类穴居文明时代的延续。

在窑洞里待得久了，我感到一种莫名的压抑。这里未免太沉寂了些，沉寂得总让人觉得缺少了点什么。窑洞里，除了一两方小小的窗户，其他全是厚厚的土壁了，视觉与听觉就被土壁生硬地隔断了。有些剥落的墙壁仿若神秘的目光，让人瞬间跌落到一种深邃和遥远中。穹窿似的窑顶从上面紧逼而下，令人压抑，甚至有种近乎窒息的感觉。

急忙出了窑洞，我抬头望望上方，也只能望见小小的一方天空，这方多少年来一成不变的天空。我的目光试图看到更远更蓝的天空，可是院子上方边沿的拦马墙无情地切断了我的视线。我有一种井底之蛙的感觉，很强烈的。

在这一方小小的地坑院，人们聚族而居，男耕女织，吃苦耐劳，精耕细作，自给自足，自得其乐。这样的农耕生活，使人们的目光整天囿于头顶那么一小片的天空，春夏秋冬中只关注着自己的“一亩三分地”的收成，渐渐满足于“二亩地，一头牛，老婆孩子热炕头”的生活。这种农耕生活长期积淀在人们思想意识深处的狭隘、保守等特质，无形地禁锢了人们的思想，也局限着他们的眼界。

想起地坑院严谨的布局，精巧的构思，隐秘的地形，这些无一不是自觉不自觉地体现了他们思想深处内敛保守意识的根深蒂固。可以这样说，地坑院的存在，在一定程度上，其实就是一种农耕文化内敛思想发展到极致的表现，这在历史的发展中渐渐无形禁锢了人们前进的脚步。

连在一起的五个地坑院犹如迷宫一样，我们穿梭其中，半天才找到出口。霎时，眼前豁然开朗。放眼眺望，远处的高塬紧依着天边不断向远处蔓延，春风轻拂，田野里到处弥漫着初春的气息，驱散了刚才在窑院里的寒意。

走出地坑院，沿着村子北边的小路往回拐，路两旁有十几个地坑院，但大多都已被废弃了。有一家地坑院已经成为圈养牲畜的院子了。站在拦马墙边，望向院子，一棵几乎要枯死的树桩上还系着一头牛。那头牛一听到上面的响动，就抬起头来朝上面望了望，目光里似乎流露出很多落寞，随即又昂起头，朝天空“哞——”地长叫了几声。

荒乱的杂草疯长着，斑驳的墙皮早已剥落，倒塌的窗棂，还依然在坚持着往昔生活的痕迹。这些地坑院，建筑艺术里的鲜活标本，在时间的长河中，就这样渐渐被风化、遗弃，直至消失。

三

听朋友说，直到20世纪90年代以前，庙上村所有的村民还都安居终老于此，但随着两三户人家搬出地坑院，整个村庄就开始蠢蠢欲动了，终于在20世纪末，形成了搬离高潮，如今仍然居住在地坑院里的，基本上都是老年人和无力在地上建造新房子的人了。

“尤其是年轻人，电视网络的普及，使他们对外面的世界有了更多的了解，他们大多都不愿意住地坑院，说每天一到下午整个院内都灰暗暗的，手机网络信号不好，通风也很差，就连买的拖拉机和汽车，都无法开进地坑院内，非常不方便。如果继续住地坑院，将来娶媳妇都是非常困难的了。”“那现在陕县的地坑院每年消失的多吧？”“当然了，现在在整个陕县境内，每年都有数百个这样的院落逐渐消失。”朋友感叹道。

黄河孕育了华夏文明，而地坑院则是黄河两岸先民们繁衍生息的温床。如今，这种内敛保守的生活方式，在现代文明的强力冲击下，正进行着尴尬的生存挣扎。这恐怕也是历史发展的一种必然了。想到此，心头的遗憾在不经意间已渐行渐远。

路过一家还不算破败的地坑院子，我们正揣测着这里有没有人住的时候，从窑洞里走出一个二十多岁的姑娘，她或许是听到了响动，才推开门出来看看的。她朝上瞟了我们几眼，便转过身进窑，随手关住了门。或许是这里经常来人参观地坑院，她早已习以为常了，也或许是她根本不屑于顾头顶上面的这个世界了。我在心里，默默地为这个姑娘祝福着。

向北望去，是一座座矗立在地面上的砖瓦房子。这些就是搬出地坑院的人家。几个孩子正骑着自行车追逐玩耍着，有几个老人靠着墙根儿吸着旱烟，正在聊天晒太阳呢。村子西边角落的水池旁，有两个中年妇女正在洗衣服，几辆小车缓缓驶进村子的巷道，后面扬起了一阵烟尘，两个妇女回头看了看，不知又嘟囔着什么，目光中流露出更多的是羡慕的神情。

这就是我想象中的村子应该有的景象。出了门，与邻居招呼问个好，有时做饭缺盐少醋，只要朝院墙那边招呼一声，就会有人来救急。农闲时，饭后茶余，几个妇女们坐在门墩上纳着鞋垫子，说笑着，东家长西家短的……这所有的一切就如村子的一翕一张的气息，让村子充满生气，焕发着鲜活的生命力。

地坑院是黄土高原独具特色的一种民居，也是人类穴居发展演变中的实物见证，蕴涵着丰富的文化内涵，在农耕文明的发展过程中，曾经推动过历史的进程。它昭示着人们在自然灾难面前的一种自我保护的智慧，虽说它表现了一种保守，但没有古老的保守就没有开放的未来。

今天，面对工业文明的发展与冲击，古老的地坑院发生沧桑巨变，渐渐离我们而去，这是必然的历史趋势。而现在抢救保护地坑院，是有其重要的意义的，是对古老文明的一种纪念，更是对未来文明的一种召唤，

走出地坑院，是一种勇气，它不仅是一种形体上的空间转移和视野上的自我拓展，更是一种意识上的自我解放。走出了地坑院，人们的生活视线才不会长期囿于一个自我封闭的狭小空间里，才会真正与整个大地的脉搏一起跳动，真切地感受到时代的气息，与时代的发展同步。

走在地坑院上方的地面，我们走在了一个豁然开朗的世界，心头那份压抑窒息的感觉早已消散得无影踪了。

我们驱车径直离去。

寻根铸鼎原

一种宿命的召唤，更是因一种千丝万缕的牵绊，我踏上了灵宝市阳平镇的铸鼎原。

最近几年，我一直在他乡的土地上不停地跋涉寻找，我曾走访过远古的牧场、寂静的寺院，也曾漫步在苍凉的雄关漫道，沉醉于江南烟雨的风情……我在游历中找寻着历史文明的碎片，感受着这些碎片所散发出的隐秘历史古韵和所承载的文化积蕴。而今天，我脚下的这块土地，这块积淀了厚重文化，充满神秘色彩的土地，竟是孕育了这些文明碎片的源头所在，竟是中华文明的发祥地。它却一直被我冷落着——我只是知道名字而已。想到此，我内心的不安无可言喻。

铸鼎原是夹在荆山和黄河之间的一块富饶之地，西有关子沟，东有阳平沟，岗峦起伏，土地肥沃。它是中华文明始祖轩辕黄帝铸鼎祭天、奠定邦国、驭龙升天的圣地。《史记·封禅书》载：“帝采首山之铜，铸鼎于荆山下，鼎成崩焉……其臣左彻取衣冠几杖而庙祀之……”铸鼎原得名便是由此。

久违的先民，我来了。

座座高塬

车子穿过复古的角门，一座古建筑群便闯入视野，在眼前蔚然高耸，这就是灵宝市阳平镇的荆山黄帝陵了。我不觉肃然起敬。

黄帝陵四周苍柏郁郁葱葱，空荡寂静，庄严肃穆之中隐隐透露出几多苍凉。我沿着九十九级9.9米宽的台阶拾级而上。在中国传统文化中，数字九被赋予特殊的意义。《素文》中说："天地之数，始于一，终于九。"九为数之极，被称为"天数"。《史记·武帝纪》中说"禹收九牧之金，铸九鼎，象九洲。"九鼎便成为传说中一个国家最重要的传国之宝，并留下了"一言九鼎"的成语。"九"又与"久"谐音，由此演化出"神圣"之意，受到历代帝王的青睐，他们常借用"九"来象征他们的统治地久天长万世不变，人文始祖轩辕黄帝的祖庙这一建筑中体现这点就不足为奇了。

台阶东边有一个碑亭，亭下放置着《轩辕黄帝铸鼎碑铭》碑一通，碑高2米多，宽将近1米，八字竖排，碑的两边饰有浮雕盘龙。该碑碑铭并序共137字，是唐虢州刺史王颜撰，华州刺史兼御史书，唐贞元十七年而立置。这是全国迄今发现的记载黄帝功绩的最早一通碑刻，较桥山皇帝碑铭还早八百年。这块碑一直守着铸鼎原，虽历经千年风雨的侵蚀，却依然巍然于此，它在无言的沉默中，见证了这里悠久而沧桑的历史。如今，它已成为研究黄帝文化的稀世珍品。

午后的阳光斜照在碑亭上，亭旁的松柏一一静默着，旁边干枯的芦花随风飘舞。周围横卧在高原上的这么一簇那么一拥的村庄，慵懒安静地晒着阳光。苹果园子里，不甚寒冷的空气中，还弥留着淡淡的果香。秋日的黄土高原，显得更为空旷寂静。

我站在高原上遥望远方，祥瑞氤氲，气象万千。南边，是巍峨的秦岭，层峦叠嶂迷蒙在天色之中；北边，是滔滔的黄河，若一条涌动的黄练向东奔去，仿若铸鼎原的天然屏障；东西两面是座座连绵起伏的黄土塬，如滚滚江河，奔腾而来，又汹涌而去。深秋的黄土高原在阳光下裸露着坦荡的胸怀，条条沟壑丘陵漫延纵横，各种植被也渐已消隐了生命的色彩，黄土的颜色主宰了这里的一切，无限沧桑在眼前铺陈开来。

至少在六七千年前，脚下这片广袤的黄土地还湿润肥沃，地域雨量丰沛。它南依崇山峻岭，中间河源间列，“草木榛榛，鹿豕狉狉”，森林茂密，植被丰富，是动植物繁茂的区域，为原始农业发展提供了较完备的条件。背靠秦岭夸父山之惠，黄帝带着他的臣民们在这里得傍水之利，刀耕火种，劳作生息，捕鱼捉虾，狩猎采果，休养生息，逐渐超越了狩猎和采集经济阶段，进入以种植业为基本方式的农耕时代，强大的部落逐渐形成了。

大自然的恩惠是文明最初发展的催生剂。大约在一万八千年以前，地球结束了冰河期，气候逐渐变得温暖潮湿。西亚和蒙古高原吹来的季风，在这里遇到了秦岭山脉的阻隔，风速减弱，黄土急剧下沉，年复一年地堆积在盆地中，渐渐覆盖了黄河中上游区域，便形成了我脚下这片广袤的黄土原。台阶层层叠叠，数百条山涧小溪从秦岭深山汇聚而出，沿着黄土台阶间的缝隙流向黄河。在黄土原的山前地带，日积月累，冲积出了一条东西长七百多公里的世界上最广袤的沃土地带。它大体以黄河中游的河南、山西和陕西交汇处为中心，西到甘肃境内的渭河上游，东至新郑。黄沙黄土的堆积和河水泛滥淤积的淤泥，为农业的诞生和发展奠定了基础，更为黄河文化的发育创造了一个温馨适宜的摇篮。

当世界各地大都还处在蒙昧状态时，我们的祖先就已在这片广阔肥沃的黄河两岸耕作生息，在劳作中创造着最初的文明。他们创造的灿烂悠久的彩陶文化，影响到东西南北逾千里之遥的地域。从此，华夏民族逐渐摆脱野蛮愚昧的束缚，文明从这里孕育发展。想到此，我不禁端详着脚下的土地，平常得不能再平常的黄土地，五千年的时光，沧海桑田，可我依然能清晰地感觉到，当初文明孕育而成的艰辛与喜悦，诞生的艰难与繁衍的幸福，都一一在这片黄土地的深处沉默不语。我突然感觉自己的脚步好轻，好轻。

远古的先民如此智慧地选择生存的环境，固定的水源和沃土，为起码的生存生活创造了必要的条件，也为以后农业的发展提供了最适宜的条件。与世界其他主要古文明一样，中华文明也发源于容易生存的河川台地附近。在那一时期，西亚的两河流域、北非的尼罗河流域、南亚的印度河流域先后相继出现农业集约地区，植物驯化、动物驯养获得显著成就，人口迅速增长，文明的产生也在情理之中了。

听一位老家在铸鼎原附近的朋友告诉我，他发现铸鼎原附近的土质和别处的很不一样，在铸鼎原，一些残枝败叶埋在土里极易腐烂化土，而别处的土壤却需要很长时间才能把树枝之类的杂物腐烂。所以，他家里养花，就专门回老家挖上两袋子泥土，用这些土养花，花易生长且长势特好。听到此，我若有所思，只是微微一笑。

初秋的骄阳在铸鼎原的山水间蒸腾出一片淡淡的雾霭，脚下的泥土中，是华夏先民的村落。我踏访的脚步声，仿佛与祖先劳作的声音彼此相闻。

开疆拓土

那个时代，部落间的交往不断扩大，已经形成了一些部落集团，这些部落集团为了寻找更多的生存环境，就不断向四周迁徙发展，部落间也就形成犬牙交错的分布局面，彼此间经济文化不断发生交流融合。但为了生存和发展，部落间又经常发生矛盾冲突，征战不断。

阪泉之战就是华夏族内部的第一场较大的战争。《汉书人名考》中记述："炎帝欲侵陵诸侯，诸侯咸归轩辕。轩辕乃修德振兵，治五气，艺五种，抚万民，度四方，教熊、罴、貔、貅、虎，以与炎帝战于阪泉之野。"阪泉之战先后进行了三次，黄帝打败了炎帝部落。在皇帝的劝说和感召下，炎帝部落北迁归服了黄帝，战争的胜利者和失败者成为一家，继续在脚下这片黄天地上耕耘发展。从此，黄帝领导的部落集团逐步强大起来了。

然而战争并没有结束，一场更大的考验已迫在眉睫。在黄帝刚登上中央天帝大位之时，居住在黄河下游的九黎族首领蚩尤就率众西进涿鹿城下。九黎族是一个相当庞大的部族，他们英勇善战，首领蚩尤通晓天道，精明强干，长于战事，史书中也把他描绘成超乎凡人的神明。凭着强大的武力，蚩尤不断向四邻扩张，当时黄河中游，一个以榆罔为首领的部落在受到蚩尤侵扰后，向黄帝求援，于是就引发了黄帝与蚩尤的涿鹿大战。

决战开始了。蚩尤的军队势如破竹，黄帝就主动向北引退。就在此时，天气突变，刹那间，只见战场上天昏地暗，狂风大作，飞沙走石，让人晕头转向。黄帝见此，在玄女族的支援下，赶紧命令士兵吹响号角，击震鼙鼓，乘势向蚩尤族发动反击。习惯在浓雾潮湿环境下作战的蚩尤部落，遇此情况，众乱震悚。正好，中原的黄帝部落习惯于在北方气候环境下作战，趁此机会，黄帝立刻下令推出指南车，指南车在狂风中东拐西转，后面的部队紧随不舍，在漫天风沙中冲出一条希望之路，迅速向敌军反击。黄帝巧妙利用有利天时条件，果断进行反击，凭借智慧的战略战术一举取得了战争的主动权。

而蚩尤一见，也不肯就此罢休，就出动了他的特种军队——一个个青面獠牙、铜头铁臂的士兵狂叫着杀来。黄帝见了，就赶紧命令放出他早已训练好的一大批虎、豹、熊、罴等猛兽。这些猛兽一见蚩尤的那些装扮成野兽的士兵，以为见了同类，不由分说便扑上去猛咬起来。再凶悍的士兵也经不住猛兽的扑咬袭击，他们一个个吓得抱头逃窜。黄帝趁机进攻，军队主力排山倒海似的向蚩尤压来。蚩尤军抵挡不住，纷纷败退……蚩尤尽管兵力雄厚，兵器装备优于黄帝，但连年对外扩张，已预先埋下了失败的种子。在战争中，蚩尤又缺乏对气候条件的应变能力，缺乏大规模反击的抵御准备，因而最终遭尝败绩，丧失了控制中原地区的历史性机遇。

上智伐谋，下智伐勇，“凡变之道，非益而损，非进而退，首变者凶。有义而仪则不过，待表而望则不惑，案法而治则不乱”（《黄帝经·称经》）。黄帝在这场战争中能够做到：上用天时，因天之杀以伐死；下用地利，因地之险置敌于绝境；中用人和，只杀蚩尤而不伤黎民。这些无不体现了黄帝在军事方面所具有的非凡韬略。

涿鹿战后，黄帝乘胜恢复中原。黄帝得到了中原各部族的拥戴，一时声威大振，被诸侯尊为中原共主。涿鹿之战有力地奠定了黄帝部落据有中原地区的基础，并进一步融合了各氏族部落。

涿鹿战后，黄帝带领先民们修建房屋，耕作养息，在劳动实践中不断创造发明，社会生活展现出一个新的面貌。黄帝知人善任，善待下属，以仁德感召天下，华夏民族从此蓬勃发展。而蚩尤呢，性格暴烈，崇尚武力，又专断跋扈，如若涿鹿之战蚩尤获得胜利，那么华夏民族的历史说不定将会改写，那天下将是另外一种不可想象的情景。退一步想，即使战后我们民族在蚩尤的统领下，得到一定的发展，也恐怕是在暴政之下，不能久矣。残暴好战的统治就如空中楼阁，乍看起来辉煌夺目，但它失去了民心这一统治得以长久的根基，那么它的倒坍就成了历史的必然。

战争是残酷的，充满了血腥和牺牲，但文明就是在血与火的考验中涅槃。仰望气势恢宏依岭而建的古建筑，“荆山黄帝陵”烫金门额赫然在目。怀着一种朝圣的心情，我拾级而上，穿过大门。迎面是一字排开的天地人三尊大鼎，这三鼎分别代表着天仙、地神和祖宗。天鼎和地鼎上铸有代表天地万物的原始文字符号，人鼎上刻画着寄寓人之源的飞禽走兽和众人手舞足蹈的祭祀活动场面。面对着这三尊高大的天地人鼎，华夏文明的浓厚气息扑面而来。那简洁的画面和质朴的线条，寄寓了黄帝与先民们对大自然的敬畏与向往，更显示了那个时代他们创造的丰富而智慧的生活的痕迹，文明就是在这里萌动着力量，破土而出的。黄帝率领着自己的部落辛勤劳作，开疆拓土，创造出那个时代的物质文明和精神文明，实现了中华民族历史上第一次大融合。功成铸鼎，置于祖庙，象征了权力、尊严和江山稳固，象征了黄帝掌权合天意、地望与人心。鼎有多大，就能养有多少人；鼎有多高，就能蓄下多少水；问鼎中原，就是集权于天下。高原铸鼎，光芒四射，惠泽万世。

径直来到了黄帝庙，只见庙内威武庄严的黄帝居中端坐着，平视着前方，眉宇间透露出英气与睿智，两旁站立着左彻、风后等几位大臣。

我知道，这座黄帝庙，不知凝聚了多少海内外炎黄子孙的心，每年，有很多人都要来这里寻根祭祖。而今天，我来于此，也莫能例外。这片厚重的沃土，每一寸，都浸透了先民们辛勤劳作而散发出的缕缕汗腥气息，浓烈而熟悉。我不禁热血澎湃，加快了步伐。

黄帝部落是一个智慧的部落，这在黄帝部落对待被征服的其他部落上展现了出来。在战胜了其他部落后，黄帝部落并没有对这些部落进行彻底的歼灭和残酷的镇压，而是平等相待，进行经济和文化上的同化融合。外族人民在黄帝仁义之德的感召下，纷纷前来向黄帝族朝贡，诸北、儋耳之国来向黄帝族贡献礼物，南夷族乘白鹿献上美酒，四方的其他外族人也都不断地前来朝贡。就这样，黄帝部落与周边各民族进行碰撞、交流，众多非华夏族的融入就如汩汩的血液的流入，给华夏民族注入了崭新的活力，带来了我们中华民族历史上的第一次民族大融合。是的，武力的征服并不能真正地永远地征服一个部落，而文化上的征服则是一种精神的征服，一种彻底的征服，与纯粹的武力的野蛮征服是不同的。

在随后的战争中，黄帝部落不断地南征北战，部落版图不断扩大，东临海滨，西至甘肃，南到长江，北抵燕山，皇帝控制了以黄河流域为中心的整个中原地区。《轩辕黄帝传》说：“帝所理天下，南及交趾，北至幽陵，西至流沙，东及蟠木。”可见当时黄帝的兵威，已经超出黄河流域，达到长江流域、淮河流域及周围黎苗族等族活动的范围，黄帝部落已经具有当时黄河流域和江淮地区领袖群伦的大邦国的雏形，为中华民族的最初发展积蕴了辽阔的发展空间。

以此为基础，上古先民在随后的岁月里，活动地域愈益扩展。成书于战国的《尚书·禹贡》，把天下分为九州，战国末期成书的《吕氏春秋》更对九州的地望有确切的划分："何谓九州？河汉之间为豫州，周也……"至少在战国时期，先民已经在北至燕山山脉，南到五岭，青藏高原以东的广大地区栖息生养，生存地域的面积当在三百万平方公里左右，这是自上古以来中华先民所着力开发的地段。尼罗河流域的不到四万平方公里，两河流域的几万平方公里，希腊文化狭小的克里特岛和伯罗奔尼撒半岛的滨海小平原与之相比，简直不可同日而语；即便是区域较广的印度文化，也局限在印度河流域的哈喇吧和莫恒大罗周围十余万平方公里地区，更不必言囿于中美洲山地和丛林中的玛雅文化和阿兹特克文化。

想到先民创造的丰功伟绩，感叹于黄帝部落给我们民族开拓的广阔的地域，为中华文化的滋生繁衍提供的阔达的天地，我感到正自己在黄帝的麾下，远征异域，执金戈骑铁马，踏烈烈黄土，奋勇作战。那是一个民族豪情万丈的时期，是一个开疆拓土的时代，一切都充满了生机，广阔的地域，繁复的地貌，宜人的气候，纵横的江河，丰饶的土地。此刻，我的心里盛满了自豪和信心。

眼前，黄帝陵只是一方土冢，一座轩辕庙，周围郁郁苍苍的松柏林，在秋日的阳光下增添了些肃穆和凝重。黄土掩埋了黄帝的身体，但黄帝的灵魂释放的万丈光芒却照耀着一个民族的未来。

西坡读陶

走在田野中，一层层颜色迥异的土层告诉我，这里曾经活跃着一群逐渐萌生灵智的先民。这里是西坡遗址，曾经的黄帝部落的一个聚集地，这只是已经挖掘出的许多遗址中的一个。

展现在眼前的是西坡遗址出土的色彩纷呈的各种陶器，这些浅棕色或淡红色的形状各异的陶器上，简单质朴流畅的线条，勾画出一只只鹿、鸟、鱼，甚至还有个别器物是仿造动物的形象的。拙朴简单的线条所绘出的内容，显示了黄帝时代我们先民的生活与动物的密切关系。

一种强烈的熟悉的生活气息深深感染着我，我抑制不住内心的激动与兴奋，仔细解读着这一个个古老而鲜活的陶器。我知道，这些简单的图案就是我们华夏文明的神秘密码。

葱茏茂密的森林中，空气里弥漫着紧张的气氛，一阵疾风掠过，草木一晃，一只庞大的野猪猛然窜出草丛，我惊了一身冷汗。就在我惊愕之余，一声长长的口哨声响起，周围便霍然冒出了几十个身材高大形似野人的人。他们光着膀子，腰际间只挂着一串用树叶连成的短裙，光光的黑脚板，带头的是黄帝，他的手腕和脚脖上还各戴着一串用象牙和兽骨缀成的链子。他们高呼着，兴奋着，拉着长长的调子，手里拿着各种形状的石制武器，追赶着那头逃窜的野猪。包围圈愈来愈小，最后野猪在飞石乱箭中成了人们的囊中之物，黄帝和先民们便高兴地欢呼起来，扛起那头野猪，满载而去。或许紧接着又是下一场的围猎。而我，站在一旁远远地观望，刚才的一幕让我惊魂未定。这就是我们的先民在黄帝的带领下围猎的情景，运气好的话，还能有所收获，运气不好的话，部落就会面临饥饿的威胁了。只是，黄帝在捕猎的过程中，渐渐熟悉了各种动物的生活习性，他们于狩猎之外，尝试着进行圈养畜牧，畜牧业便渐渐发展。那时，他们的家畜之中，最多的是猪和狗，看来，在中国农村，所谓的“无豖不成家”的习惯，果然由来已久了。

相对于狩猎，捕鱼就没有那么惊险了。在清澈宽阔的河面上，先民们先徒手抓鱼，后来尝试用树枝叉鱼，再到撒网捕鱼，再到后来发明了舟楫，人们可以划着船儿进行撒网捕鱼。先民捕鱼的手段和使用的工具就这样在实践劳作中不断进化，渔业也开始发展。我们的先民喜爱鱼，就把鱼奉作自己部落的图腾加以崇拜，各种陶器上也总把人与鱼组合画在一起。今天我们还无法知道它的真实含义，但无论先民们用这种图案表达什么思想意识，能够把如此丰富的社会内容凝聚于绘画艺术之中，这都实在令人惊叹。

陶器最初是作为先民重要的生活用具而被发明出来的，人们用它来盛装东西、烹煮食物或者祭祀。彩陶的出现，说明先民对陶器的制作的目的已经超出了使用的需要，达到了一种审美的境界。九十多年前，瑞典地质学家安特生用他那双粗大的手，揭开了史前时期古代文化的面纱，触摸到了中华文明的起源，在三门峡渑池县仰韶村首次发现的以彩陶为主要标志的远古文化系统，便被称为“仰韶文化”。我毫不吃惊，因为仰韶村距离我们这里不过七十公里，那也是先民活动的区域。

彩陶是仰韶文化的典型标志物，表示了黄帝时期文明已经实现了从渔猎向农耕的过渡。难怪许多学者又称仰韶文化为“彩陶文化”。中国的彩陶文化，发源于黄河的中段，在漫长的岁月中沿着黄河流域向东、西两个方向不断传播，东甚至到达了东部沿海，西一直延伸到甘肃、青海地区。农耕文明的脚步跨越了整个黄河流域。

黄帝部落修葺房屋，驯养家畜，种植五谷，定居了下来。随着部落领地和生活范围的不断扩大，人们生活的内容也日益丰富，黄帝还别尊卑，定礼乐，创官制、财产、嫁娶和丧葬等制度。他们一起摸索实践，不断创造发明：为了改变远古时代结绳记事的笨法子，黄帝就叫他的史官仓颉创造了文字；因为看到人们病患的痛苦，黄帝就组织一支通晓医药的队伍，包括岐伯、雷公等，著成《内经》，其中记载的就有我们至今仍在使用的针灸疗法；为了校正当时鼓等各种乐器的声音，黄帝命令一个名叫伶伦的乐官发明了音律，使得各种乐器能够十分和谐地演奏。黄帝与他的子民们在这里筚路蓝缕启山河，创造出独具风格、丰富多彩的中华文化，这里是我们华夏文明的渊薮。

黄土高原上，阳光渐渐变得清冷起来。看着这些精彩纷呈、形状各异的彩陶器，那燃烧在每一个部落里的一堆堆圣火，在我面前经久不熄。火堆旁，一群粗犷雄放的先民，有的在打制农器，有的在用陶器烧饭，有的烧烤猎物，有的载歌载舞。一股热流扑面而来，一种祥和的气氛使我热泪盈眶。

源远流长

深秋的午后，一丝丝的凉意不经意地袭来。看到黄帝陵前广场一角，有对夫妇在打碾谷子，男的用木锨扬起谷子，女的在一旁弯着腰端起扫帚，轻轻掠去浮在上面的谷糠，一锨又一锨，一掠又一掠……熟悉的场景，从遥远的记忆里渐渐浮现：炎炎的酷日下，乡亲在收割着庄稼，远处正缓缓走来几个妇女和孩子，他们提着篮子，抱着陶罐来送水送饭。大家在忙碌紧张中欢声笑语。黄帝挺起晒得黑黝黝的脊梁，用臂膀抹了把汗，看着眼前丰收的庄稼，露出了欣慰的笑容。守着这片黄土地的人们，几千年来一直坚守着这份贫瘠的希望，让人感觉到那种沉甸甸的厚实。想到此，我的心里升腾起缕缕的暖意。

文明的血脉几千年来汩汩奔腾，从未中断。它一路走来，汇聚千流，吸纳百川，如水一样灵动包容，源远流长。世界四大文明古国中，只有中国的文明如今依然生生不息，其他三个文明古国，古埃及、古巴比伦、古印度，都由于外族的入侵而失去了独立，从而导致文明断流。公元前3000年，来自两河流域西北部的操闪米特语的诸游牧部落，相继侵入美索不达米亚；公元前729年，巴比伦国被亚述人所灭；公元前1720年到1570年，埃及被来自西亚的游牧部落西科索斯人征服；同时期，印度河流域的哈拉巴文明被北方的游牧部落雅利安人摧毁。

由于地域的狭小，这些古文明的根须未来得及扎牢，一遇到风吹草动，就很容易夭折中断。而中华文化拥有黄河流域和长江领域两大活动地域，还有岭南的珠江流域、闽南滨海地带、云贵高原、台湾地区、海南岛，回旋土地开阔，气候条件反复多样，这是其他多数古老文化所难以比拟的，中华文明领域广大，腹里纵深。

寥远的地域不仅为中华文化的生存提供了广阔的空间，更为中华民族在受到外族侵袭时提供了更多的回旋余地。靠近北方游牧区的黄河流域的人们，一旦长城被突破，就可能被游牧人所征服。历史上这样的大幕曾一场场地上演，黄河两岸忽而是田园牧歌，忽而是胡马奔驰，农耕人和游牧人为争夺生存空间进行了数千年的战争。而“长江天堑”便成为农耕人的最后防线，拥有巨大经济潜力的长江流域为农耕文明提供了退守、复兴的基地，这是中华文化延绵不绝的重要原因。

想到黄帝为中华文明的延绵开拓的广阔疆域，崇敬之情油然而生。

同样重要的，黄帝时代形成的文化根基，为中华文化的发展提供了优良的文明因子，这就是中华文化内在的稳定、厚实、质朴、善于吸收和融合外来文明的特质。

赵武灵王“变俗胡服，习骑射”使赵国迅速强大起来；汉代开辟丝绸之路，广采博取中亚、西亚游牧文化及绿洲文化的成果；唐代文化承魏晋南北朝以来汉文化融合之势，焕发了新的生命活力，是唐代昌盛繁荣的动力之一。唐太宗宣称："自古夷狄亦人耳，其情与中夏不殊。人主患德泽不加，不必猜忌异类。盖德泽洽，则四夷可使如一家。"这种盛唐精神显示了农耕文明接纳游牧文明的气度。

历史上强大的游牧部落，无论是蒙古的铁蹄还是满清的强虏，在漫长历史长河中都犹如一道闪电，消失在博大精深的中华文化中。外族入侵，并不能彻底征服中华，反之，外族文化会渐渐被同化。强如印度的佛教，也没能涤除儒家思想，两家渐渐融合并存。文化之间的交融，让中华文化迎来了一次次的新生。

要离开了，广场一角那对打碾谷子的夫妇还在忙碌着。我们过去打了个招呼，问："今年的谷子收成还可以吧？"他们憨厚地摇摇头说："每年的收成还抵不上给田里的化肥投资呢。"我们不解地问："那你们还种什么地，不是越种越赔了吗？"听到此，他们反问道："我们农民不种地干啥？让地荒着，会造孽的。不管种啥，收多收少，就图个心里踏实些。"说完，又憨厚地笑了笑。我又问道："平时黄帝陵来的人多不？"他们说："平时挺冷清的，不过到了每年农历二月初九，这里要举行庙会，这天是黄帝的诞辰，特别热闹的，台湾地区的同胞以及外国的一些华人都要来祭祖。"说着，他的脸上不觉间露出了一些自豪。

树因根而茂盛，人有根而生存，一个国家与民族因根而焕发蓬勃的生命力。这个根，就是优秀的中华文化。一个民族的优秀文化，就是这个民族的灵魂，它如高高飘扬的旗帜，增强了民族内在的凝聚力。五千年来的厚重文化，生生不息地滋养着中华民族的庞大根脉，并滋生出许许多多的根系，蔓延深扎于每一寸黄土中。而今天，我们民族要复兴，要凭借着自己的勤劳、勇敢、智慧，开创民族和睦共处的美好家园，培育历久弥新的优秀文化，其内在力量就是这中华人文始祖黄帝所创造的华夏文化。

回来的路上，看到公路两旁堆满了收获的庄稼，不时有几个人拉着满载庄稼的架子车从我们身旁经过，田间地头还有在辛勤耕地的乡亲。那犁头，在这片黄土地上不知耕耘了几多春秋，田地上新翻的垄垄湿土应该熟识它的犁脚。这架子车，也不知载过了多少庄稼，阡陌上纵横的辙印应该数得清它的来回。一个又一个村庄从我们身边闪过，远古那温馨的画面不断在眼前浮现。我想，不管是以前，还是现在将来，这片黄土地上，生生不息繁衍着的永远是这不老的文明。

道口守望

一

我对道口充满了愧疚之情。

我一直以为道口不过是一个微不足道的小地方，唯一能让我有点印象的大概就是“道口烧鸡”了。

2011年初春，我因参加省中语会来到了滑县道口，当宽阔辽远的大运河突兀地展现在眼前时，一种巨大的震撼让我久久无语。

其实，道口是一个有着千年厚重文化积淀的古镇，是隋唐大运河卫河段的一个渡口，位于黄河左岸金堤之上。明清时候，道口就已发展成为一个商贸重镇。那时，道口码头上下航运繁忙，商贾云集，日进斗金，素有“小天津”的美誉。而如今，道口竟成了当地人对滑县的另一种称呼了。抛开时间给予的美名，其实，道口只不过是一个镇而已。

会议一结束，我就迫不及待向当地人询问关于古运河和老镇子的情况。

一位出租车司机告诉我，古运河不过就是以前大运河的一段河槽，河两岸都是一些以前的老房子了，没啥好看的。可是，他越这样说，我心头的造访的愿望愈是强烈。或许，对于一些旧的古的东西，我的心里总有一种莫名的情结。见我主意已定，那个司机就给了我一张名片，说那边老街深巷的，一个女孩子家要是迷了路，就尽管给他打电话好了。我感激地朝他点了点头。

阳光煦暖地照着，我走在道口的街上，随处可见的是一家家烧鸡店铺，离不远处，能闻到缕缕的香气。街头拐角处是新华书店。进去转转吧，说不定能淘到什么好书。这也是我一贯的嗜好了。

书店很静，只有几个人。进去，我随意翻起了一本散文集，午后的时光正适合看散文。只是，看了一小篇，我的心绪却怎么也宁静不了。那些未曾谋面的古运河和老房子，总时不时从我的脑海里跳出，它们此时是否也在太阳下安静地晒暖？当年隋炀帝为了便于南北纵向政治经济文化的沟通交流，决定开凿大运河，用水把东西南北连起来。大运河以洛阳为中心，全长两千七百多公里，通达了我国黄河、淮河、长江、钱塘江、海河五大水系，把几个大水系变成了一个水系，组成了一个巨大的水网。从此，中国大地的东西南北可以畅通来往。是大运河，让隋炀帝几乎把整个中国国土真正完整地纳入自己的王权范围，宛如揣在自己的怀里，中华民族也第一次真正开创了融会贯通和大统一的局面。那时，运河上，桅樯如林，舟楫如梭，“半天下之财赋，悉由此路而进”。而今，这条我国古代南北交通的大动脉，是否还依然在汩汩流淌呢？

就在此时，一位年轻的女子走了进来，她胸前挂着一个“滑县研修员”的会牌。见此我心里一喜。这时她正好抬起头，我们目光相遇，她微微笑了笑。我问，您是本地的老师吧？她点了点头，她说她叫琳，然后拿起那个会牌说，你看，不过这上面没写名字的。我们顿时都笑了。简单随意地聊了几句，也许是她得知我是转了两次车经历了将近八个小时的车程，并且在此仅留一天的时候，也许是她感觉到了我去看古运河和老房子的想法如孩子般强烈的时候，她竟然微笑着对我说："我陪你去看看，好吗？"这份不经意的真诚，让我的心为之一震。又是一副热心肠，再幽深的巷道，也只会迷于古韵，而不是迷路了。

只记得，她的目光，清澈宁静。

二

春寒料峭的豫北平原，放眼望去，平整的麦田一望无际，空气里到处弥漫着温润的泥土气息，几排笔直的杨树矗立在田间地垄，枝条将舒未舒。长居山区的我，就若脱笼之鹄，心头也顿时豁然舒展。

我脚下的古运河此时显得有些萧条，一条地势低洼的河道赫然映入眼帘，宽大的河槽里只有一小绺河水，河槽里另一边是堆积的淤泥，上面种上了麦子。河两岸是两排稀疏的杨树，在阳光下哗啦啦地响着。我的心头一阵失望，眼前的古运河其实不过就是一条瘦水沟，空荡的河槽，滞流的河水，若一个孱瘦的老人，蹒跚着脚步，那空荡的衣襟，在风中被扯来扯去。河的两岸还残留有不少石板铺就的台阶，据说就是当年停靠行船的河埠头。水退隐的脚步太快了，运河边的人都跟不上节奏，我更跟不上。这运河还能承载运输吗？大概只能承载着怀想、记忆了。

琳告诉我，最近县委、县政府正在对大运河进行综合保护和开发，让这份厚重的运河遗产能真实完整地传承给后人。

沿着大运河的堤岸漫步，望着缓缓流淌的卫河水，遥想千余年前的大运河，彼时，这里帆樯林立，千帆竞发，“商船旅往返，船乘不绝”的繁忙景象若在眼前：河埠头，商贾熙熙攘攘；岸边，茶楼酒肆，不计其数。瓷器珠宝，遍布两岸。船夫悠长的号子声，戏社铿锵的大平调，间杂传来，热闹非凡，一派繁荣。

我们向前行走着，一座座灰色砖头修葺的房屋静静地矗立在道路两侧，斑驳的大木门虽经风雨侵蚀依旧牢固，一条条铺着青石板的胡同蜿蜒在房屋间，青草和苔藓丛生。一些矮小的旧房在静默着。一扇木栅栏的大门两旁，贴着鲜红的对联，增添了一些鲜活。漫步在老街古巷，倾听着琳详细的讲述，我仿佛在翻阅一本破损的陈年古籍，又如观看一部无声的黑白电影。

从河岸直通向当年的十字大街，其中一条叫作水街。当年这里人饮水都是从卫河汲水，这条街道就是汲水的必经之路了。“水街”，多富有诗意的一个名字，让人禁不住对当年的情景产生几分遐想。每天早晨，这条窄窄的街道上就排满了挑着水桶的人，挑水的担子晃晃悠悠，吱吱呀呀的扁担声，在光滑的青石板上此起彼伏。更有财主家的长工，套了牛车来拉水，长长的吆喝声在小巷和卫河边回响。

在大集街路北，有一处格局欧式化的洋房，具有典型的南方建筑特色，这就是当年的同和裕票号，始建于清末，是道口现存为数不多的老字号之一。在水街的尽头，是道口老城十字大街的街口，正对水街的就是道口镇的义兴张烧鸡老铺子了。破损的木门上，还挂着一把锈迹斑斑的铁锁，门额上残留着不知何时贴上的年画对联，屋顶上参差不齐的蒿草丛生，偶尔，一两只不知名的鸟雀从蒿草丛间惊飞，窜向远方。这就是我眼前的义兴张烧鸡老铺子。房子虽然已经破旧，但仍旧气势宏大，它的周围还有几座风格相近的老宅院，与新盖的楼房掺杂交织，历史的凝重和现实的凌乱构成了一种穿透时空的奇异风格。

“道口烧鸡香，首推义兴张。”遥想当年，这间义兴张在当地应该是首屈一指的烧鸡铺子了。据滑县县志记载：义兴张道口烧鸡的起源可以追溯到清顺治年间。清乾隆年间，义兴张创始人张炳以煮制烧鸡为生，由于当时制作简单，配料不齐，烧鸡并不出名，生意也不景气。后来，张炳偶遇一位在清宫御膳房当过御厨的老朋友，在御厨的指点下，他精心制作，烧出的烧鸡果然迥乎往常，不仅色香，味美，异香扑鼻，而且熟烂离骨。从此，张炳的烧鸡声名大振，生意兴隆，顾客盈门。因他姓张，又取“义友济兴”之意，就把烧鸡铺号定为“义兴张”。自此以后，道口烧鸡便一代代地传下来，既传家珍绝技，又传百年老汤。那时没有像现在的方便面之类耐放的方便食品，而道口烧鸡味美耐存，正应了在外旅客的需求。当年来来往往的船只要在河埠头一靠岸，络绎不绝的人流便涌向了这里。走过短短的水街，买上一两只烧鸡，客商然后回船解缆开拔，从此，道口烧鸡通过这些客商的口口相传而名扬天下，成为一个有口皆碑的名牌了。

道口烧鸡因运河而美名远扬，运河又因道口而生生不息。而今，这里曾经一度繁荣的烧鸡铺子不知何时早已迁居别处了，只有这座老铺子依然矗立在街头，遥望着不远处的古运河从眼前流过。它细数着河中的船只，叹息着，守望着，也希冀着。

这里先有了大运河，而后才有了道口小镇，道口因运河而生，又因运河而旺。大运河开凿后，几十座沿河的繁华城市几乎在一夜之间也诞生了。人口的相对集中，人才的聚集，使各行各业得到了繁荣发展。人越聚越多，名气也越传越远，终成气候，历史上也就留下了一份永久的记忆。如今的洛阳、扬州、北京等城市都是当年隋唐大运河所造就的城市。大运河就是城市的母亲，且多子多福。

街上人也渐渐多了，离新城也渐渐近了，眼前竟然有两间夹杂在新楼大厦间的老铺子，矮矮的，稍一伸手就能够到屋檐，一侧的屋顶已明显倾斜，看似摇摇欲坠。令人惊讶的是，就是这样的房子，竟然在经营着买卖，铺子的货架上陈列着日杂商品。此时，正好有一个骑着摩托的年轻人提着一小袋东西从里面出来。道口，多少破败的老房子已蒿草丛生，斑驳陆离，它们仿佛禁不住岁月的侵蚀，看淡了沉浮，干脆用一把铁锁，从容地锁住往昔的繁华，直至生锈。这两家小小的商店，比起那些现代的高楼大厦的超市来说，算不了什么，它甚至没有自己的名字，然而，它却实实在在地存在于一些人的日子当中。它，仿佛在延续着往昔生活的气息，在坚守着什么。

从老街古巷穿过，踩着光滑的青条石板，我仿佛踏在一只只历史的黑白键上，沉入心头的，是一首平平仄仄沉郁悠扬的古韵……

琳对我说，她也喜欢这些老街古巷，走在其中，仿佛又回到了很久以前的时光。她又说，政府现在已经挂牌保护这些老房子了，禁止拆迁。我心头不觉一怔，这真是好事啊。

“咱们拐回去，从老街穿过去，一会儿我带你去看县委院。”她说。我不解，县委院高楼大厦，里面尽是官员政要，那里有什么看头？琳笑了笑：“看了你就知道了，县委院还是文物保护单位呢。”我惊诧不已，不觉加快了步伐。

三

一律是青砖的瓦房，木格玻璃的老窗，一个个整齐的小院，有序地陈列着，其中青松林立，竹影婆娑，光线斑驳，再加上不时有小鸟啾唧，清幽肃穆。这就是县委大院？若不是进门时我看门牌的话，还真以为自己进错了地方呢。

“这里真好，我也喜欢这地方。”我随口说道，转而一想，便不觉尴尬地笑了起来。她也笑道：“我明白你的意思。”她接着向我介绍，“这些房子都是上个世纪五十年代的房子，一直保存完好，很少翻修。”我点了点头，来到这里，感觉仿佛又回到很小的时候了。

因为是星期天，县委大院里很清静，我们也只是悄悄地转着，似乎怕惊扰了谁。想起刚才琳告诉我的那件好事就是在这个地方决策的，想起很多政府机关高楼大厦，雄伟之极，看着眼前座座低矮的砖瓦房，我的敬意不觉油然而生。想来古运河的春天，也为时不远了吧。

不觉天色渐晚，琳邀请我去她家的字画店六和斋。名字很雅，也富含意蕴。天地人，情境意，即六和，这与道口的整个气韵很吻合。小店内，书香润脾，墨韵盈室。主人热情招待，笑谈着，仿若多年老友一般亲切。店主人让我欣赏了别具风味的滑县木版年画，真是版上世界，画里乾坤。

听朋友介绍，滑县木版年画是我国一种历史悠久的年俗艺术。滑县木版年画创始于明朝初年，历史悠久，源远流长，它以神像与族谱（祖宗轴）为主，与过年时的精神崇拜和祖先祭祀紧密相关，它承载与折射着老百姓的信仰与迷信，承载了归宿性的“精神家园”，是直接而率性的。天津大学冯骥才文学艺术研究院毛瑞玠副教授在《滑县李方屯年画

〈全神图〉中的信仰心理研究》中这样写道："我们不能简单地把民间信仰一概斥为迷信。深入其内在的信仰心理，就会发现，在貌似盲目的祭拜仪式背后，却隐藏着人类共同的、基本的心理需求。解读他们的信仰方式，也就了解了人与自然最直接的关系。"在那个时代，在那个古朴而浓重的喜庆春节里，这里的人们，家家户户都把年画悬挂在最显著的位置，把对生活的所有希冀都寄托在这年画上，这是一种多么淳朴而虔诚的向往！

我看着眼前悬挂的木版年画，工艺精细，人物造型粗犷豪放，线条刚劲饱满，颜色艳丽，构图对称和谐，富有乡土气息。上面的神像陌生而熟悉，仿佛传递着一份古老而神秘的信息。我知道，每一幅滑县木版年画都代表了当地人早期的一种信仰和崇拜，它承担着人们祈福迎祥、趋吉避凶的期盼。疏朗俊秀的滑县木版年画以其独特的绘画风格，为我们展现了中原大地悠久厚重的文化历史，更为我们研究中原民风民俗文化打开了一个崭新的窗口。

琳还告诉我，目前县城，木版年画只有他们一家制作经营，下边乡镇还有很多举步维艰的年画老店。木版年画就是他们的古运河，他们在努力地保护传承着历史遗留下来的这份厚重文化。冯骥才先生曾惋惜道："滑县木版年画是中州大地上一种失落的文明，一个被历史遗忘的辉煌……"看着墙上镜框里他们与一些专家的合影，听着他们滔滔不绝的介绍，我感受到了滑县人对于木版年画的那份热爱与执着坚守，敬佩之心油然而生。我想，人所遗忘的总会被时光铭刻，有人失落的已被他人拾起，冯先生应该为此而欣慰了。

是的，滑县文化因运河而意蕴厚重。当年大运河的滔滔碧波，源源不断地把中原文化带到了北方，也带到了南方。同时，北方草原的游牧文化和南方的吴楚文化也随着运河的洪波滔滔而来，滑县人以宽厚的胸怀接纳着，融入着，丰富着民族之间的融合和交流。而今，他们仍然坚持着，在这片意蕴丰厚的土地上殷殷守望着。

夜色渐上，琳与老公邀我一起吃饭。盛情难却，饭桌上，几样家常菜，三碗小米粥，一只特意让我品尝的道口烧鸡。我是个讷言的人，只有把感激之情藏于心头了。烧鸡余味悠长，就仿佛这千年商贾文化熏陶下的滑县人，热情之余会让人感到融融的春意。这份珍贵，今天我如此幸运地邂逅。

晚饭毕，琳一家又送我回宾馆。对滑县的回味，是家常味，是道口烧鸡味，当我路见欧公高大的塑像时，八大家文气也是滑县足足的一味。路过欧阳书院，琳给我指看广场上欧阳修的雕塑，夜色中，透过隐隐的灯光，望着欧阳修的雕像，我无法辨清他的神情。

欧阳书院，是欧阳修任滑州通判时的住所，是全国四大书院之一。书院内建有富丽堂皇的画舫斋和秋声楼。画舫斋是欧阳修的“燕私之居”，为欧阳修所造，秋声楼位于画舫斋之后，因《秋声赋》是在这里所作而得名。自宋以来，许多文人墨客慕名而来游览，并于此凭吊赋诗，立碑铭文，用以表达对这位先贤的崇拜与怀念。欧阳书院是在欧阳修的画舫斋宅第设立的书院，历代当政者为振兴文教事业，曾多次对其进行修葺。

“此秋声也，胡为而来哉？盖夫秋之为状也：其色惨淡，烟霏云敛……”诵读声仿佛透过清冷的夜色传来，激情昂扬又沉郁顿挫。这篇赋作于仁宗嘉祐四年初秋，时作者五十三岁，已至生命之秋季。在此之前，欧阳修写有《与高司谏书》和《朋党论》，直斥谏官高若讷趋炎附势的卑劣行径，反击保守派对范仲淹等革新派人物的诬蔑。但他的政治理想并没有因此得到实现，他反而屡遭贬官。欧阳修的一曲《秋声赋》，是他饱经忧患的人生感叹与疲惫心灵发出的倾诉，所赋既是自然之秋，更是人生之秋。

然而，画舫斋却给了欧阳修以心灵的栖息地。在这里，欧阳修内心渐渐沉静下来，是滔滔的古运河让他顿悟了人生沉浮的无常，或是纯朴精细的木版画让他从中寻得了一些向往与寄托，抑或是道口烧鸡的醇香让他感到了一种久远的温暖与回味……欧阳修被贬于此，我想，这是他的不幸，也是他的幸运，更是滑县人的幸运。欧公在这里不负众望，他以画舫斋为依托，精修教化，把自己融入了这片厚重的土地。同时，他又以自己的文化与人格魅力传承着教化的精要，成了滑县人心中的伟人。那座雕塑高高耸立，彰显的就是滑县的纯化之心，这些早已沉淀于古运河的底流之中。滑县人正因拥有了如此深厚的底气，才会从容面对南北文化的融合与交流，多一份虚怀接纳，少一份市井俗气。

暮色中，滑县产业集聚区矗立着座座高楼大厦，整齐宽阔的街道，辉煌明亮的路灯，这个古老的城镇洋溢着一种浓郁的现代化气息。想起古运河岸边的那些老房子，我感受着滑县的巨大变化。发展中的滑县，已向人们昭示着一种精神：滑县人不仅善于继承，更勇于接纳，就如大运河一般。滑县县委、县政府对大运河进行综合保护和开发，现在，大运河正在申报世界文化遗产。我想，那碧波荡漾的运河之水定会潺潺流淌，滋养着这一方水土一方人，浸润着那不曾湮没的汩汩流淌的文化之脉。

四

要离开了，回头望望这座并不太繁华的小城，心中突然有种难以割舍的情结。仅仅一天的逗留啊，我问自己，让我心中纠结不舍的，是那条沧桑的古运河和那些经年的老房子呢，还是那让人回味无穷的道口烧鸡？抑或一见如故的琳？我就要别过滑县了，真想再握握琳的手，她说要为我送行，可是我谢绝了她，但此刻我却又格外想见她。滑县——道口的邂逅，就是这样。

滑县，历史中一个寻常的埠口，在千年历史的长流中沉沉浮浮。我想，浮上去，便是沧桑之中那场场如昙花般的繁华，这些也早已随着古运河而悄然远逝了。眼前，古运河一日日地消瘦了，我知道，它甚至会在不远的将来，彻底干涸断流。然而沉淀下来的，却是运河文化的精髓所在，厚重运河历史文化的基因早已融入这一方水土的血脉之中，不知不觉间熏陶并守望着这一方土地上过活的人们。忽然，一阵风袭来，在空荡的河槽里窜了一下又溜走了。风走了无痕，而这里，早已孱弱的古运河却依然向前汩汩奔流。行走在运河岸边，我感受着这方土地的一呼一息，仍分明可辨那从遥远跋涉而来的浓重水汽。

如今，黯淡了如烟繁华，远去了点点帆影，这条曾承载民族兴衰的古运河，在无声地守望，等待着涅槃的那一刻。仅仅一天的时间是难以真正读懂这片厚重的土地的，只是，心头的愧疚与不安早已散去，取而代之的则是油然而生的敬佩与欣然。我期待着，有一天再来滑县的时候，会见到古运河泛着粼粼的碧波，运河两岸，繁华若市，当年的“小天津”又鲜活地向我们走来。“幢幢市人影，似闻嘈嘈声。”桥边埠口，流水汤汤，帆船林立，星月在树叶间流泻，从小镇鳞次栉比的屋宇间传来了呼唤孩子归家的喊声，悠远绵长……